Stefan Holtkötter

LANDGERICHT

Ein Münsterland-Krimi

PIPER

Mehr über unsere Autoren und Bücher:
www.piper.de

Von Stefan Holtkötter liegen im Piper Verlag vor:
Michael-Schöne-Reihe (Berlin):
Fundort Jannowitzbrücke
Todesgarten
Todeskabinett

Bernhard-Hambrock-Reihe (Münsterland):
Das Geheimnis von Vennhues
Schneetreiben
Bauernjagd
Bullenball
Düstermühle
Landgericht
Schlaf süß im tiefen Grabe (Sozialarbeiterin Sanna Marquart)

FSC
www.fsc.org
MIX
Papier aus verantwortungsvollen Quellen
FSC® C083411

Originalausgabe
ISBN 978-3-492-27271-1
1. Auflage Juli 2013
6. Auflage Januar 2019

Umschlaggestaltung: semper smile, München
Umschlagabbildung: Nicky Willcock/Plainpicture, Eric Isselée/Shutterstock, mycola/Shutterstock
Satz: Kösel Media GmbH, Krugzell
Gesetzt aus der Adobe Garamond
Druck und Bindung: CPI books GmbH, Leck
Printed in Germany

1

Kurz vor Mitternacht. Vereinzelt drückten sich Gestalten im Neonlicht herum, die Schultern hochgezogen, die Hände tief in den Jackentaschen vergraben. Eine kalte Windböe fegte über das Pflaster, vom gegenüberliegenden Gleis drang eine Lautsprecherstimme herüber.

Marius lehnte am Eisengeländer des Treppenaufgangs. Das Gleis, der Bahnsteig, die Lichter, die Menschen – alles verschwamm vor seinen Augen.

Kein Wunder, so betrunken, wie er war. Seit dem späten Nachmittag hatte er sich in der Bahnhofskneipe volllaufen lassen, um seine Gefühle abzutöten. Doch offenbar vergebens, denn sie waren immer noch da: Trauer, Versagen, Schuld. Und der Selbsthass. Der war es, der Marius am meisten zu schaffen machte.

Weitere Lichter rückten ins Blickfeld, dann eine rote Lok und helle Waggons. Sein Zug fuhr ein, für heute die letzte Regionalbahn quer durchs Münsterland ins Ruhrgebiet. Er stieß sich vom Eisengeländer ab und wankte über den Bahnsteig. Ihm wurde schwindelig, und eine weitere Woge gallenbitterer Gefühle überrollte ihn. Er blieb stehen. Holte Luft. So ging das nicht.

Er musste alles hinter sich lassen. Einfach vergessen, was gewesen war. Atmen. Weitermachen.

Marius betrat ein Großraumabteil. Grelles Licht blendete ihn. Eine Bierflasche rollte über den Mittelgang, Hamburger-Schachteln lagen zwischen den Sitzen, aus den Abfallbehältern quollen zerfledderte Zeitungen. Nach dieser Fahrt kam die Putzkolonne.

Er ließ sich in eine verwaiste Sitzgruppe fallen und streckte die Beine von sich. Dann zog er eine Bierflasche hervor, die er am Bahnhofskiosk gekauft hatte, öffnete sie und trank mit großen Schlucken.

Ein Jugendlicher im Gothic-Look, mit schwarzer Kutte und gepiercten Lippen, schlurfte an ihm vorbei und ließ sich auf einen Klappsitz sinken. Leise blecherne Beats drangen aus seinen Kopfhörern. Gegenüber machte es sich eine ältere Frau mit einem Kopftuch bequem und zog eine Zeitung hervor, die Hürriyet. Die Türen schlossen sich, und der Zug fuhr aus dem Bahnhof in die schwarze Nacht hinein. Draußen wurde es dunkel, und im Fenster war nur noch sein Spiegelbild zu sehen.

Marius sah smart aus, wie ein Vorzeigestudent aus dem Universitätsprospekt. Daran konnten selbst die heutigen Augenringe kaum etwas ändern. Auf dem BWL-Campus spürte er die Blicke der Studentinnen. Er kam gut an bei den Frauen, zumindest, bis sie ihn näher kennenlernten. Lange hatte er das ausgenutzt, warum auch nicht. Aber nun war alles anders, natürlich.

Er fixierte sein Spiegelbild. Vielleicht lag es ja am Alkohol, doch zum ersten Mal erkannte er noch etwas anderes als den smarten Studenten darin. Die vertrauten Züge seines Vaters. Klaus Baar, der Familienpatriarch. Da gab es eine gewisse Ähnlichkeit, keine Frage. In dreißig Jahren würde Marius genauso aussehen wie er. Wieder erfasste ihn der Selbsthass. Er wandte sich vom Fenster ab und nahm einen weiteren tiefen Schluck aus der Flasche.

Sein Blick traf auf den des Gothic-Typs, der am anderen

Ende des Waggons hockte. Der Jugendliche sah hastig weg. Marius kannte ihn vom Sehen, er fuhr häufiger mit dem letzten Regionalzug. Überhaupt waren ihm alle vertraut, die noch im Abteil saßen. Die ältere Frau mit Kopftuch, die in ihrer Zeitung das Kreuzworträtsel löste. Der Handwerker im Blaumann, der Feierabend machte. Oder der Alkoholiker, der mit aufgequollenem Gesicht und blauroter Schnapsnase vor sich hin glotzte. Eine seltsame Gemeinschaft bildeten sie. Obwohl sie regelmäßig zusammen im Zug saßen, vermieden sie es, miteinander in Kontakt zu treten. Lieber starrten sie in die Dunkelheit hinaus und ließen sich vom Rattern der Waggons einlullen.

Sah man ihm wohl an, wie schlecht es ihm ging? Ob die anderen Fahrgäste ahnten, dass sein Leben gerade zusammengebrochen war? Interessierte das überhaupt einen?

Er hatte versagt, und zwar so allumfassend, dass er sich nicht mehr davor verstecken konnte. Er war ein Schwächling. Eine Niete.

Eine Erkennungsmelodie ertönte. Der nächste Bahnhof wurde angesagt. Ein Mann mit Aknenarben im Gesicht erhob sich, der aussah wie ein brutaler US-Marine aus einem Kriegsfilm. Auch ihn kannte Marius bereits. Irgendwas stimmte mit dem Typen nicht. Marius fühlte sich ständig von ihm beobachtet. Auch jetzt glotzte der wieder so komisch herüber. Für gewöhnlich sah Marius einfach weg, doch jetzt spürte er Wut in sich aufsteigen. Hatte dieser Typ irgendein Problem mit ihm? Dann sollte er das einfach sagen, heute würde Marius keinen Streit scheuen.

»Was ist? Passt dir mein Gesicht nicht?«, rief er. »Kümmer dich gefälligst um deinen eigenen Kram und starr mich nicht so an!«

Zu seiner Überraschung sah der Marine zu Boden. Als wollte er jedem Ärger aus dem Weg gehen. Der Zug fuhr langsamer, der Bahnhof rückte ins Blickfeld, die Türen glitten auseinander. Der Mann schwang seinen Rucksack über die Schulter und stieg aus. Breitbeinig wie ein Cowboy schritt er davon.

Marius massierte sich die Schläfen. Die Türen schlossen sich, und der Zug fuhr weiter. Der Alkoholiker war inzwischen eingeschlafen. Die Frau mit dem Kopftuch hatte die Zeitung beiseitegelegt und sah hinaus in die Nacht. Als Marius den Blick schweifen ließ, bemerkte er das forschende Spähen des Gothic-Typen mit der Kutte. Offenbar sah man Marius doch an, wie schlecht es ihm ging.

»Was glotzt du so?«, rief er.

Der Typ senkte eilig den Kopf. Auch er sagte nichts. Die anderen im Abteil sahen kurz auf, und Marius warf allen böse Blicke zu.

Heute Morgen im Bad hatte er eine Falte auf seiner Stirn entdeckt, die bisher nicht da gewesen war. Eine kleine aggressive Furche, senkrecht über seiner linken Augenbraue. Sie sah aus, als würde sie dauerhaft bleiben. Aber das war wohl kein Wunder nach den letzten Wochen.

Doch jetzt würde sich alles wieder beruhigen. Er hatte eine Entscheidung getroffen. Es gab kein Zurück mehr, und beinahe war er erleichtert. Er leerte seine Bierflasche.

Die nächste Station wurde angesagt: Gertenbeck am See. Er stand auf, kämpfte ums Gleichgewicht und wankte zum Ausgang.

Die Türen glitten auseinander, und er stolperte nach draußen. Kalte Luft empfing ihn. Er blieb stehen und atmete durch. Der Bahnsteig war in orangefarbenes Licht getaucht. Eine hölzerne Überdachung war zu erkennen, die Unterführung und das Bahnhofsgebäude. Drum herum gab es nur Dunkelheit. Menschen hasteten an ihm vorbei. Ein Anzugträger, ein Händchen haltendes Pärchen, der Handwerker im Overall.

Marius schloss kurz die Augen. Er wurde angerempelt und stolperte zur Seite. Es waren drei Jugendliche mit Basecaps, Lederjacken und Jogginghosen, die machohafte Posen probten und dabei wie Laiendarsteller aussahen. Auf eine Entschuldigung wartete Marius vergebens.

»Hey, passt doch auf!«, rief er.

Sie ignorierten ihn und gingen weiter.

Marius spürte seine Wut.

»Idioten!«

Jetzt blieben sie stehen und drehten sich um. Die Oberarme leicht abgespreizt, als hätten sie Rasierklingen unter den Achseln. Sie waren höchstens achtzehn. Einer mit einem auffallend hübschen Gesicht. Zart und engelsgleich, ein richtiger Chorknabe. Die Ghettomode passte so gar nicht zu ihm.

Aber auch die anderen beiden gaben kein besseres Bild ab. Der eine von ihnen hatte einen Überbiss und ein pickliges Gesicht und sah aus wie ein typischer Münsterländer Bauernjunge. Der Dritte wirkte mit seinen braven Zügen und seinem Kassengestell trotz der Posen wie ein Klassenprimus. Alles in allem standen Wunsch und Wirklichkeit bei den dreien in auffälligem Missverhältnis.

»Ist was?«, blaffte der mit dem Überbiss. »Hast du irgendein Problem?«

»Ja, ich habe ein Problem. Passt mal auf, wo ihr hinlauft.«

Die drei wirkten verunsichert. Offenbar hatten sie damit gerechnet, ihn durch Auftreten und Überzahl einzuschüchtern. Nun wechselten sie zögernd Blicke. Der Klassenprimus gewann als Erster seine Fassung zurück. Verächtlich pfiff er durch die Lippen.

»Hört euch diese Schwuchtel an«, rief er und äffte ihn nach: »Passt mal auf, wo ihr hinlauft.«

Die anderen lachten, schlugen ihm auf die Schulter, dann drehten sie sich um und gingen breitbeinig weiter.

»Ihr denkt, ihr seid die Größten, was? Ihr armseligen Muttersöhnchen.«

Marius war wütend. Er wollte Ärger. Und er bekam ihn. Die Jugendlichen blieben stehen und bauten sich vor ihm auf. Das Lachen war ihnen vergangen. Es war der Junge mit dem hübschen, engelsgleichen Gesicht, der zuerst ausholte. Marius fing den Schlag ab und stieß den Jungen weg. Im gleichen Moment schlug der Streber mit dem Kassengestell zu. Seine Faust traf ihn mitten ins Gesicht. Die Schmerzen explodierten. Es fühlte sich gut an. Jetzt spürte Marius nichts anderes mehr. Er taumelte zurück. Seine Lippe war aufgeplatzt. Er stützte sich mit den Händen auf den Knien ab und spuckte Blut.

Das war's also. Er hatte bekommen, was er wollte.

»Na, du Arschloch? Wie schmeckt dir das?«

Der Junge mit dem hübschen Gesicht kam erneut auf ihn zu. Ehe Marius reagieren konnte, stieß er ihm mit voller Wucht das Knie in den Bauch. Marius krümmte sich, taumelte, würgte.

Er blinzelte und sah zu dem Jungen hoch. Warum trat dieser Idiot noch einmal nach? Er hatte doch längst gewonnen. Der Jugendliche starrte ihn mit weit aufgerissenen Augen an. Wilder Hass flackerte darin. Mordlust. Ein kaltes Gefühl bemächtigte sich seiner. Er begriff: Es ging gar nicht darum, einen Streit mit einem Faustschlag zu beenden. Hier brach sich etwas anderes Bahn.

Die drei tänzelten um ihn herum, hellwach, konzentriert, angespannt. Sie ließen sich von ihren Instinkten leiten. Ein Tritt, und er ging zu Boden. Über ihm das Gesicht des engelsgleichen Jungen, das völlig verzerrt war und trotzdem auf irritierende Weise immer noch unschuldig aussah. Ein weiterer Tritt in den Magen, und er verlor für einen Sekundenbruchteil das Bewusstsein. Marius spürte die nackte Angst. Für seinen nächsten Tritt nahm der Bauernjunge Anlauf. Wieder explodierten die Schmerzen. Rippenknochen brachen. Marius jaulte auf. Da waren doch noch andere Leute. Die mussten sehen, was hier passierte. Einer musste ihm helfen.

Er versuchte, seinen Kopf mit den Armen zu schützen. Aber es war schon zu spät. Der Streber mit der Brille stellte sich über ihn, hob ein Bein und trat ihm mit aller Kraft ins Gesicht. Sein Kiefer brach knirschend, das Gesicht schien sich zu verformen. Er spürte nichts mehr. Seine Gedanken sprangen wild herum. Irgendwie musste es ihm gelingen zu fliehen. Er begriff nicht, was passierte. Jemand musste ihm helfen. Bitte.

Der hübsche Junge war wieder an der Reihe. Er nahm Anlauf und holte aus, als wollte er einen Elfmeter schießen. Marius sah, wie der Turnschuh auf ihn zuschnellte. Dann wurde es dunkel.

2

Sonnenstrahlen fielen durch die gläserne Dachkonstruktion in den Lichthof. Spiegelungen entstanden und Palmenfächer warfen fleckige Muster auf den hellen Steinboden. Es war ganz still in der Haupthalle des Landgerichts. Momentan liefen überall Verhandlungen, und die Flure waren menschenleer. Eine Atmosphäre wie in einem Gymnasium während der Klausurtage.

Bernhard Hambrock saß auf einer Bank unterhalb einer Birkenfeige und wartete. Er schloss die Augen und döste ein wenig.

Mehr als zweihundert Überstunden hatten sich in den vergangenen Monaten angehäuft. Besonders in den letzten zwei Wochen war die Hölle los gewesen. Da hatte er kaum noch Schlaf bekommen. Doch nun schien endlich Ruhe im Präsidium eingekehrt zu sein. Seit Tagen war nichts Neues mehr reingekommen, und gestern hatten sie den letzten aktuellen Fall an die Staatsanwaltschaft übergeben. In den nächsten Tagen würde er ein paar Überstunden abfeiern. Mal wieder ausschlafen und ein bisschen Freizeit haben. Die Hälfte seines Teams würde es genauso machen. Er musste nur noch diesen Gerichtstermin hinter sich bringen, danach könnte er endlich ausspannen.

Der letzte Fall steckte ihm noch in den Knochen. Da war es um den Mord an einer arbeitslosen Frau im Münsteraner Problembezirk Coerde gegangen. Sie hatten den Ehemann im Verdacht gehabt, einen cholerischen und gewalttätigen Alkoholiker. Doch der hatte ein Alibi, sein Kumpel schwor Stein und Bein, die beiden hätten sich zur Tatzeit in seiner Wohnung am anderen Ende der Stadt DVDs angesehen. Sogar Zeugen gab es. Und so hatten sich die Ermittlungen immer weiter in die Länge gezogen, bis sich am Ende herausstellte, dass der Kumpel gelogen und die Zeugen nicht den Verdächtigen, sondern jemand anderen in der Wohnung gesehen hatten. Aber so war das häufig: Der erste Verdacht war der richtige, doch dann tauchten widersprüchliche Indizien auf, seine Leute ermittelten in alle möglichen Richtungen, nur um am Ende doch wieder zum Erstverdacht zurückzukommen, der sich schließlich als richtig herausstellte. Was für eine Zeitverschwendung das manchmal war.

Als sie diesen Ehemann festgenommen hatten, war da noch ein Junge gewesen, das Kind der beiden, Fabio, gerade vierzehn Jahre alt. Was für ein Schicksal, hatte Hambrock gedacht. Die Mutter erschlagen und der Vater unter Anklage, und dann bist du plötzlich allein auf der Welt. Nachdem der Vater abgeführt worden war, hatte Hambrock mit Fabio in der verdreckten Küche gesessen. Sie hatten miteinander geredet. Fabio sollte zu seiner Oma väterlicherseits, die in derselben Hochhaussiedlung lebte und ihn nur äußerst widerwillig aufnahm. »Das Kind hätte damals abgetrieben werden sollen«, war ihr einziger Kommentar zu den Geschehnissen gewesen. »Ich hab gleich gesagt, das bringt nichts, so ein Balg auszutragen.« Im Grunde hatte Hambrock gar keinen Trost zu spenden, trotzdem schien der Junge dankbar für das Gespräch zu sein. Es tat ihm sichtlich gut, von einem Erwachsenen ernst genommen zu werden. Er war ein kleiner Kämpfer, ganz tapfer und entschlossen. Von nichts auf der Welt wollte er sich unterkriegen lassen. Dabei wirkte er gleichzeitig so bedürftig, dass es Hambrock beinahe das Herz brach.

Er verscheuchte den Gedanken an diesen Fabio. Es brachte nichts, Fälle mit nach Hause zu nehmen. Distanz war wichtig in seinem Job. In den nächsten Tagen würde er sich entspannen. Etwas mit seinen Händen machen. Der Küchenschrank musste repariert werden. Vielleicht würde er danach das Arbeitszimmer seiner Frau tapezieren. Irgendwas fand sich bestimmt. Hauptsache, er grübelte nicht.

»Bernhard Hambrock?«

Er öffnete die Augen. War er für einen Moment eingenickt? Vor seiner Bank stand der Gerichtsdiener in seiner Uniform. Hinter ihm die offene Saaltür.

»Darf ich Sie jetzt bitten?«

»Ach so. Natürlich.« Hambrock reckte sich. »Entschuldigen Sie.«

Der Gerichtsdiener zwinkerte verschwörerisch und kehrte dann mit ernster Miene in den Saal zurück. Hambrock stand auf und folgte ihm. Stickige, verbrauchte Luft schlug ihm entgegen. Die Zuschauerreihen des Saals waren überfüllt. Für die Presse waren zusätzliche Stühle herbeigeschafft worden. Mit Laptops und Kameras auf dem Schoß hockten sie dicht gedrängt beisammen und blickten Hambrock neugierig entgegen. Ein paar bekannte Gesichter von der Lokalpresse waren dabei, doch viele der Journalisten kamen offenbar von den großen überregionalen Zeitungen.

Hambrock trat ein. Es fühlte sich an, als beträte er eine

Theaterbühne. Jenseits der Absperrung, auf der Seite des Gerichts, saß ebenfalls eine Menge Leute, die Hambrock neugierig entgegenblickten. Staatsanwaltschaft, Verteidigung, die Nebenkläger, deren Anwälte, die drei Angeklagten und schließlich der Tross auf der Richterbank: Beisitzer, Schöffen, Gerichtsschreiber, Diener.

Den Vorsitz hatte Richterin Schniederjohann, eine große Frau mit kräftigen Locken und breiten Wangenknochen. Im Grunde eine Schönheit, wären da nicht kleine Unstimmigkeiten, die das Bild verzerrten. Ihre Statur war ein bisschen zu robust, der Kiefer zu wuchtig, der Mund zu breit, und ihre Stimme klang so laut und schneidend, dass es einen regelrecht durchfuhr. Bei einer Unterhaltung in der Gerichtskantine hatte sie Hambrock einmal erzählt, dass sie wie er von einem Münsterländer Bauernhof stammte.

Nach einer förmlichen Begrüßung bat sie ihn, auf dem Zeugenstuhl Platz zu nehmen. Er nannte Name, Alter und Dienstgrad, und der Gerichtsschreiber begann eifrig zu tippen.

Die Stimme der Richterin hallte durch den Gerichtssaal. »Sie kennen das Prozedere ja, Herr Hambrock. Trotzdem der Form halber: Sind Sie mit den Angeklagten verwandt oder verschwägert? Ich frage Sie das, weil Sie in dem Fall von Ihrem Zeugnisverweigerungsrecht Gebrauch machen können.«

Hambrock blickte zur Anklagebank. Neben den Anwälten in ihren Roben saßen die drei Angeklagten mit hochgeschlossenen Hemden und gescheitelten Haaren. Die Schläger, die Marius Baar am Bahnhof in Gertenbeck totgeprügelt hatten. Es waren achtzehnjährige Gymnasiasten, und im Grunde sahen sie noch aus wie Kinder. Sie saßen aufrecht da, wie bei einer mündlichen Schulprüfung. Die Gesichter waren leichenblass, die Augen rot gerändert, und den Blick hielten sie starr zu Boden gerichtet – als warteten sie darauf, dass endlich jemand rief: »So, vergesst einfach alles. Und jetzt raus mit euch zum Fußballspielen.« Diesen Eindruck hatte Hambrock bereits während der gesamten Vernehmungen gehabt.

»Nein, weder verwandt noch verschwägert«, sagte er.

»Dann muss ich Sie noch darauf hinweisen, dass Sie zu wahrheitsgemäßen Angaben verpflichtet sind. Falschaussagen werden vom Gesetzgeber als schwere Straftat angesehen, das wissen Sie ja. Ein Meineid ist ein Verbrechen.« Sie lehnte sich zurück. »So, dann hätten wir das. Herr Hambrock, Sie wissen, worum es geht. Wir wollen den Tod von Marius Baar aufklären. Als Leiter der Gruppe für Kapitalverbrechen waren Sie der Hauptsachbearbeiter. Könnten Sie dem Gericht einen Überblick über die Ereignisse geben? Aus Ihrer Sicht, versteht sich.«

»Sehr gern.« Im Augenwinkel sah er, wie einer der Journalisten seinen Laptop heranzog und die Finger über der Tastatur schweben ließ. »Am 14. Juni ging um 23 Uhr 50 die Meldung beim Polizeinotruf ein, dass sich am Bahnhof in Gertenbeck am See ein Übergriff auf einen Fahrgast ereignet habe. Ein offenbar tödlicher Übergriff, wie es hieß. Etwa fünfzehn Minuten nach Eingang der Meldung trafen Notarzt und die örtliche Schutzpolizei ein. Die Kollegen der Schutzpolizei sicherten den Tatort und nahmen die Personalien der Zeugen auf. Ich wurde dann ebenfalls verständigt, gegen Viertel nach zwölf. Etwa um ein Uhr war ich am Bahnhof. Das Gelände war da schon weiträumig abgesperrt. Der Notarzt hat mich über den Tod des Opfers in Kenntnis gesetzt. Anscheinend war jede Hilfe zu spät gekommen.«

Hambrock dachte an den übernächtigten Mittdreißiger mit dem Arztkoffer, der völlig verloren am Bahnsteig stand und dort auf ihn wartete. Irgendein junger Bereitschaftsarzt, der nicht viel Erfahrung mit solchen Gewalttaten hatte und sich verstört an einem dampfenden Kaffeebecher festhielt.

»Der Notarzt zeigte sich schockiert über die Brutalität, mit der die Täter vorgegangen waren«, fuhr Hambrock fort. »Es gab Knochenbrüche im Brust- und Schulterbereich. Zahlreiche Hämatome an Beinen und Oberkörper, dazu eine Reihe von Schürfwunden. Am massivsten aber waren die Kopfverletzungen. Der Notarzt musste einen Nasenbeinbruch, einen Kieferbruch und eine Fraktur des Gesichtsschädels feststellen.«

Ein leises Schluchzen drang aus dem Zuschauerbereich. Im Augenwinkel sah Hambrock, wie eine Gestalt in einem hellen Trenchcoat und mit langer dunkler Mähne zum Ausgang lief und durch die Tür verschwand. Die Mundwinkel der Richterin sackten herab. Normalerweise riet sie Angehörigen, den Saal zu verlassen, wenn bei einer Befragung besonders schmerzliche Einzelheiten zu erwarten waren. Hambrock war offenbar zu sehr in medizinische Details gegangen. Er wollte sich zurückhalten. Die Rechtsmedizinerin würde ohnehin noch gehört werden.

»Der Notarzt vermutete einen Schädelbasisbruch«, beendete er die Ausführungen. »Allerdings konnte das erst durch die Obduktion bestätigt werden. Das Opfer muss bereits am Boden gelegen haben, als sich der Hauptteil der

Gewalt entlud. Erst da wurden die Tritte auf den Kopf des Opfers abgegeben.«

Hambrock erinnerte sich, wie fassungslos der Notarzt gewesen war. »Wir sind doch hier nicht in Berlin! Ich bin in Gertenbeck aufgewachsen, verstehen Sie? Das ist mein Dorf! So etwas passiert hier nicht. Die Gertenbecker sind so nicht.« Hambrock hatte geschwiegen. Wer ist schon so?, hatte er sich gefragt.

»Wenn Sie mir eine persönliche Bemerkung gestatten«, sagte Hambrock zur Richterin. »Ich bin seit über zwanzig Jahren im Polizeidienst, aber eine so enthemmte Gewalttat habe ich in dieser Zeit noch nicht erlebt. Besonders erschreckend finde ich, dass es offenbar keinen nennenswerten Anlass gegeben hat.«

Sein Blick wanderte zur Anklagebank. Die Jugendlichen sahen aus, als würden sie jeden Moment in Tränen ausbrechen. Nur der Haupttäter, ein auffallend hübscher Junge mit blonden Engelshaaren, der den tödlichen Tritt abgegeben hatte, sah mit festem Blick zur Decke. Das war schon in den Vernehmungen so gewesen. Zuerst hatte er sich geweigert, mit der Polizei zu sprechen, obwohl die anderen beiden längst geständig waren. Und auch danach hatte er sich einsilbig und wenig kooperativ gegeben. Er schien einen dicken Panzer um sich errichtet zu haben. Aber vielleicht war das nur ein Schutzmechanismus.

»Waren die Angeklagten zu diesem Zeitpunkt schon in Polizeigewahrsam?«, fragte die Richterin und blätterte in einer Akte. »Soweit ich weiß, waren sie bereits aufgegriffen worden, als Sie den Tatort in Gertenbeck erreichten.«

»Das stimmt. Es gab Zeugen, die die jungen Männer genau beschreiben konnten. Eine Polizeistreife hat sie kurz darauf am Gertenbecker Marktplatz aufgegriffen. Nach ihrer Flucht vom Bahnhof hatten sie dort am Brunnen Wodka getrunken. Als sie die Polizeifahrzeuge entdeckten, versuchten sie zu fliehen. Aber weit kamen sie nicht. Anfangs haben sie alles abgestritten. Danach die Aussage verweigert. Aber mithilfe der Augenzeugen konnten sie schnell als Täter identifiziert werden. Es gab ein Handyvideo von der Tat. Einer der Zeugen hat ein paar Sekunden lang mitgefilmt.«

»Ein Handyvideo? Haben wir das bei den Beweismitteln?«, fragte die Richterin und blätterte in den Unterlagen. »Ach ja, hier ist es. Das schauen wir uns später an. Machen Sie weiter, Herr Hambrock. Die Angeklagten konnten also zweifelsfrei als Täter identifiziert werden?«

»Ja, Sascha Bördemann und Dennis Gröver waren daraufhin geständig. Lennard Müller hat die Aussage zunächst verweigert. Nach dem Gespräch mit seinem Anwalt hat er sich aber ebenfalls entschlossen, die Tat zuzugeben. Es gibt keinen Hinweis auf eine vordeliktische Beziehung. Täter und Opfer stammten zwar allesamt aus Gertenbeck, aber das Opfer war acht Jahre älter als die drei Täter. Marius Baar hat sein Abitur gemacht, als die drei Angeklagten gerade aufs Gymnasium gekommen waren. Er studierte seit einigen Jahren in Münster, und so gab es auch im Bekanntenkreis keine Berührungspunkte. Die erste bewusste Begegnung zwischen Marius Baar und den Angeklagten fand offenbar in der Tatnacht auf dem Bahnsteig statt.«

»Können Sie etwas zu den Motiven der Tat sagen?«, fragte Richterin Schniederjohann.

»Es scheint zu einem spontanen Gewaltausbruch gekommen zu sein. Die Täter waren leicht alkoholisiert. Sascha Bördemann gab an, wegen der bevorstehenden Abiturprüfungen frustriert gewesen zu sein. Sie standen unter extremem Druck, auch durch das Elternhaus. Der Streit auf dem Bahnsteig war offenbar ein willkommener Anlass, um Dampf abzulassen.«

»Dampf ablassen? Ist damit für Sie ein solch ungewöhnlicher Gewaltausbruch erklärbar?«

Hambrock sah zu den drei Angeklagten, die immer noch krampfhaft vor sich hin starrten.

»Ich weiß nicht, ob das diese Tat erklärt«, sagte er. »Aber eine andere Erklärung hat sich bei den Ermittlungen nicht ergeben. Es gibt keine weitergehenden Motive.«

Die Richterin sah zur Anklagebank hinüber und pickte sich den Erstbesten der drei heraus.

»Herr Bördemann«, donnerte ihre Stimme durch den Saal. »Was war der Grund für die Gewalttat?«

Der Junge verkrampfte sich. Er schien zu begreifen, dass Aussitzen nicht mehr möglich war. Panik trat in sein Gesicht.

»Sagen Sie mir, weshalb Sie Marius Baar geschlagen haben«, beharrte die Richterin. »Und dann, als er bereits wehrlos am Boden war, immer weiter auf ihn eingetreten haben.«

»Ich …« Sascha Bördemann schluckte schwer. »Ich weiß nicht. Wir wollten ihn nicht töten. Wir waren nur sauer auf ihn. Wir hatten doch nie vor, ihn umzubringen.«

»Sie haben ihm ins Gesicht getreten, als er am Boden lag«, insistierte sie. »Immer wieder und mit voller Kraft. Ist doch klar, dass man so was nur schwer überleben kann.«

»Ich … wir wollten nicht …« Er fing an zu schluchzen.

Das Gesicht der Richterin verfinsterte sich weiter. So leicht wollte sie es den Angeklagten nicht machen.

»Herr Gröver«, schoss sie hinterher. »Dann sagen Sie es mir. Was war der Grund?«

Dennis Gröver sah verschreckt auf. Seine großen Augen wirkten unschuldig wie die eines Kindes.

»Ich weiß auch nicht, was in uns gefahren ist. Wir wollten ihn nicht töten, bestimmt nicht.«

»Das ist alles, was Ihnen dazu einfällt?«, fragte die Richterin. »Sie wollten ihn also nicht töten?«

»Wir wollten uns nur prügeln. Und dann ... dann lag er am Boden, und wir konnten einfach nicht mehr aufhören.«

»Sie konnten also nicht mehr aufhören, ja?« Die Richterin beugte sich vor. Ihre durchdringende Stimme war selbst im letzten Winkel des Saals deutlich zu hören, als sie fragte: »Weshalb konnten Sie nicht mehr aufhören?«

In den Zuschauerreihen war es jetzt totenstill.

Nur das Schluchzen von Sascha Bördemann war zu hören. Die anderen beiden schwiegen beharrlich und starrten schuldbewusst auf den Tisch. Saschas Schultern bebten, der ganze Körper begann zu zittern. Und dann konnte er sich mit einem Mal nicht mehr halten und heulte lautstark drauflos.

In den Zuschauerreihen wurde getuschelt. Die Verteidiger beantragten eine Unterbrechung. Richterin Schniederjohann missfiel das sichtlich. Aber der Anfall des Jungen war nicht gespielt, und sie gab dem Ansinnen mürrisch statt.

»Herr Hambrock, sind Sie damit einverstanden, die Befragung kurz zu unterbrechen und nach einer Pause von –

sagen wir – fünfzehn Minuten dem Gericht nochmals zur Verfügung zu stehen?«

»Natürlich«, sagte er.

Hambrock war einer der Ersten, die den Saal verließen. Kühle und frische Luft schlug ihm entgegen.

Hinter ihm strömten die Zuschauer plaudernd heraus. Mit der Stille im Lichthof war es schlagartig vorbei. Auf einer Bank entdeckte Hambrock die Gestalt in dem hellen Trenchcoat, die während der Befragung den Saal verlassen hatte. Es war eine Mulattin mit einer auffälligen Afrofrisur. Hambrock kannte sie bereits. Nathalie. Der Nachname war ihm entfallen, aber sie war die feste Freundin von Marius Baar gewesen. Sie hatten den Tag miteinander verbracht, bevor er seine schicksalhafte, letzte Fahrt nach Gertenbeck angetreten war.

Sie hockte mit hängenden Schultern auf der Bank, und Tränen liefen ihr übers Gesicht. Hambrock fühlte sich schuldig. Er zog eine Packung mit Papiertaschentüchern hervor und ging auf die Bank zu. Er wollte für seine Wortwahl um Verzeihung bitten. Vielleicht brauchte sie außerdem jemanden zum Reden. Möglich, dass es ihm gelang, ein wenig Trost zu spenden.

In diesem Moment tauchte ein junger Mann in Kapuzenpulli und mit einer modischen Hornbrille auf. Er trat auf die Bank zu und legte tröstend die Hand auf Nathalies Schulter. Hambrock hatte auch ihn schon einmal gesehen, konnte sich aber weder an den Namen erinnern noch daran, in welcher Beziehung er zu dem Opfer gestanden hatte.

Der junge Mann bemerkte Hambrock. Er beugte sich zu Nathalie und flüsterte ihr eindringlich etwas zu. Sie sah ebenfalls verstohlen herüber, nickte dann, stand auf, hakte sich bei ihm unter und verließ gemeinsam mit ihm das Gerichtsgebäude. Beinahe wirkte es, als wären sie auf der Flucht vor ihm, um ja nicht mit der Polizei sprechen zu müssen.

Hambrock sah den beiden nachdenklich hinterher. Ihr Verhalten war mehr als seltsam. Er versuchte sich zu erinnern, was diese Nathalie für eine Rolle bei der Ermittlung gespielt hatte. Vielleicht würde ihm dann auch wieder einfallen, wer der Mann mit der Hornbrille war. Ob er noch mal einen Blick in die Akten werfen sollte?

Doch das war natürlich Unsinn. Der Fall war abgeschlossen. Er hatte jetzt ein paar Tage frei. Wenn das Gericht ihn entlassen hatte, würde er nach Hause fahren und den Küchenschrank reparieren. Also steckte er seine Taschentücher wieder weg und steuerte die Kantine an, um sich einen Becher Kaffee zu besorgen.

3

Der Zug setzte sich langsam in Bewegung. Die Sonne stand tief am Himmel und blinzelte zwischen Dachfirsten und Schornsteinen hindurch. Ein weiterer warmer Sommerabend über den Dächern der Stadt. Marius fühlte sich immer noch verkatert. Die Party in der vergangenen Nacht war wild gewesen, und wie er ins Bett gekommen war, wusste er nicht mehr. Heute Morgen war er bei einem Kumpel in dessen Studentenwohnung aufgewacht. Sie lag in einem Altbau im Kreuzviertel unweit der Promenade, genau das Passende für einen Betriebswirtschaftler kurz vor dem Examen. Marius hätte gern mit ihm getauscht. Aber sein Vater fand, Marius' Platz sei zu Hause in Gertenbeck und nicht in Münster. Platz genug gab es ja in der Familienvilla. Deshalb musste er pendeln. Das Studium sei nicht dazu da, sich zu amüsieren, meinte sein Vater. Es solle ihn vielmehr vorbereiten, eines Tages die Firma zu übernehmen. Alles andere sei Zeitverschwendung. Sein Vater eben.

Der Signalton der Lok pfiff einsam durch den Abendhimmel. Häuserfronten zogen vorbei, alles war in warmes orangefarbenes Licht getaucht. Ein Gothic-Typ mit schwarzer Kutte schlurfte an ihm vorbei und setzte sich in eine verlassene Sitzgruppe. Er senkte den Kopf und ließ sich die Haare ins Gesicht fallen, als wollte er sich damit von seiner Umgebung abschirmen. Aus seinen Ohrstöpseln drang blechern Musik. Doch er blieb nicht lange allein. Eine Gruppe etwa gleichaltriger Jugendlicher baute sich vor ihm auf. Vier Jungs mit Markenklamotten und gestylten Haaren. Der Gothic-Typ sah ängstlich auf. Offenbar kannte er die vier. Einer von ihnen bedeutete ihm mit einer Kopfbewegung, er solle sich verziehen.

»Das ist mein Platz! Verpiss dich!«

Er stieß ihn unsanft zur Seite. Die drei anderen kicherten. Sie machten sich auf den freien Plätzen breit und rückten dem Gothic-Typen bedrohlich auf die Pelle. Der duckte sich, sah zu Boden.

»Kannst du nicht hören? Du sollst dich verpissen, du Arschloch!«

Die anderen Fahrgäste sahen angestrengt aus dem Fenster. Keiner mischte sich ein. Der Junge in der schwarzen Kutte bekam einen weiteren Stoß, dann schlich er schließlich davon. Die anderen lachten triumphierend. »Was stinkt das hier, wo der gesessen hat!«, rief einer.

Marius sah wieder aus dem Fenster. Er dachte an die Party der vergangenen Nacht. An Nathalie. Sein Kumpel hatte ihm gesagt: »Vergiss es, Marius. Es gibt da eine Sorte Frauen, bei der landest du nicht.« Ungesagt schwang mit: Frauen, die Klasse haben. Keine von den typischen Campustussis, die er regelmäßig abschleppte: blonde, gestylte Frauen aus wohlhabenden Familien. Frauen mit perfekten Körpern, mit Einserzeugnissen, Praktika in den USA und schicken, teuer eingerichteten Studentenwohnungen. Frauen, für die Marius perfekt ins Portfolio passte: Unternehmersohn mit blendend gutem Aussehen. Manchmal fragte er sich, wer eigentlich wen flachlegte.

Er hatte einen gewissen Ruf auf dem Campus. Ein Herzensbrecher, ein einsamer Cowboy, unnahbar und geheimnisvoll. Es gab Frauen, für die es eine sportliche Herausforderung war, ihn zu knacken und für sich zu gewinnen. Die wenigen Male, bei denen er sich allerdings auf eine Beziehung eingelassen hatte, war er kurz darauf von den Frauen sitzen gelassen worden. Offenbar war der Schein vielversprechender.

Marius legte die Stirn an die kühlende Scheibe. Sie hatten die Stadt verlassen und fuhren durchs Münsterland. Wallhecken und Pappelalleen, Wiesen und Weizenfelder, und hinter allem die blutrote Sonne, die langsam am Horizont verschwand.

Bei Nathalie hatte er tatsächlich nicht landen können. Nicht, dass er es nicht versucht hätte. Aber sie war keine dieser Frauen, die ihm nachliefen. Auch war sie keine von denen, die spröde und abweisend auf ihn reagierten, nur um zu kaschieren, dass sie insgeheim von ihm erobert werden wollten. Im Gegenteil. Sein Aussehen, sein Charme, die ganzen Tricks, die er draufhatte, das alles schien Nathalie vielmehr zu amüsieren. Sie lachte unentwegt, strich sich dabei durch ihre Afrofrisur, und nicht selten hatte er das Gefühl, sie lachte ihn aus. Überhaupt war es schwer zu sagen, ob er bei ihr gerade Eindruck schindete oder sich zum Affen machte. Es war verwirrend. Und sehr anziehend.

Im Durcheinander der Party hatten sie sich schließlich aus den Augen verloren, und später hieß es, Nathalie sei gegangen. Marius hatte danach keine Lust mehr gehabt, sein Glück bei einer anderen Frau zu versuchen. Er hatte sich einfach nach allen Regeln der Kunst volllaufen lassen und war schließlich in der Wohnung seines Kumpels gelandet.

Da war ein seltsames Gefühl. Als würde er beobachtet. Er sah auf. Am anderen Ende des Großraumabteils saß ein Mann auf einem Klappsitz und starrte herüber. Ein bulliger Typ mit einem von Aknenarben zerfurchten Gesicht. Er erinnerte Marius an einen grobschlächtigen Marine aus einem amerikanischen Film. Das kantige Gesicht, der düstere Blick, einfach alles. Marius fühlte sich unwohl. Was glotzte der so?

Eine Erkennungsmelodie ertönte, dann sagte eine Computerstimme die nächste Station an. Der bullige Typ stand auf und steuerte die Türen an. Offenbar hatte er das Interesse an Marius verloren. Der Zug verlangsamte das Tempo und fuhr in den kleinen Bahnhof ein. Der Marine stieg aus und verschwand. Marius sah sich um. Die Jugendlichen, die den Gothic-Typen verjagt hatten, waren ebenfalls fort. Offenbar unterwegs ausgestiegen, ohne dass er es bemerkt hatte. Der Junge mit der schwarzen Kutte hockte etwas entfernt auf einem Klappsitz. Seine Haare verdeckten wieder das Gesicht, und er hatte eine bemüht lässige Pose eingenommen.

Marius betrachtete ihn nachdenklich. Er wusste genau, wie es sich anfühlte, weggestoßen zu werden. Sich nicht wehren zu können und Demütigungen zu ertragen. Es war ein klebriges Gefühl, das einen nach und nach von innen einkleisterte. Marius fiel scheinbar alles zu. Da waren sein sicheres Auftreten, sein gutes Aussehen. Er war ein Gewinnertyp. Aber das war nur der Schein. Sein Innenleben war ein anderes.

Die Sonne war nun am Horizont verschwunden. Draußen schimmerte zwischen den Bäumen das Wasser einer Seenlandschaft. Wieder ertönte eine Stimme aus den Lautsprechern. Die nächste Station wäre Gertenbeck. Sein Bahnhof. Er nahm seine Tasche und stand auf.

Der Zug wurde langsamer und hielt. Auf dem Weg zu den auseinandergleitenden Türen ließ er den Blick durch den Waggon schweifen. Plötzlich sah er sie. In der hintersten Sitzgruppe. Schwarze Locken, eine hohe Stirn, kluge Augen und eine Haut wie Milchkaffee.

Nathalie.

Sie blickte auf und entdeckte ihn ebenfalls. Überraschung trat in ihr Gesicht. Offenbar hatte sie ihn nicht vergessen.

»Hallo«, sagte sie. »Marius, oder?«

Er war völlig durcheinander. Wahrscheinlich waren sie beide in Münster in denselben Wagen gestiegen, ohne einander bemerkt zu haben.

»Hallo, Nathalie. Hast du die ganze Zeit dort gesessen?«

Eine blöde Frage. Doch perplex wie er war, fiel ihm nichts anderes ein. In ihren Augen blitzte etwas auf. Sie schien sich schon wieder zu amüsieren.

»Ich fahre nach Essen«, sagte sie. »Meine Eltern leben da, und meine Mutter hat heute Geburtstag.«

Dieser Blick. Er spürte einen Stich. Was sollte er jetzt tun? Sich nach ihrer Telefonnummer erkundigen? Vom Bahnsteig drang eine Ansage: Bitte zurücktreten, die Türen schließen selbsttätig, Vorsicht bei der Abfahrt.

»Musst du nicht hier raus?«, fragte sie.

Er zögerte. Dann hob er eine Augenbraue und ließ sich den Scheitel ins Gesicht fallen. Eine Geste, von der er wusste, dass sie ihn verwegen aussehen ließ.

»Nein«, log er ganz offensichtlich. »Ich muss nach Essen.« Die Türen schlossen sich, und der Zug setzte sich in Bewegung. Sein Spiel war natürlich durchschaut, aber das war ihm egal. Er nahm Haltung an, trat an ihre Sitzgruppe, deutete auf den freien Platz und fragte: »Darf ich?«

Nathalie betrachtete ihn nachdenklich.

Dann begann sie zu lächeln.

4

Hambrock hatte wieder seinen Platz auf dem Zeugenstuhl eingenommen. Die Verhandlung wurde fortgeführt. Auch die drei Angeklagten saßen wieder auf ihren Plätzen und sahen zu Boden. Sie wirkten gefasst, und Tränen schienen vorerst nicht mehr zu fließen.

Richterin Schniederjohann befragte Hambrock noch eine Weile zu den Abläufen am Tatort und den anschließenden Ermittlungen. Er gab einen Überblick über die Zeugenbefragungen, den Spurenbericht, die Vernehmungen und die Geständnisse. Aber im Grunde gab es keine weiteren Einzelheiten mehr, die eine neue Perspektive auf das Geschehen gezeigt hätten.

Schließlich dankte die Richterin ihm und gab das Wort an die Staatsanwaltschaft. Josef Wübken, ein alter Bekannter von Hambrock, der, obwohl er noch ganze drei Jahre bis zum Ruhestand vor sich hatte, bereits jetzt aussah wie ein achtzigjähriger Märchenopa, sah freundlich zum Zeugenstuhl herüber. Er sagte nichts, und eine Weile schien es, als würden ihm gleich die Augen zufallen, doch dann durchfuhr ihn ein leichtes Zucken, und er meinte: »Keine weiteren Fragen, danke.«

Das Wort ging an die Nebenklage. Dort saßen die Anwälte der Familie. Mittendrin Klaus Baar, der Vater des Opfers, ein in jeder Hinsicht schwergewichtiger Unternehmer, und Marius' Schwester Nicole, die Hambrock bereits während der Ermittlung kennengelernt hatte. Eine kühl wirkende und verschlossene Frau, die in ihrem teuren Kostüm viel älter aussah, als sie tatsächlich war. Die Anwälte und der Familienpatriarch steckten die Köpfe zusammen, und dann hieß es auch von dieser Seite: Keine weiteren Fragen.

Also erteilte Richterin Schniederjohann der Verteidigung das Wort. Eine junge Anwältin mit streng zurückgebundenen Haaren und stahlblauen Augen wandte sich an Hambrock. Die Robe stand ihr gut, und Hambrock fragte sich insgeheim, wie alt sie sein mochte. In jedem Fall gab es nicht viele Anwältinnen in ihrem Alter, die bei einer solch großen Verhandlung für die Verteidigung sprachen, das stand fest.

»Wir haben noch ein paar Fragen«, begann sie. »Zunächst zu dem Geschehen am Bahnhof.« Sie wandte sich an Hambrock. »Sie haben fünf Zeugen befragt, die mit dem Zug aus Münster gekommen sind. Wäre es möglich, dass da Fahrgäste vergessen wurden, die am Bahnhof in Gertenbeck ausgestiegen sind? Es könnte jemand übersehen worden sein, der nicht auf das Eintreffen der Polizei gewartet hat.«

»Das halte ich für unwahrscheinlich«, sagte Hambrock. »Keiner der Zeugen konnte sich an einen weiteren Fahrgast erinnern. Sehen Sie, der Zug hatte nur drei Waggons. Der Bahnsteig ist sehr übersichtlich. Die Fahrgäste, die in Gertenbeck ausstiegen, gingen gemeinsam über den schmalen Bahnsteig zur Unterführung. Kaum vorstellbar, dass da ein weiterer Fahrgast unbemerkt geblieben wäre.«

»Ausschließen können Sie aber nicht, dass es einen oder mehrere weitere Fahrgäste gab, die am Tatort waren und nicht gehört wurden?«

»Ausschließen kann ich gar nichts, ich halte es aber für extrem unwahrscheinlich. Die Zeugen stimmten in allen ihren Angaben überein. Und keiner hat einen weiteren Fahrgast gesehen. Davon auszugehen wäre reine Spekulation.«

Ihm war schon klar, worauf die Anwältin hinauswollte. Dennis Gröver, der Junge mit dem Kassengestell, hatte in den Vernehmungen immer wieder betont, dass Marius noch gelebt habe, als sie weggerannt seien. Er habe sich noch einmal umgedreht und dabei gesehen, wie ihr Opfer gestöhnt und sich bewegt habe. Nach dem Befund der Obduktion war das allerdings unmöglich: Der tödliche Tritt hatte eine schwere Schädelfraktur zur Folge gehabt. Marius Baar war auf der Stelle tot gewesen.

Dieses Detail war für die Verteidigung von erheblicher Bedeutung. Sollte Marius tatsächlich noch gelebt haben, änderte das die gesamte Situation grundlegend. Zum einen versuchte die Verteidigung natürlich, das Gericht zu überzeugen, dass bei der Tat keine Tötungsabsicht vorgelegen habe, zum anderen ging es um den Unterschied zwischen Totschlag und gefährlicher Körperverletzung mit Todesfolge – was sich wiederum auf das Strafmaß auswirken würde. Vor allem aber stellte sich dann die Frage, wer Marius Baar den tödlichen Tritt versetzt haben mochte. Ein unbekannter Dritter am Tatort, das hatte natürlich Potenzial.

»Wie Sie wissen, werden wir heute Nachmittag die Rechtsmedizinerin als Sachverständige befragen«, fuhr die Anwältin fort. »Aber Sie haben ja schon angedeutet, dass die Schädelfraktur bei Marius Baar den sofortigen Tod zur Folge hatte. Mein Mandant gibt nun an, dass

Marius Baar noch gelebt hat, als die drei Angeklagten fortgelaufen sind. Er habe sich noch bewegt. Die medizinischen Details werden wir später klären können. Aber gehen wir mal davon aus, dass der Tod sofort eingetreten ist. Dann ergibt sich ein Widerspruch mit der Aussage meines Mandanten.«

Dabei gab es nicht den geringsten Hinweis auf ein solches Szenario. Hambrock hatte während der Vernehmung zu keinem Zeitpunkt den Eindruck gehabt, dass diese Geschichte der Wahrheit entsprechen könnte. Selbst wenn Dennis Gröver nicht bewusst log, so war es durchaus denkbar, dass er sich etwas zurechtlegte, um seine persönliche Schuld zu relativieren. Nicht von ungefähr war er der Junge, der am meisten unter dem Geschehen litt.

Die Anwältin fuhr fort: »Auf der Aufzeichnung des Handy-Videos ist nicht zu erkennen, ob Marius Baar nach dem Übergriff noch lebte. Der Mitschnitt zeigt nur, wie meine Mandanten über das Gleisbett fliehen. Das Opfer ist bei der Aufzeichnung sozusagen im toten Winkel. Ich frage Sie daher: Ist es denkbar, dass ein unbekannter Dritter hinzugetreten ist, nachdem meine Mandanten den Tatort verlassen hatten?«

»Es gibt keinerlei Hinweise, weder hinsichtlich der Zeugenaussagen noch von der Spurenlage her. Ich möchte auch zu bedenken geben, dass das Zeitfenster sehr klein war. Gleich nachdem die Angeklagten geflohen waren, wurde der Notarzt verständigt. Außerdem hat einer der Fahrgäste versucht, erste Hilfe zu leisten. Von einem unbekannten Dritten auszugehen, wäre sehr spekulativ.«

Die Anwältin betrachtete ihn nachdenklich, bevor sie schließlich nickte und sich an die Richterin wandte.

»Danke. Ich habe keine weiteren Fragen mehr an den Zeugen.«

Und das war es dann. Schniederjohann händigte Hambrock das Formular für die Fahrtkostenerstattung aus, und er wurde entlassen. Als er aufstand und den Saal durchquerte, gab es in den Zuschauerreihen Getuschel. Der Gerichtsdiener hielt ihm die Tür auf und nickte ihm zum Abschied zu. Wieder zwinkerte er ihm verschwörerisch zu, dann schloss er die Tür. Die laute Stimme der Richterin verhallte, und Hambrock war wieder allein im stillen Lichthof.

Er atmete durch. Jetzt noch schnell ins Präsidium, um die letzten Absprachen zu treffen, und danach würde er nach Hause gehen. Endlich freimachen.

Draußen hinter der Glasfront stand eine einsame Gestalt mit hochgezogenen Schultern in der Kälte und rauchte. Hambrock stutzte. Das war Henrik Keller, sein Kollege. War der etwa hier, um Hambrock abzuholen? Da hätte er doch vorher etwas gesagt. Außerdem stand er ohne Jacke dort, in einem viel zu dünnen Hemd. Es sah aus, als wäre er nur kurz für eine Zigarette vor die Tür gegangen.

Hambrock trat durch die Schleuse ins Freie.

»Henrik, das ist ja eine Überraschung!«

Keller schrak zusammen, als wäre er bei etwas ertappt worden. Er betrachtete Hambrock wie ein Gespenst. Dann schlug er sich gegen die Stirn. »Ach, die Verhandlung im Fall Marius Baar. Die ist ja heute, stimmt.«

»Ich hab gerade meine Aussage gemacht.« Hambrock betrachtete ihn. »Aber was machst du denn hier?«

»Ich feiere Überstunden ab. Da wollte ich … Du weißt doch, wir …« Er winkte ab. »Ach, was soll's. Du hast das bestimmt sowieso schon gehört. Ich bin wegen Niklas hier, meinem Sohn. Die Verhandlung geht gleich los.«

Hambrock stutzte. Kellers Sohn stand vor Gericht? Das war ihm neu. Und es zeigte Hambrock, dass er trotz aller Bemühungen um eine schlanke Hierarchie offensichtlich vom Tratsch in seiner Gruppe ausgeschlossen war. So etwas verbreitete sich doch normalerweise wie ein Lauffeuer. Zumal Keller bei den Kollegen alles andere als beliebt war.

Keller bemerkte seinen überraschten Blick.

»Du hast also doch nichts davon gehört? Keine Angst, ist nichts Dramatisches. Der Junge ist ohne Fahrerlaubnis gefahren, das ist alles. Er hat sich in meinen Wagen gesetzt und wollte ein paar Meter fahren. Dummerweise stand ein parkender Streifenwagen im Weg. Der Idiot hat die Stoßstange mitgenommen.« Er zog an seiner Zigarette und inhalierte tief. »Ach, Herrgott, im Grunde ist es meine Schuld. Ich habe Niklas gesagt, wir machen mal ein paar Fahrstunden. Er ist ja bald alt genug, um den Führerschein zu machen. Ich wollte was mit ihm zusammen unternehmen, ich dachte, das tut uns gut. Und er war so heiß darauf, sich hinters Steuer zu setzen. Allerdings hatte ich eher an die Rieselfelder gedacht und nicht an das Südviertel, mitten in der Stadt. Und außerdem wollte ich natürlich als Beifahrer dabei sein.« Ein letzter Zug, und Keller warf die Zigarettenkippe auf den Bürgersteig. »Schöne Scheiße.«

»Und heute ist die Verhandlung?«, fragte Hambrock.

»Ja, gleich geht's los. Wie gesagt, alles gar nicht so dramatisch. Jugendstrafrecht. Eine Geldstrafe, vielleicht ein paar Sozialstunden, und das war's. Alles kein Beinbruch.

Aber trotzdem hat ihm die Geschichte einen gehörigen Schrecken eingejagt. Und seine Mutter …« Er grinste schief. »Davon fange ich besser gar nicht an.«

»Ist deine Exfrau denn auch da?«, fragte Hambrock.

»Und ob. Hockt da wie eine Glucke und lässt Niklas nicht aus den Augen, als müsste sie ihn vor seinem bösen Vater beschützen. Meine Güte. Aber ich hab es wohl nicht anders verdient.«

Keller warf einen Blick auf die Uhr und zog eine weitere Zigarette hervor. »Sei froh, dass du keine Kinder hast«, sagte er gut gelaunt und zündete sie sich an. »Die machen nichts als Ärger. Wirklich, manchmal beneide ich dich um deine Freiheit.«

Hambrock lächelte schmal. Er war offensichtlich nicht der Einzige, der vom Bürotratsch ausgeschlossen war. Keller hätte sich diesen Kommentar wohl gespart, wenn er gewusst hätte, dass Hambrock zeugungsunfähig war und sich seinen sehnlichen Wunsch nach eigenen Kindern nie hatte erfüllen können. Während der jahrelangen Versuche, die er und seine Frau unternommen hatten, war im Präsidium viel darüber getuschelt worden. Und bislang hatte auch noch jeder Neue hinter der Hand davon erfahren. Keller bildete da offenbar eine Ausnahme.

»Niklas scheint mir ein netter Junge zu sein«, meinte Hambrock. »Ich hab ihn ja nur ein paarmal gesehen, aber er machte einen aufgeweckten Eindruck auf mich. Außerdem war er höflich, und das ist selten geworden bei Jungen in dem Alter.«

»Er ist höflich, das stimmt. Und glaub mir, ich habe keine Ahnung, von wem er das hat.« Keller lachte. Dann wurde er ernst. »Ich sag dir, Hambrock. Kinder zu haben ist etwas Seltsames. Sie nehmen dich völlig in Beschlag, machen Stress, rauben deinen Schlaf. Immer gibt es Ärger, Streit und Quengelei. Scheiben gehen zu Bruch, Lehrer machen Probleme. Ständig liegen die Nerven blank. Aber dann, wenn mal Ruhe ist und du einfach dasitzt und über alles nachdenkst, kommst du zu dem Schluss: Kinder sind das Wunderbarste auf der ganzen Welt, und ohne sie wärst du nichts. Besonders logisch ist das nicht. Muss was mit den Genen zu tun haben.«

Hambrock spürte seine Trauer. Mit den Jahren, hatte er immer gedacht, würde diese Sehnsucht vielleicht irgendwann nachlassen. Aber so war es nicht. Das Gegenteil war der Fall. Er war nun sechsundvierzig, und immer noch hing er dem Gedanken nach, ein eigenes Kind zu haben. Häufig erwischte er sich bei der Frage, wie alt der Sohn, den er sich so sehr gewünscht hatte, heute sein würde – wenn diese Sache mit der Zeugungsunfähigkeit nicht gewesen wäre.

Keller blickte wieder auf die Uhr.

»Es wird Zeit«, sagte er und nahm einen letzten tiefen Zug, bevor er die zweite Zigarette ebenfalls fortwarf.

»Ich drück die Daumen für deinen Sohn«, sagte Hambrock. »Hoffentlich bekommt er ein mildes Urteil.«

»Ach, eine Geldstrafe tut ihm vielleicht mal ganz gut. Dann wird er sich in Zukunft mehr Gedanken über die Konsequenzen machen.«

Keller wandte sich bereits zum Gehen. Er hob die Hand zum Gruß. Da fiel Hambrock noch etwas ein.

»Warte, Henrik. Wie lange bist du eigentlich schon im Gericht?«, fragte er.

»Den ganzen Vormittag. Wieso?«

»Da war eine Mulattin. Nathalie Soundso. Die haben wir im Mordfall Marius Baar befragt. Die hat eine Zeit lang im Lichthof herumgesessen. Hast du die gesehen?«

Er runzelte die Stirn. »Die schöne Frau in dem Trenchcoat? Das war also die Freundin von dem Baar? Die hab ich damals gar nicht zu Gesicht bekommen, sonst hätte ich die nicht vergessen, da kannst du Gift drauf nehmen.«

Keller war mit der Aktenpflege betraut gewesen. Doch auch wenn er das Büro kaum verlassen hatte, wusste er eine Menge über den Fall. Und sein Gedächtnis war gut.

»Die hieß ... warte, mir fällt's gleich ein. Nathalie Brüggenthies, genau.« Er grinste. »Schräger Name für so eine exotische Erscheinung. Klingt irgendwie ziemlich spießig. Der Vater ist Deutscher. Die Mutter kommt aus Kenia, wenn ich mich recht erinnere. Leben in Essen, die Eltern.«

»Was ist mit dem Typen, der bei ihr war? Der mit der Hornbrille. Hast du den schon mal gesehen?«

»Nein, muss ich passen. Hatte der was mit der Ermittlung zu tun?«

»Das weiß ich nicht. Deshalb frage ich.«

»Sorry. Da kann ich dir nicht weiterhelfen. Aber hatte die nicht einen Mitbewohner? Die lebt in einer Studenten-WG, wenn ich mich recht erinnere, und Marius Baar war auch ständig dort. Vielleicht war der das ja.«

Hambrock sah nachdenklich zur Hauptverkehrsstraße, die am Landgericht vorbei in Richtung Innenstadt führte.

»Ja, vielleicht«, sagte er nachdenklich. »Kannst du dich noch erinnern, ob diese Nathalie Kontakt zur Familie des Opfers in Gertenbeck hatte? Oder zu seinen Freunden dort? Ich meine, die beiden wären erst kurz vor seinem Tod ein Paar geworden. Kannte die da überhaupt einen?«

»Nein, da gab's keinen Kontakt. Aber ganz sicher bin ich nicht. Man müsste noch mal in die Befragungen sehen.« Keller fixierte ihn. »Wieso interessiert dich das überhaupt? War irgendwas in der Verhandlung?«

»Ach, nein. Gar nichts. Ich bin nur neugierig.« Er grinste. »Es ist wohl überfällig, dass ich ein paar Tage freimache. Sonst kann ich gar nicht mehr abschalten.«

»Da hast du wohl recht.« Keller deutete zur Schleuse. »Ich muss los. Wir sehen uns, Hambrock. Mach's gut.«

Und damit verschwand er im Gebäude. Hambrock drehte sich um und steuerte den Parkplatz an.

Es gab keinen unbekannten Dritten. Das war völlig ausgeschlossen.

5

Die Regionalbahn nach Essen wartete mit abgestellten Motoren am Gleis. Noch zehn Minuten bis zur Abfahrt. Nach und nach trudelten Fahrgäste ein. Marius saß unruhig am Fenster und blickte zum Treppenaufgang. Er wartete.

Nathalie. Er konnte kaum glauben, was da gerade passierte. Alles war wild und neu und aufregend. Sein ganzes Leben war auf den Kopf gestellt worden. In den vergangenen Tagen hatten sie kaum das Bett verlassen. Gemeinsame Zukunftspläne geschmiedet. Sie hatten sogar schon darüber nachgedacht, ob sie zusammenziehen sollten. Alles schien möglich. Es war unglaublich. Er hatte die Uni geschwänzt. Das Handy ausgeschaltet. Selbst seinen Vater hatte er angelogen. Der glaubte nämlich, er wäre mit ein paar Freunden bei einem Blockseminar, um sich auf die nächsten Prüfungen vorzubereiten. Marius kannte sich nicht wieder. Alles war ihm plötzlich egal: das Studium, die Firma, sein Vater. Er hatte nicht einmal darüber nachgedacht, ob es das Richtige war, sondern einfach gehandelt. Er tat, wonach ihm war, zum ersten Mal in seinem Leben. Ein großartiges Gefühl.

Die Türen glitten auseinander, und weitere Fahrgäste stiegen ein. Mit abgestellten Motoren war es ungewohnt ruhig im Waggon. Eine seltsame Atmosphäre, man hörte jedes Geräusch, und die Menschen waren bemüht, den Blicken der anderen auszuweichen.

Ein bekanntes Gesicht aus Gertenbeck tauchte auf. Ein Versicherungsfritze mit Anzug und Krawatte, kaum älter als Marius. Er war ein Klassenkamerad seiner Schwester Nicole gewesen, daher kannte Marius ihn. Ihre Blicke trafen sich. Der Mann ging grußlos an ihm vorbei. Freunde von Nicole mochten ihn nicht, das war schon immer so gewesen.

Doch heute machte ihm das nichts aus. Im Gegenteil. Marius konnte sich ein Grinsen nicht verkneifen. Keiner ahnte, was passierte. Es war, als lebten er und Nathalie in einer Parallelwelt.

Er sah sich im Zug um. Diesmal waren kaum vertraute Gesichter zu sehen. Nur der Alkoholiker hockte auf seinem Klappsitz. Marius sah sich nach dem bulligen Typen mit dem Aknegesicht um, der ihn neulich beobachtet hatte. Er war nirgends zu sehen.

Draußen tauchte Nathalie auf. Sie trat auf den Bahnsteig und stöckelte auf die Waggons zu. Die schwarzen Locken wippten auf und ab. Sie war atemberaubend schön. Wie konnte er so eine Sehnsucht empfinden? Es waren doch nur ein paar Stunden gewesen, die sie sich nicht gesehen hatten. Etwas veränderte sich. Er spürte eine Kraft in sich, die er bis dahin nicht gekannt hatte.

Nathalie stieg in den Zug und entdeckte ihn. Ein breites Lächeln trat in ihr Gesicht. Marius konnte immer noch nicht glauben, dass ihm das passierte. Der Motor der Lok sprang an, Lichter flackerten auf, gleich würde es losgehen.

»Ich dachte schon, du lässt mich sitzen«, meinte er. »Und dass du noch zur Post wolltest, war nur eine Ausrede.«

»Da kennst du mich aber schlecht. Du schuldest mir

fünfundzwanzig Euro.« Die hatte sie ihm geliehen, damit er sich seine Mensakarte aufladen konnte. »Die hätte ich vorher schon noch eingetrieben.«

Er lächelte. »Wenn das so ist, werde ich mir Zeit lassen, sie zurückzuzahlen.«

Der Zug fuhr los, und Marius legte den Arm um sie. Sein Blick fiel auf den Schulkameraden von Nicole. Er sprach mit einer Frau, von der er nur den Hinterkopf erkennen konnte, und sah dabei immer wieder in seine Richtung. Eine Weile später blickte sich die Frau ebenfalls um, um einen raschen Blick auf ihn und Nathalie zu werfen. Ihr Gesichtsausdruck war düster und missgünstig.

Marius stieß einen Seufzer aus.

»Was ist denn los?«, fragte Nathalie.

»Siehst du die Frau da hinten? Die und der Anzugträger zerreißen sich gerade das Maul über uns. Die Frau heißt Ann-Kathrin, sie ist die beste Freundin meiner Schwester.«

»Ach, ehrlich? Was ist denn deren Problem?«

»Sie mögen mich nicht. Das haben sie noch nie getan.«

»Na und? Die können dir doch egal sein, oder?«

»Nein. Ann-Kathrin wird Nicole von uns erzählen.«

»Ist das schlimm?«

»Du kennst meine Familie nicht.«

Sie rückte von ihm ab und betrachtete ihn mit einem Lächeln. »Willst du mich denn vor ihnen geheim halten?«

»Es ist kompliziert.«

Sie fixierte ihn. »Schämst du dich für mich?« Es klang wie ein Vorwurf, und er fragte sich, ob es hier plötzlich um die Hautfarbe ging.

»Nein, natürlich nicht! Ich …«

Er war durcheinander. Reichte etwa die Anwesenheit

von Ann-Kathrin schon aus, um den ersten Keil zwischen ihn und Nathalie zu treiben? Was wäre dann erst, wenn seine Familienmitglieder höchstpersönlich ins Spiel kämen?

»Mein Vater manipuliert gerne«, sagte er. »Alles muss genau so laufen, wie er sich das vorstellt. Er ist perfekt darin, Macht auf andere auszuüben. Deshalb … Ach, ich weiß auch nicht.«

Ihm wäre es lieber gewesen, keiner hätte von Nathalie erfahren. Die Vorstellung, einen Teil seines Lebens von seiner Familie abzuspalten, hatte etwas Verführerisches. Er würde ein Doppelleben führen: sich wegschleichen, Ausreden überlegen, Termine vorgeben. Keiner hätte Zugang zu diesem Teil seines Lebens. Er hätte etwas ganz für sich allein, worüber sein Vater keine Macht hatte.

Sie betrachtete ihn mit einem Stirnrunzeln und wirkte dabei nicht verärgert, sondern eher interessiert.

»Aber das ist jetzt sowieso egal«, sagte Marius ernüchtert. »In ein paar Stunden wissen alle Bescheid. Ann-Kathrin wird bestimmt sofort bei meiner Schwester anrufen.«

Der Zug hielt an einem kleinen Bahnhof, Menschen stiegen aus und ein. Die Sonne blinzelte zwischen Baumkronen hindurch, Vögel zogen am Himmel entlang. Marius spürte, wie Traurigkeit in ihm aufstieg. Er wollte nicht mehr an seine Familie denken. Nicht, so lange er mit Nathalie zusammen war.

»Ich könnte mitkommen«, schlug sie vor. »Du nimmst mich gleich einfach mit und stellst mich deinen Eltern vor. Ganz zwanglos. Nur, weil ich zufällig zu Besuch bin.«

Marius dachte an die dunkle Villa, die spürbare Kälte. Er traute Nathalie zwar zu, sich dort zu behaupten. Mit ihrer natürlichen Fröhlichkeit würde sie seine Eltern bestimmt aus der Fassung bringen.

Aber was wäre seine Rolle dabei? Er würde danebenstehen und sich schlimmstenfalls von seinem Vater demütigen lassen. Wollte er Nathalie diese Seite von sich zeigen?

Sein Vater wusste genau, wo Marius verletzbar war, und er würde nicht zögern, das auszunutzen. Und sei es nur, um ihn vor seiner neuen Freundin vorzuführen. Ihr die Schwächen seines Sohns zu zeigen. Ihn erbärmlich aussehen zu lassen.

Nein. Auf keinen Fall. Das durfte nicht passieren.

»Nathalie, bitte …«

Sie sah ihn wieder interessiert an. Was ging ihr durch den Kopf? Bekam ihr Bild von ihm Risse? Verlor sie schon jetzt etwas Achtung vor ihm? Ohne seine wahren Schwächen zu kennen?

»Du kennst meine Familie nicht«, sagte er. »Es würde nicht gut laufen. Ich …«

Er nahm ihre Hände und drückte sie. »Dies hier, du und ich, das ist gut«, sagte er eindringlich. »Daran sollen die nicht teilhaben. Es ist gut, verstehst du?«

»Aber, Marius … Das ist furchtbar, was du da sagst. Deine Eltern lieben dich doch, oder?«

Er schwieg. Plötzlich schien alles aussichtslos. Nicole würde von Nathalie erfahren, und damit auch seine Eltern. Sie würden schon dafür sorgen, dass Nathalie wieder verschwand.

»Sie wollen für mich keine Freundin wie dich.«

Ihr Gesicht verdunkelte sich. Er glaubte zu wissen, was ihr durch den Kopf ging.

»Nicht wegen deiner Hautfarbe«, sagte er eilig. »Jedenfalls nicht vordringlich. Es ist deine Art. Du bist nicht kontrollierbar für sie. Außerdem wollen sie eine Erbin für das Unternehmen. Sie wollen ihresgleichen für mich. Eine, die kühl ist und zielstrebig und gute Manieren hat.«

»Willst du sagen, ich hab keine guten Manieren?«

»Nein, versteh doch. Was ich sagen will ist, sie werden versuchen, dies hier zu zerstören.«

Es war das erste Mal, dass sie über solche Dinge sprachen. Er sah ihr in die Augen. Spürte sie, wie wichtig das für ihn war? Sie sollte diesen Teil seines Lebens nicht kennenlernen.

Der Zug fuhr in den nächsten Bahnhof ein. Marius warf einen Blick auf das Stationsschild. Es war nicht mehr weit bis Gertenbeck. Ihm blieb nicht viel Zeit.

»Du möchtest also, dass ich nach Essen weiterfahre«, stellte sie fest. »Und dich allein in Gertenbeck aussteigen lasse.«

Er lächelte gequält. Ja, das wollte er.

Sie betrachtete ihn. In ihren Augen blitzte es.

»Vielleicht solltest du dann auch nicht in Gertenbeck aussteigen.«

»Wie bitte? Was meinst du?«

»Komm mit mir nach Essen.«

»Aber ich kann doch nicht …«

»Meine Eltern freuen sich, davon bin ich überzeugt. Sie nehmen Fremde immer herzlich auf. Meine Mutter wird ein tolles Abendessen zaubern, und dann sitzen wir zusammen und unterhalten uns. Sag deiner Familie ab.«

Ihre Eltern kennenlernen. Er spürte ein Kribbeln. Die Aussicht war verlockend.

»Aber … Du weißt doch, die haben mich seit Tagen nicht mehr gesehen. Die rechnen heute Abend fest mit mir. Das kann ich nicht machen.«

»Ich weiß nicht viel über dich und deine Familie. Aber ganz egal, was sonst mit dir los ist – ich weiß, du hast ein gutes Herz. Ich kann nur sagen: Was du da redest, hört sich schrecklich an. Wenn dir diese Leute nicht guttun, dann solltest du vielleicht …« Sie ließ den Satz unbeendet.

Draußen zog hinter den Bäumen die Seenlandschaft vorbei. Die Sonne glitzerte auf dem Wasser. Eine Erkennungsmelodie ertönte, dann wurde der nächste Bahnhof angesagt: Gertenbeck am See.

Marius wusste, was sie sagen wollte. Er dachte ja selbst unentwegt daran.

»Dann sollte ich vielleicht … was?«, fragte er.

»Ach, nichts.«

»Jetzt sag schon.«

Es lag in der Luft. Beide dachten dasselbe. Einer musste es nur laut aussprechen. Sich trauen. Damit es real wurde.

Nathalie tat den Schritt: »Und wenn wir wirklich zusammenziehen würden? Nicht nur in der Phantasie? Ich mein, ich sehe doch, wie viel Angst du vor deiner Familie hast. Du könntest … wir könnten also … doch einfach zusammenziehen?«

Marius hielt die Luft an. Was bislang nur Träumerei gewesen war, wurde zu einer konkreten Idee. Der Gedanke war ein Schock. Sein Vater. Das Unternehmen. Sein vorgezeichneter Weg. Es war undenkbar. Und er kannte Nathalie doch erst seit einer guten Woche.

Es war gefährlich. Verboten.

Und aufregend.

»Sie werden mich nicht einfach ziehen lassen«, sagte er mit klopfendem Herzen. »Entweder ich tanze nach ihrer Pfeife oder ich verschwinde aus ihrem Leben. Es wird zum Bruch kommen.«

Er betrachtete Nathalie. Da war so viel Schönheit und Stärke und Kraft. Alles schien bei ihr möglich zu sein.

Er konnte kaum fassen, worüber er gerade nachdachte.

»Meinst du wirklich, wir sollten das tun?«, fragte er.

Und dann breitete sich in seinem Gesicht ein Lächeln aus.

6

Die Sonne verschwand hinter den Wolken. Ein eisiger Wind wehte über den Parkplatz des Polizeipräsidiums. Hambrock zog die Schultern hoch und schloss eilig den Wagen ab. Anfang Mai. Vor ein paar Tagen hatten sich noch Schneeflocken unter den Regen gemischt. Der Frühling ließ in diesem Jahr auf sich warten.

Im Pförtnerhäuschen saß eine Uniformierte über eine Zeitung gebeugt. Irene Böhm, ein altes Schlachtross der Münsteraner Polizei, die kurz vor ihrem Ruhestand war. Ihr halbes Leben hatte sie auf der Straße gearbeitet, und quer über ihr Gesicht verlief eine breite Narbe, die sie sich mal bei einer Messerstecherei zugezogen hatte. Seit ein paar Monaten hockte sie nun im »wohlverdienten Vorruhestand«, wie sie ihren Job an der Pforte nannte. Hambrock hatte beobachtet, wie sie seitdem um mindestens zwei Konfektionsgrößen auseiandergegangen war. Auch wenn sie es nicht zugab, fragte er sich, ob ihr das Leben im Streifendienst nicht doch insgeheim fehlte.

Auf einem kleinen Monitor neben der Telefonanlage lief eine Talkshow, doch Irene achtete nicht darauf. Sie war in den Lokalteil der Zeitung vertieft. Auch Hambrock hätte sie beinahe übersehen. Sie ließ ihn passieren, und er streckte den Kopf in ihren Raum hinein.

»Hallo, Irene«, sagte er. »Wie läuft's?«

»Muss ja. Du weißt doch, wie's ist. Wenn wir eines Tages ohne Zipperlein aufwachen, dann sind wir tot.«

»Wem sagst du das. Sind aus meiner Gruppe viele im Haus?«

»Ach was, fast keiner. Die machen alle frei. Du hast doch auch frei, oder? Kannst es wohl einfach nicht lassen.«

»Nein, nein. Ich geh nur ganz kurz hoch, um nach dem Rechten zu sehen. Danach komme ich noch mal vorbei. Wenn du dann noch Kaffee in der Thermoskanne hast, lass ich mich gerne einladen.«

»Ich hab auch noch ein paar Windbeutel da. Komm ruhig vorbei, und lenk mich ein bisschen ab, langweilig genug ist es hier.«

»Das mach ich.« Er klopfte gegen den Türrahmen und wandte sich zum Gehen.

»Ach, Hambrock. Fast hätte ich's vergessen. Da war ein Junge für dich hier. Vierzehn, schätz ich mal.«

»Ein Junge? Was wollte er?«

»Dich sprechen. Meinte, er kennt dich.«

»Hatte der auch einen Namen?«

»Ja. Ich hab ihn irgendwo …« Sie setzte ihre Lesebrille auf und durchstöberte die Zettelchen auf ihrem Schreibtisch. »Gerade hatte ich ihn doch noch. Er sagte, er kennt dich von einer Ermittlung. Ich hab das so verstanden, dass du seinen Vater in den Knast gesteckt hast.«

»War das Fabio?«, fragte Hambrock überrascht. Der Junge aus der Coerder Hochhaussiedlung, mit dem Hambrock lange am Küchentisch gesessen hatte, nachdem sein Vater abgeführt worden war.

»Fabio Deiters«, las Irene Böhm den Namen vom Rand ihrer Zeitung ab. Dann schob sie sich die Lesebrille in die Haare. »Ich hab gesagt, du bist nicht da, und keiner weiß, wann du heute reinkommst. Er soll einen Termin machen. Aber er wollte sich nicht abwimmeln lassen.«

»Hat er gesagt, worum es geht?«

»Nein. Aber am besten fragst du ihn selbst.«

Irene stand auf und ging zum Fenster. Sie winkte ihn zu sich heran und deutete nach draußen auf die Rückseite der Dreifaltigkeitsschule. Ein Basketballkorb hing an der Wand, und ein Jugendlicher mit Turnschuhen und Kapuzenpulli dribbelte einen Ball über den Asphalt.

»Er wirft Körbe. Seit zwei Stunden schon. Als würde er dafür bezahlt.«

»Seltsam.« Hambrock betrachtete den Jungen. Seine Bewegungsabläufe waren koordiniert und zielstrebig. Es wirkte beinahe trotzig, wie er dort Korb für Korb warf.

»Seit zwei Stunden, sagst du?« Er schüttelte den Kopf. »Ich werd gleich mal rübergehen. Aber zuerst bin ich oben. Hol schon mal die Windbeutel raus, Irene, dann plaudern wir nachher ein bisschen. Ich will meinen freien Tag doch genießen.«

Auf den Fluren seiner Abteilung war kaum eine Menschenseele. Die Bürotüren der Kollegen waren geschlossen.

Nur am Ende des Flurs stand eine einzelne Tür einen Spalt weit offen. Das Büro von Guido Gratczek. Hambrock schob die Tür langsam auf. Sein Kollege, sonst immer übertrieben gut gekleidet, hatte heute sein Jackett abgelegt und die Hemdsärmel hochgekrempelt. Ein sehr seltener Anblick. Offenbar war Hambrock die Überraschung anzusehen, denn Gratczek sagte: »Ich weiß, ich sollte eigentlich bei der Staatsanwaltschaft sein, aber der Termin ist ausgefallen.«

Hambrock gab einen unbestimmten Laut von sich. Er

konnte seinen Kollegen ja schlecht fragen, warum der sich wie ein normaler Mensch verhielt. Auch wenn das sonst so gut wie nie vorkam.

»Wie war's im Gericht?«, fragte Gratczek.

»Wie gewöhnlich. Es gibt Angenehmeres.«

»Ich schätze mal, die Verteidigung wollte einen unbekannten Dritten ins Spiel bringen?«

»Ja, natürlich. Aber denen war selbst klar, wie wenig überzeugend das ist. Hat nicht lange gedauert, dann waren wir durch.« Er deutete mit dem Daumen zum Flur. »Sonst keiner da?«

»Christian Möllers ist in der Kantine, der kommt gleich wieder. Alle anderen sind draußen. Oder machen frei.«

»Gab's sonst irgendwas Neues?«

»Nein, nichts. Wir nehmen uns die Altfälle vor. Ansonsten lassen wir es ruhig angehen.«

Hambrock nickte. Ein seltsames Gefühl, an einem gewöhnlichen Wochentag im Präsidium einfach so die Segel zu streichen.

»Du kannst ruhig nach Hause gehen«, meinte Gratczek. »Hier brennt schon nichts an.«

»Also gut. Ich bin ja auch nicht aus der Welt. Du kannst mich anrufen.«

Er wandte sich bereits zum Gehen, als ihm noch etwas einfiel. »Ach, Guido. Sag mal, bei den Ermittlungen im Fall Marius Baar, hast du da zufällig die Freundin befragt? Nathalie Brüggenthies?«

»Ja, hab ich. Wieso fragst du?«

»Die lebte in einer WG, oder?«

»Ja, hier in Münster. Mit einem anderen Studenten zusammen. Mikey … Soundso.«

»Und wie sah dieser Mikey aus?«

»Etwa eins achtzig, schlank, dunkelblondes Haar, modische Frisur, Brille. Wieso fragst du?«

»Nur so. Ich hab den heute im Gericht gesehen. Hatte der irgendwas mit der Sache zu tun?«

»Nein. Er kannte die Täter nicht und das Opfer nur flüchtig. Auch sonst war da nichts. Ich müsste noch mal in die Akte sehen, um was Genaues zu sagen.«

»Nein, nicht nötig.«

»Eine Sache war allerdings auffällig«, sagte Gratczek. »Der Typ war grün und blau, als ich ihn befragt habe. War wohl in eine Schlägerei geraten. Er hatte ordentlich was abbekommen. Über dem Auge war eine dicke Platzwunde.«

»Eine Schlägerei? Was hatte es damit auf sich?«

»Am Wochenende davor war Stadtfest gewesen. Er hatte sich mit ein paar Besoffenen angelegt. Es gab eine Anzeige, ich hab das überprüft. Nichts, was mit der Geschichte in Gertenbeck zusammenhing. Du weißt ja, wie's auf dem Stadtfest zugehen kann.«

Das Telefon klingelte, und Gratczek sah aufs Display.

»Das ist privat«, sagte er. »Ist es okay, wenn ich …?«

Hambrock nickte. »Ja, mach ruhig. Ich verschwinde. Wir sehen uns.«

Er klopfte zum Abschied gegen den Türrahmen und trat auf den verwaisten Flur. Wenn ihm zu langweilig werden würde, dachte er, könnte er vielleicht die Verhandlung im Landgericht verfolgen. Bei den nächsten Verhandlungstagen könnte er als Zuschauer dabei sein.

Im Pförtnerbüro hatte Irene Böhm bereits den Teller mit Windbeuteln bereitgestellt. Und frischen Kaffee gekocht. Hambrock saß eine Weile da und plauderte mit ihr.

Doch sein Blick wanderte immer wieder durchs Fenster zur Dreifaltigkeitsschule, wo Fabio verbissen Körbe warf.

»Jetzt geh schon rüber und frag ihn, was los ist«, sagte Irene Böhm irgendwann. »Ich merk dir doch an: Vorher hast du eh keine Ruhe.«

Hambrock lächelte schief. Er leerte seine Kaffeetasse.

»Vielleicht hast du recht. Trotzdem vielen Dank für die Windbeutel, Irene.«

Er verabschiedete sich und trat vor die Tür. Draußen blies ihm der kalte Wind um die Nase. Er schloss seinen Mantel und überquerte den Parkplatz. Der Junge war so sehr in sein Spiel vertieft, dass er ihn gar nicht kommen sah.

»Hallo, Fabio«, sagte Hambrock.

Sein Gesicht hellte sich schlagartig auf, als er Hambrock sah. Doch dann setzte er eine betont gleichgültige Miene auf, wandte sich zum Korb und warf den nächsten Ball. Treffer.

»Schön, dich zu sehen, Fabio. Man hat mir gesagt, du willst mich sprechen?«

Er nahm den Ball unter den Arm und trat näher.

»Ja, das stimmt. Ich möchte Ihnen was erzählen. Da läuft doch gerade dieser Prozess gegen die U-Bahn-Schläger.«

»Na ja, hier im Münsterland gibt es keine U-Bahn. Aber im Fernsehen werden natürlich ständig Parallelen zu den Fällen in Berlin und München gezogen.«

»Wie auch immer. Ich wollte nur sagen, ein Kumpel von mir sagt, er kennt einen, der diesen Lennard gekannt hat. Das war doch einer der Angeklagten, der Blonde. Na ja, ich dachte, das wäre interessant.«

Hambrock konnte sich ein Lächeln nicht verkneifen. Fabio hatte offensichtlich nach irgendeinem Anlass gesucht, der es ihm erlaubte, Hambrock zu besuchen. Es ging nicht um diese Geschichte, das war offensichtlich. Hambrock war gerührt, und gleichzeitig spürte er Mitleid mit dem Jungen.

»Ich könnte mich mal erkundigen, was der über den weiß«, meinte Fabio.

»Sag doch erst mal: Wie geht's dir überhaupt?«, fragte Hambrock. »Hast du dich inzwischen bei deiner Oma ein bisschen eingelebt?«

Fabio sah zu Boden. »Geht schon. Sie ist oft unterwegs. Hängt mit so nem alten Typen in der Kneipe rum. Ist schon okay.«

»Und wie läuft's in der Schule?«

»Keine Ahnung. Ich war seit einer Woche nicht mehr da.« Grimmige Entschlossenheit trat in sein Gesicht. »Und ich muss da auch nicht mehr hin.«

Hambrock fragte sich, ob das der Grund war, weshalb Fabio aufgetaucht war.

»Es gibt aber eine Schulpflicht in Deutschland, das weißt du doch. So einfach ist das nicht. Außerdem …« Er suchte Fabios Blick. »Was willst du denn ohne Schulabschluss machen?«

»Irgendeinen Job finde ich schon.«

»Ja, und dann? Wo soll die Reise hingehen? Du weißt doch, was für Jobs das sind, die man ohne Abschluss machen kann. Willst du für den Rest deines Lebens bei McDonald's stehen? Oder auf dem Bau Steine schleppen? Was ist, wenn du vierzig bist?«

Er hörte sich ein bisschen an wie seine Tante Margot,

fand Hambrock, aber was sollte er machen? Es war nun mal die Wahrheit.

»Ich geh da nicht mehr hin«, meinte Fabio düster. »Seit dieser Sache …« Damit meinte er offenbar den Umstand, dass sein Vater seine Mutter erschlagen hatte. »Seitdem … Die Idioten haben es auf mich abgesehen. Die wissen jetzt, wo sie mich kriegen. Das ist scheiße, wenn du eine Schwäche hast. Dann machen die dich platt.«

»Du meinst deine Mitschüler?«

»Klar. Für die bin ich jetzt das perfekte Opfer.«

Er warf erneut den Ball zum Korb. Und wieder: Treffer.

Hambrock wusste nicht, was in so einem Fall passierte. Sicher würde die Schulaufsicht informiert werden. Oder das Jugendamt. Die würden dann bei Fabios Oma auftauchen. Aber das würde wohl kaum etwas bringen.

»Ich geh da nicht mehr hin«, sagte Fabio nochmals.

»Dann musst du dir was einfallen lassen. Glaub mir, ohne Schulabschluss, das ist nix. Du …« Er dachte nach. »Du kannst dir helfen lassen. Für so was gibt es Stellen. Ich habe von einem Schulverweigererprojekt gehört, das muss ganz toll sein. Am besten gehst du zum ASD. Die können dir weiterhelfen. Und wenn sie dir einfach nur die Adresse von diesem Projekt geben. Da würde ich's an deiner Stelle versuchen.«

Fabio betrachtete ihn verständnislos.

»Du weißt nicht, was der ASD ist? Das ist der Allgemeine Soziale Dienst.« Hambrock zückte Kuli und Notizblock, schrieb die Adresse auf, riss den Zettel raus und gab ihn Fabio. »Hier findest du den Laden. Geh da hin. Die sagen dir, was zu tun ist.«

Fabio nickte stumm und steckte den Zettel ein. Am

liebsten hätte Hambrock ihn ins Auto gesetzt und dort hingefahren. Aber das war nicht seine Baustelle. Er konnte sich nicht um diesen Jungen kümmern.

»Und wenn du da gewesen bist, Fabio, dann meldest du dich noch mal bei mir. Nur damit ich weiß, dass alles geklappt hat.«

Er nickte wieder. Gut. Hambrock wollte sich schon verabschieden, als er merkte, dass Fabio noch über etwas grübelte.

»Soll ich mich denn mal umhören wegen diesem Lennard?«, fragte der Junge schließlich. »Kostet ja nichts.«

Er wollte den Schein aufrechterhalten. Es sollte nicht so aussehen, als ob er bedürftig wäre. Es gab schließlich einen vorgeschobenen Grund, weshalb er gekommen war. Daran wollte er erinnern.

»Das brauchst du nicht, Fabio. Es ist gut, dass du gekommen bist. Aber der Fall ist abgeschlossen. Alle Fragen sind beantwortet.«

Und schon gar nicht brauchte Hambrock irgendwelche Informationen, die über mehrere Ecken und nur vom Hörensagen stammten. Aber das behielt er lieber für sich.

»Ich dachte nur, ich frag Sie mal.«

»Ja, und das war eine gute Idee. Nur in diesem Fall ist es wirklich nicht nötig. So, und jetzt muss ich weiter. Mach's gut, Fabio. Und ruf mich an, wenn du beim ASD warst.«

Fabio nickte. Plötzlich wirkte er etwas verloren, wie er da mit dem Ball unterm Arm in der Kälte stand. Hambrock lächelte ihm zu, zwinkerte, dann drehte er sich um und ging zu seinem Auto.

Er konnte sich nicht um die verlorenen Seelen kümmern, die ihm bei seiner Arbeit begegneten. Distanz war das Wichtigste in seinem Job. Wo sollte das sonst hinführen? Er würde untergehen.

Später erwachte Hambrock vom Geräusch der Wohnungstür, die ins Schloss fiel. Er lag auf der Couch unter einer Wolldecke, in der Zimmerecke lief der Fernseher. Er fragte sich, ob seine Frau Erlend bereits von der Arbeit nach Hause kam. Wie spät war es überhaupt? Hatte er denn so lange geschlafen?

Er hob den Kopf. Sein Nacken machte sich schmerzhaft bemerkbar. Die Sofalehne war nicht unbedingt als Kopfkissen geschaffen.

»Hast du etwa den ganzen Nachmittag geschlafen?«

Erlend tauchte in ihrem Ledermantel vor der Couch auf.

»Ich hab heute Mittag im Präsidium angerufen, da hieß es, du wärst nach Hause gegangen.«

Er blickte sich verstört um. »Wie spät ist es denn?«

Erlend schien Gefallen an seinem Zustand zu finden. In ihren Augen blitzte es.

»Und ich habe in der Uni allen gesagt, mein Mann ist heute zu Hause. Bestimmt überrascht er mich, ihr wisst doch: Mein Mann, der große Hobbykoch. Er liebt es, mich zu verwöhnen. Ich kann's kaum erwarten, nach Hause zu kommen.«

»Elli, bitte. Lass mich erst wach werden.«

Sie lachte, beugte sich zu ihm herab und drückte ihm einen Kuss auf den Mund.

»Lass dich nicht ärgern«, flüsterte sie. »Schön, dass du endlich ein bisschen freimachst. Ich kann's noch gar nicht fassen, dich tatsächlich mal zu Hause zu sehen.«

»Ich auch nicht. Kein Wunder, dass ich als Erstes den Tag verschlafe.« Er setzte sich auf und gähnte. »Es fühlt sich gut an, mal nicht zu arbeiten. Und ich hatte mir tatsächlich vorgenommen zu kochen.«

»Ach, das war nur Spaß. Lass uns doch zum Japaner gehen. Oder noch besser, wir lassen uns das Essen vom Japaner bringen. Und machen es uns hier richtig gemütlich.«

»Hört sich toll an«, sagte er verschlafen.

Sie drückte ihm einen weiteren Kuss auf den Mund, dann stand sie auf. »Ich koch dir erst mal einen Kaffee«, sagte sie und verließ den Raum.

Hambrock reckte sich. Kaffee wäre gut. Vielleicht sollte er auch noch schnell duschen. Er sah zum Fernseher. Der WDR war eingeschaltet und es lief die Aktuelle Stunde. Bestimmt würde ein kurzer Bericht über die Gerichtsverhandlung kommen. Er nahm die Fernbedienung und stellte den Ton lauter. Nach ein paar Minuten erschien auf dem Bildschirm tatsächlich die Fassade des Landgerichts, dann das Blitzlichtgewitter bei der Eröffnung, die Zuschauerströme und die drei Angeklagten, die sich schützend die Hände vors Gesicht hielten. Ein Sprecher fasste nochmals den Hintergrund des Geschehens zusammen. Im vergangenen Sommer hatte die Gewalttat tagelang die Öffentlichkeit in Atem gehalten. Die Verhandlung wurde nun ebenfalls aufmerksam verfolgt. Ein Überblick über den Verhandlungstag wurde gegeben, doch für Hambrock war nichts Neues dabei.

»Das bist ja du!«, rief Erlend, die in der offenen Tür stand. Sie zeigte mit der ausgestreckten Hand auf den Fernseher.

Tatsächlich. Hambrock sah sich selbst vor dem Eingang des Landgerichts, wo er mit Henrik Keller stand und redete. Seltsam. Er hatte die Kamera gar nicht bemerkt.

»Mein berühmter Ehemann!«, meinte Erlend lächelnd.

Dann war das Bild weg, der Studiosprecher erschien und das Thema war beendet. Jetzt ging es um die bevorstehenden Kommunalwahlen. Erlend lehnte sich in den Türrahmen.

»Wie war's denn überhaupt?«, fragte sie. »Du bist doch heute befragt worden, oder?«

»Ja. Es war deprimierend. Die Angeklagten sahen aus wie drei Schuljungen. Wie Kinder.«

»Es sind ja praktisch auch noch Kinder. Das macht die ganze Sache so unheimlich.«

»Alle drei Gymnasiasten aus sogenannten guten Familien.«

Erlend stieß die Luft aus. »So viel zum Thema: Wir haben ein Unterschichtenproblem. Die ganzen Nasen bei mir in der Uni tun ja gerne so, als ginge sie das alles nichts an. Die hätten es wohl lieber, wenn das ein paar verwahrloste Ghettokinder aus Coerde oder Kinderhaus gewesen wären, die durchgedreht sind. Das hätte denen besser ins Gesamtbild gepasst.«

»Tja«, meinte Hambrock. Und im Grunde gab es auch nicht mehr dazu zu sagen, fand er.

»Was mich noch an der Sache fertig macht ist, dass da keiner geholfen oder eingegriffen hat«, sagte Erlend.

»Einer hat sofort die Polizei gerufen. Immerhin.«

»Das hat dem Opfer auch nicht geholfen. Die hätten doch irgendwie eingreifen müssen.«

»Ach, Elli. Die dachten, das sind ein paar besoffene

Idioten, die sich prügeln. Wer mischt sich denn da ein? Und dann ging plötzlich alles ganz schnell. Die Leute hatten Schiss. Was hättest du denn gemacht, nachts an einem einsamen Bahnhof?«

»Keine Ahnung. Lärm geschlagen auf jeden Fall.«

Hambrock zuckte mit den Schultern. Er schaltete den Fernseher aus.

»Lass uns über was anderes reden«, meinte er.

Erlend nickte. »Ich hol mal die Karte vom Japaner.«

Die Verhandlung geisterte noch den ganzen Abend durch Hambrocks Kopf. Beim Abendessen im Kerzenschein, dem denkbar ungünstigsten Moment für so etwas, kam er noch einmal auf die Sache zu sprechen.

»Ich denke oft an deinen Studienkollegen, der damals in der Firma Baar gearbeitet hat. In Gertenbeck.«

Erlend rollte mit den Augen. »Futtermittel Baar! Oh ja, da haben *einige* in den Semesterferien gearbeitet.«

Während der Ermittlungen im vergangenen Sommer hatte ihm Erlend bereits davon erzählt. Futtermittel Baar war damals berühmt-berüchtigt unter den Studenten gewesen. Die Arbeitsbedingungen waren offenbar ebenso miserabel gewesen wie der Lohn. Unter den Studenten gab es wenige, die noch nie was von der Firma Baar gehört hatten. »Geh da auf keinen Fall hin«, hieß es überall. »Da wirst du wie Vieh behandelt. Ach was, schlimmer.« In den studentischen Jobbörsen tauchte das Unternehmen trotzdem immer wieder auf. Wer konnte, vermied es, dort einen Job anzunehmen. Und bedauerte die armen Schweine, die es sich nicht aussuchen konnten.

»Ich hab ihn heute vor Gericht gesehen, den alten Baar«, sagte Hambrock.

»Klaus Baar, der Familienpatriarch?« Erlend stieß einen Seufzer aus. »So was gönnt man wirklich keinem. Auch wenn der Typ ein Arschloch ist. Wie sah er denn aus?«

»Wie immer. Gewicht hat er durch diese Sache jedenfalls nicht verloren. Er war als Nebenkläger da. Er und seine Tochter Nicole.«

Hambrock wurde bewusst, dass die Familie des Opfers den Saal nicht verlassen hatte, als er Details über Marius' Verletzungen erwähnt hatte. Das war nur die Freundin gewesen, Nathalie Brüggenthies.

»Ich hab mich auch mal dort beworben«, sagte Erlend.

»Bei Futtermittel Baar? Das hast du gar nicht erzählt!«

»Ja. Als Bürohilfe. Zum Glück ist nichts daraus geworden. Ich konnte dann doch als wissenschaftliche Hilfskraft arbeiten.«

»Ist manchmal von Vorteil, Einserkandidatin zu sein, nicht wahr?«, meinte er mit einem Grinsen. »Hast du da den alten Baar kennengelernt?«

»Das ist schon zwanzig Jahre her. So alt war der damals gar nicht. Er wollte mich sogar einstellen. Er fand meinen holländischen Akzent wohl irgendwie süß. Aber ich hab mir da schon gedacht, das ist nichts. Auch wenn der zu mir ganz nett war. Da war eine seltsame Atmosphäre in dieser Firma. Irgendwie hatte es was Düsteres.« Sie seufzte. »Na, jedenfalls war es im Büro sauber und ordentlich. Die Jungs, die draußen in der Absackanlage gearbeitet haben, hatten da weniger Glück.«

Hambrock überlegte, ob er diesen Studienkollegen ausfindig machen und ihn nach seinen Erfahrungen im Unternehmen Baar befragen sollte. Aber er verwarf den Gedanken sofort wieder. Wozu sollte das gut sein?

»Morgen repariere ich den Küchenschrank«, sagte er. »Das habe ich mir fest vorgenommen.«

Erlend betrachtete ihn amüsiert. »Geht morgen nicht die Verhandlung im Landgericht weiter?«, fragte sie.

Er lachte. »Ich weiß schon, was du sagen willst.«

»Mit den Gedanken bist du doch den ganzen Abend bei der Geschichte. Wenn du schon frei hast, kannst du doch als Besucher zur Verhandlung gehen. Andere würden ins Kino gehen, aber das ist ja egal. Diese Sache mit dem jungen Baar lässt dich jetzt eh nicht mehr los.«

»Aber das ist es ja. Ich will ausspannen. Mit den Händen arbeiten. Wofür hat man denn sonst frei?«

Erlend sagte nichts. Sie lächelte nur.

»Ich repariere morgen den Küchenschrank«, sagte er. »Das ist mein letztes Wort.«

Und dabei sollte es auch bleiben.

7

Draußen hinter den Zugfenstern zog die Landschaft vorüber. Ein weiterer sonniger Abend im Münsterland. Marius Baar blickte auf die Uhr. Es war noch früh, er würde es rechtzeitig zum Abendessen nach Hause schaffen. Lust hatte er zwar nicht, aber für seine Mutter war es ein wichtiges Ritual: Mit dem gemeinsamen Abendessen konnte man sich selbst und der Welt vorspielen, man hätte eine intakte Familie. Nachdem er in letzter Zeit so selten dabei gewesen war, wollte er wenigstens pünktlich sein, um ein wenig die Wogen zu glätten.

Seine Eltern wussten nach wie vor nichts von Nathalies Existenz. Zuerst hatte Marius vermutet, Nicoles Freundin hätte doch nichts gesagt. Aber die Blicke seiner Schwester verrieten etwas anderes: Sie wusste Bescheid. Wahrscheinlich überlegte Nicole noch, was sie mit dieser Information anstellen sollte und wie sie diese Karte am besten gegen ihn ausspielen konnte. Aber gegenwärtig hielt sie den Moment offenbar noch nicht für gekommen, die Bombe platzen zu lassen.

Trotzdem. Auch wenn äußerlich vieles unverändert blieb, unter der Oberfläche rumorte es. Was wäre, wenn Marius tatsächlich alles hinter sich ließe? Wenn er und Nathalie zusammen ein neues Leben aufbauten? Der Gedanke war furchteinflößend. Wahnwitzig. Und trotzdem wagte er ihn zu denken. Was wäre, wenn er aus dem Gefängnis ausbräche, das sein Leben war?

Er ließ seinen Blick durch den Waggon schweifen. In einer Vierersitzgruppe hockte ein Junge mit coolen Ghettoklamotten. Weite Hosen, eine ballonseidene Trainingsjacke und ein viel zu großes Basecap. Der Aufzug passte so gar nicht zu seinem auffallend hübschen Gesicht. Etwas Engelsgleiches lag darin, ein blondes Jüngelchen. Man nahm ihm den Gangsterlook nicht ab. Auf seiner Jacke war ein Name aufgestickt: Lennard. Sein Gegenüber konnte Marius nicht erkennen, eine Sitzreihe versperrte den Blick. Er konnte nur die Umrisse eines bulligen Typen ausmachen, doch das war schon alles. Die beiden schienen etwas Wichtiges zu besprechen. Sah man in das Gesicht des hübschen Jungen, konnte man auf den Gedanken kommen, sie planten einen Banküberfall oder so etwas.

Marius achtete nicht weiter auf sie und sah wieder zum Fenster. Seine Gedanken wanderten zu Nathalie, und kurz darauf hatte er den hübschen Jungen und sein Gegenüber bereits vergessen. Nathalie.

Beim letzten Abendessen hatte Marius klammheimlich alle am Tisch beobachtet. Was würden sie sagen, wenn sie Nathalie zu Gesicht bekämen? Sein Vater würde ihm bestimmt ein rein sexuelles Interesse unterstellen, schließlich hatte Nathalie etwas Exotisches an sich. Ja, das wäre typisch für ihn. Vielleicht würde er dümmlich grinsen und Nathalie einen verächtlichen Blick zuwerfen. Bei seiner Mutter war das schwieriger zu sagen. Eine Begegnung zwischen den beiden war kaum vorstellbar. Seine Mutter war schweigsam, kontrolliert und kühl. Er konnte sich nicht erinnern, dass sie jemals laut gelacht hätte. Wie würde sie auf die temperamentvolle und lebenslustige Nathalie reagieren? Seine beiden pubertierenden Brüder hätten sicher weniger Probleme. Mit ihrem Hormonstau würden sie auf Nathalies ausgeprägte Kurven begeistert reagieren. Sicher würden sie die neue Freundin ihres großen Bruders anbeten. Eine zweifelhafte Ehre zwar, aber wenigstens wäre es eine positive Reaktion. Nicole dagegen würde Nathalie hassen, davon war er überzeugt. Seine Schwester hatte viel Ähnlichkeit mit ihrer Mutter. Sie war humorlos, verbissen und distanziert. Und sie hatte einen ungeheuren Standesdünkel. Schon deshalb hätte Nathalie keine Chance bei ihr.

Marius und Nathalie schmiedeten Pläne. Heimlich und meist in ihrem WG-Zimmer, wenn sie tief in der Nacht nach dem Sex auf dem Bett saßen und rauchten.

»Wenn ich wirklich abhauen will, dann muss ich auch aus Münster weg«, sagte Marius. »Ich muss woanders studieren.«

»Aber warum? Wir suchen uns einfach eine Wohnung, und dann ziehst du aus. Dein Vater hat doch hier in Münster keinen Einfluss auf dich. Er arbeitet ja nicht an der Uni. Was kann dir schon passieren?«

»Da kennst du aber meinen Vater schlecht. Nein, ich muss aus Münster weg. Und zwar weit weg. Irgendwohin, wo er keinen kennt. Am besten wäre es, er wüsste nicht einmal, wo ich lebe.«

Nathalie dachte nach. »Ich kann Kunstgeschichte und Literatur auch in Köln studieren. Vielleicht …«

Marius lachte. »Nicht Köln. Mindestens Berlin. Wie wär's, wenn wir ins Ausland gehen? In die USA vielleicht, falls das irgendwie geht. Oder nach England.«

Sie würden Geld brauchen. Nathalie machte sich deshalb überhaupt keine Sorgen, doch Marius war da ein bisschen zurückhaltender. Was für einen Job sollte er denn auch machen? Er hatte bisher nur im Unternehmen seines Vaters gearbeitet. Ein Zeugnis würde er wohl kaum bekommen. Andere Referenzen hatte er nicht.

»Falls du nichts findest, kellnerst du eben«, war Nathalies Kommentar.

»Ich weiß nicht. Kannst du dir vorstellen, wie ich in einer Kneipe jobbe?«

»Hinter der Bar schon«, sagte sie und schmiegte sich an ihn. »Als Barkeeper in einer Cocktailbar. Das kann ich mir sogar gut vorstellen. Du würdest hinreißend aussehen, und ich müsste jeden Abend am Tresen sitzen und die Frauen im Auge behalten.«

Marius ließ sich von ihrer Unbekümmertheit anstecken. Nathalie hatte recht: Es war blöd, zu viel übers Geld nachzudenken. Das würde schon irgendwie funktionieren. Auch ohne dass er kellnerte.

Nur sein Vater durfte nichts davon erfahren. Erst wenn Marius auf der anderen Seite des Ozeans wäre, würde er zu Hause anrufen und sagen, was los war. Bei dieser Vorstellung wurde ihm übel vor Aufregung.

Seinen Mercedes SLK würde er wohl nicht mitnehmen können. Es würde ihm schwerfallen, sein Auto hierzulassen, besser, er dachte nicht so genau drüber nach.

»Du hast ein Auto?«, fragte Nathalie. »Davon weiß ich ja gar nichts.«

»Einen Mercedes SLK. Ein Sportwagen.« Er lächelte. »Nun ja, angemeldet ist er auf meinen Vater. Deshalb gehört er mir wohl nicht wirklich, auch wenn ich ihn fahre.«

»Aber … ich wusste gar nicht …«

»Du meinst, weil ich mit dem Zug zur Uni fahre? Es

gibt kaum Parkplätze an der Uni, und außerdem gehe ich abends gern noch einen trinken. Mit dem Wagen fahr ich, wenn ich nicht in der Uni bin.«

»Hm. Aber ist das ein Problem? In Köln oder Berlin brauchst du kein Auto.«

»Nein, wahrscheinlich nicht.«

Trotzdem würde ihm die Trennung schwerfallen. Er dachte an das gute Gefühl, das er empfand, wenn er im Wagen saß, Gertenbeck hinter sich ließ und über die Landstraßen jagte. Der Mercedes war geschmeidig wie ein Raubtier. Perfekt, um den Kopf freizubekommen. Doch wenn er ihn einfach heimlich mitnahm, würde sein Vater ihn gestohlen melden. Darauf konnte er wetten. Wenn Marius ging, musste er alles hinter sich lassen. Dessen war er sich bewusst.

Nathalie wickelte die Bettdecke um ihren nackten Oberkörper. Sie sah ihn an, mit diesem für sie typischen nachdenklichen Blick. Als würde sie seine Seele scannen.

»Kannst du das, Marius? Traust du dir das zu?«

»Was meinst du? Den Mercedes in Gertenbeck lassen?«

»Nein. Ich meine, alles hinter dir zu lassen. Dein ganzes Leben.«

»Natürlich. Das ist es, was ich mir wünsche.«

Sie wirkte nicht überzeugt.

»Das wünsche ich mir mehr als alles andere«, meinte er eindringlich. »Die Firma, meine Eltern, Nicole. Das ist doch ein Albtraum. Ich will weg, natürlich.«

Eine Weile betrachtete sie ihn nachdenklich, dann begann sie zu lächeln.

Der Signalton der Lok pfiff durch den Abendhimmel, dann überquerte der Zug eine kleine Landstraße. Das

Großraumabteil war inzwischen beinahe menschenleer. Marius legte die Stirn gegen die Scheibe.

Wenn Nathalie bei ihm war, schien alles ganz leicht zu sein. Dann hatte er keine Angst vor der Zukunft. Doch sobald er allein war, fragte er sich plötzlich, ob er wirklich die Kraft hätte, sich gegen den Willen seines Vaters aufzulehnen.

Marius sollte das Erbe seines Vaters antreten. Er war der erstgeborene Sohn. Auch wenn sie inzwischen im einundzwanzigsten Jahrhundert lebten, war das für seinen Vater entscheidend. Traditionen bedeuteten ihm viel. Dabei wäre Nicole die bessere Unternehmenschefin. Bei aller Eifersucht, die er dabei empfand, konnte er das nicht verleugnen. Marius hatte sein Leben lang gegen Nicole gekämpft, gegen ihre Überlegenheit. Sie hatte immer ein besseres Gespür fürs Unternehmen gehabt.

Marius wusste nicht, ob er für irgendetwas ein besonderes Talent besaß, doch für die Unternehmensführung ganz sicher nicht. Es mangelte ihm auch an jeglicher Leidenschaft. Seine Motivation, sich für die Firma zu engagieren, speiste sich hauptsächlich aus der Angst vor seinem Vater. Und die Angst, dass Nicole ihn allzu augenscheinlich überflügeln würde. Eine andere Motivation gab es nicht.

Konnte er wirklich aus allem ausbrechen? Einfach so? Hier im Zug und auf dem Weg nach Hause, weit entfernt von Nathalies chaotischem WG-Zimmer, sah alles anders aus. Was, wenn es doch nur ein schöner Traum war? Wenn er es am Ende nicht schaffte zu gehen?

Auf ihrem Bett hatte Nathalie sich eine Zigarette angezündet, den Rauch in die Luft geblasen und ihn fixiert.

»Die Frage ist, Marius: Hast du Mut?«

»Natürlich habe ich Mut. Was denkst du?«

Sie sagte nichts.

»Ich bin mein eigener Herr. Keiner darf mir in etwas reinreden. Ich treffe meine eigenen Entscheidungen.«

»Gut. Dann glaube ich dir.«

Die nächste Station wurde angesagt: Gertenbeck am See. Marius stand auf, nahm seine Tasche und trat an die Tür.

Nathalie hätte es nicht treffender formulieren können. Die Frage war: Hatte er ausreichend Mut, um das hier durchzuziehen? Er wünschte, er könnte das mit einem klaren Ja beantworten. Doch so war es nicht. Er hoffte, genügend Mut zu haben. Er war bereit zu kämpfen. Die nächsten Tage würden zeigen, ob er stark genug war.

Der Zug hielt, und er stieg aus. Warme, duftende Sommerluft wehte ihm entgegen. Zu Fuß waren es nur gut hundert Meter. Er überquerte den Bahnhofsvorplatz. Von Weitem konnte er das Haus seiner Eltern sehen.

8

Ein Gerichtsdiener öffnete die Saaltür für die Zuschauer. Hambrock mischte sich unter das Volk und suchte sich in der letzten Reihe einen freien Platz. Eine ungewohnte Perspektive, das Geschehen von den Zuschauerreihen aus zu betrachten. Journalisten schlugen sich um die wenigen freien Plätze am Pressetisch. Wer zu spät kam, musste mit den Klappstühlen Vorlieb nehmen, die von den Gerichtsdienern herbeigetragen wurden.

Hambrock entdeckte unter den Presseleuten ein paar bekannte Gesichter, doch keiner machte sich die Mühe, zu den Zuschauerreihen zu blicken. Das sollte ihm nur recht sein. Er hatte keine Lust, zu irgendwelchen Stellungnahmen gedrängt zu werden. Schließlich war er privat hier, und das sollte auch so bleiben.

Bald war jeder Platz besetzt. Wer jetzt noch kam, musste draußen bleiben. Nachdem die Türen geschlossen waren, kehrte langsam Ruhe ein. In der Wandvertäfelung öffnete sich eine weitere verborgene Tür, und die Angeklagten wurden hereingeführt.

Ein Blitzlichtgewitter ging los. Die jungen Männer schützten die Gesichter mit den Händen und staksten wie ferngesteuert zu ihren Plätzen. Staatsanwaltschaft und die Nebenkläger folgten ihnen und nahmen ebenfalls Platz. Dann betrat Richterin Schniederjohann mit ihrem Tross den Saal. Schöffen und Beisitzer maschierten hinter ihr her, und alle nahmen an der Richterbank Platz.

Als erste Zeugin wurde Dr. Hannah Brüggen gehört, die Rechtsmedizinerin, die Marius Baar obduziert hatte. Als sich die Tür öffnete und ein Gerichtsdiener sie hereinführte, war es, als beträte ein hochbezahltes Model den Saal. Alle starrten die Ärztin an. Sie bewegte sich wie eine Raubkatze, anmutig, stolz und mit der Aura einer gewissen Gefährlichkeit. Sie schenkte den Anwesenden ein perlendes Lächeln, warf die blonden Haare zurück und nahm schwungvoll auf dem Zeugenstuhl Platz. Hambrock lächelte. Es lag schon eine gewisse Ironie darin, dass ausgerechnet so eine Frau den ganzen Tag allein im düsteren Keller der Rechtsmedizin hockte und übel zugerichtete Leichen auseinanderschnitt.

Bevor die Richterin mit der Befragung begann, wandte sie sich an den Tisch mit den Nebenklägern, an dem auch Klaus Baar und seine Tochter Nicole Platz genommen hatten.

»Bevor wir die Zeugin befragen, möchte ich mich kurz an die Angehörigen wenden«, begann sie. »Sie wissen ja, dass es jetzt darum gehen wird, wie Marius Baar ums Leben gekommen ist. Ich will Sie nicht auffordern, den Saal zu verlassen, verstehen Sie mich nicht falsch. Aber ich könnte mir vorstellen, dass es schmerzhaft für Sie sein könnte, mit den Details konfrontiert zu werden.«

Noch bevor sie ihre kleine Ansprache beendet hatte, wurden bereits Stühle gerückt, und Klaus Baar machte sich mit seiner Tochter auf den Weg nach draußen. Als sie fort waren, wandte sich die Richterin an die Gerichtsmedizinerin.

»Schildern Sie doch bitte zunächst einmal dem Gericht, zu welchen Ergebnissen Sie bei der Obduktion gelangt sind.«

Hannah Brüggen rückte das Mikrofon zurecht. »Die Obduktion des Marius Baar fand am 19. Juni im Institut für Rechtsmedizin des Universitätsklinikums Münster statt. Die Sektion wurde elf Stunden nach Eintritt des Todes vorgenommen. Der äußere Befund zeigte zunächst zahlreiche Abschürfungen und Hämatome an Armen, Beinen und Oberkörper. Dazu Platzwunden an der Schulter und an beiden Schienenbeinen. Besonders auffällig waren jedoch die massiven und vielfältigen Kopfverletzungen, die letztlich auch zum Tod geführt haben.«

Der monotone Vortrag der Ärztin rauschte an Hambrock vorbei. Er kannte den Obduktionsbericht bereits und interessierte sich eher dafür, wie die Angeklagten die Ausführungen aufnahmen. Sorgsam studierte er ihre Gesichter, während Dr. Brüggen die Folgen ihrer Gewalttat in nüchternem, medizinischem Fachjargon vorgetrug.

Dennis Gröver, der am Vortag während der Verhandlung einen Zusammenbruch erlitten hatte, wirkte noch immer ziemlich mitgenommen. Hambrock sah ihm die Qualen deutlich an. Jedes Wort der Medizinerin schien wie ein Messerstich zu sein. Dem Jungen war klar: Sie waren es, die das alles getan hatten. Sie trugen die Verantwortung für jede dieser Verletzungen, die Dr. Brüggen kühl und sachlich beschrieb. Hambrock fragte sich, ob der Junge heute wohl durchhalten würde.

Sascha Bördemann schien die Ausführungen kaum besser aufzunehmen. Die Augen hinter der Brille waren rot gerändert. Scham und Schuld standen ihm deutlich ins Gesicht geschrieben. Was auch immer am Ende für ein Urteil gesprochen würde – schon hier zu sitzen und den Folgen seiner Tat ins Gesicht zu sehen, war eine Strafe für ihn.

Nur Lennard Müller, der blonde Junge mit dem Engelsgesicht, richtete den Blick stoisch geradeaus. Ihm war nicht anzumerken, ob die Worte von Dr. Hannah Brüggen etwas in ihm auslösten. Es war wie bei den Vernehmungen. Der Junge wirkte wie erstarrt. Eine dicke Mauer umgab ihn. Hambrock erinnerte sich, wie er Lennard befragt hatte, als die anderen beiden bereits geständig waren. Sein Anwalt hatte ihm geraten, umfassend mit der Polizei zu kooperieren. Das wäre der einzige Weg, jetzt noch irgendetwas zu retten. Trotzdem hatte Lennard am Vernehmungstisch stur geradeaus geblickt und nur das Allernötigste gesprochen. Als hätte er sich auf die Rolle des stummen Gangsters festgelegt, aus der er nicht mehr auszubrechen vermochte.

Nachdem Dr. Hannah Brüggen ihre Ausführungen beendet hatte, fragte die Richterin: »Dann war die Todesursache also eindeutig der finale Tritt gegen den Hinterkopf?«

»Ja, das ist richtig«, sagte die Ärztin. Sie hielt eine Mappe hoch. »Wenn Sie möchten, kann ich das anhand von Fotos belegen.«

Richterin Schniederjohann nickte. »Das wäre freundlich.«

Dr. Hannah Brüggen ging mit der Mappe zum Richtertisch, gefolgt von Staatsanwalt und Verteidiger. Den Zuschauern wurden die folgenden Erklärungen vorenthalten. Ohne Mikrofon war die Stimme der Ärztin kaum zu hören. Am Richtertisch steckten alle die Köpfe zusammen und betrachteten die Fotos, während die Rechtsmedizinerin in Zimmerlautstärke das tödliche Trauma erklärte.

Nachdem sich alle wieder gesetzt hatten und die Ärztin

die Mappe wieder eingesteckt hatte, bekam die Verteidigung die Gelegenheit, Fragen zu stellen. Die junge Anwältin wandte sich an Hannah Brüggen.

»Sie haben uns nun ja die tödlichen Verletztungen erklärt, die durch den finalen Tritt entstanden sind«, sagte sie. »Wenn wir diesen Tritt ausnehmen würden, rein spekulativ, wären die restlichen Verletzungen allein auch tödlich gewesen? Oder hätte Marius Baar ohne diesen finalen Tritt überlebt?«

»Einspruch«, kam es von der Staatsanwaltschaft. »Ich sehe nicht, wo das hinführen soll.«

»Ich auch nicht«, meinte die Richterin.

Die Anwältin streckte den Rücken durch. »Bislang konnte nicht ausgeschlossen werden, dass ein unbekannter Dritter am Tatort war.« Stöhnen war zu hören, der Staatsanwalt verdrehte die Augen. »Wenn wir aber die Aussage eines Angeklagten nehmen«, fuhr die Anwältin unbeirrt fort, »wonach das Opfer noch gelebt hatte, als die Angeklagten geflohen sind, stellt sich diese Frage.«

»Bitte antworten Sie«, sagte die Richterin zu Dr. Hannah Brüggen.

»Das lässt sich schwer sagen«, meinte die. »Die anderen Verletzungen waren zum Teil schwerwiegend. Es ist durchaus denkbar, dass Marius Baar auch ohne dieses Trauma gestorben wäre. Schwer zu sagen.«

»Das heißt aber, es kann auch nicht ausgeschlossen werden, dass er überlebt hätte, wenn dieser letzte und unmittelbar tödliche Tritt nicht abgegeben worden wäre?«

»Nein«, sagte die Ärztin. »Es ist durchaus möglich, dass er in diesem Fall überlebt hätte.«

Damit war die Befragung beendet. Hambrock bemerkte,

dass er Kopfschmerzen bekommen hatte. Die Luft im Saal war völlig verbraucht. Es waren einfach zu viele Leute gekommen. Dr. Hannah Brüggen verließ den Raum.

Der psychologische Sachverständige war der nächste Zeuge auf der Liste. Doch nach kurzem Zögern verkündete Richterin Schniederjohann eine Kaffeepause. Fortsetzung der Verhandlung in zwanzig Minuten.

Dann stand sie auf und verließ den Saal.

Sofort brandeten Unterhaltungen auf, es wurde in Taschen gekramt, Leute standen auf, reckten sich, schlurften zum Ausgang. Die Gerichtsdiener öffneten die Türen, und nach und nach strömten alle nach draußen in den Lichthof.

Hambrock nahm seinen Mantel unter den Arm und steuerte ebenfalls den Ausgang an. Jetzt erst entdeckte ihn einer der Lokalreporter: Hubertus Meyer, ein Urgestein der Münsterschen Nachrichten, kam mit großen Schritten auf ihn zu. Er kratzte sich verwundert am Glatzkopf und fuhr sich mit einer nachdenklichen Geste durch den Vollbart.

»Hambrock, das ist ja eine Überraschung«, sagte er. »Was verschlägt dich denn hierher? Deine Aussage hast du doch gestern schon gemacht, oder?«

»Ich habe frei«, erklärte Hambrock und reichte ihm die Hand. Eine Wolke von Zigarrenrauch umgab den Reporter. »Mir war einfach langweilig, deshalb bin ich hier.«

»Langweilig? Was du nicht sagst.«

»Ich feier ein paar Überstunden ab. Bei uns ist gerade tote Hose, und weil mir nichts Besseres eingefallen ist, dachte ich, gucke ich mir die Verhandlung an. Du weißt schon, zu Hause rumzusitzen, das ist nichts für mich.«

Hubertus Meyer zog seine buschigen Augenbrauen zusammen.

»Da war doch kein unbekannter Dritter am Tatort, oder?«

»Meine Meinung dazu hast du gestern ja gehört.«

»Deine offizielle Verlautbarung habe ich gehört.«

Hambrock grinste. »Etwas anderes gibt es nicht.«

»Komm schon. Du bist doch nicht ohne Grund hier, Hambrock. Zweifelst du etwa an der Schuld dieser Jungen? Ist doch etwas dran an der Sache?«

»Was soll das denn werden, Hubertus? Denkst du etwa, ich plaudere Interna aus? Oder gebe vor der Presse private Mutmaßungen ab? Da müsstest du mich eigentlich besser kennen.«

»Aber wenn es keinen Zweifel gäbe, wärst du doch nicht hier. Das kannst du mir nicht erzählen.«

»Es gibt keinen Zweifel. An der Sache mit dem unbekannten Dritten ist nichts dran, das ist totaler Schwachsinn. In der Aussage gestern habe ich alles dazu gesagt. Ob du es glaubst oder nicht, Hubertus, ich weiß einfach mit meiner Zeit nichts Besseres anzufangen. Wir haben so viel gearbeitet in der letzten Zeit, und plötzlich habe ich frei. Da brauche ich ein paar Tage zum Runterkommen, bevor ich wirklich entspannen kann.«

Der Journalist wirkte enttäuscht. »Also gut, Hambrock. Ich will dir das mal glauben«, sagte er und kratzte sich wieder am Kopf. »Was hältst du davon, wenn ich dich oben in der Kantine auf einen Kaffee einlade?«

»So spendabel? Du hast doch nicht etwa Hintergedanken dabei?«

»Unsinn.« Ein gehustetes Lachen. »Wie kommst du denn auf so was?«

»Also gut. Ich nehm die Einladung gerne an. Aber nur, wenn du mir versprichst, mich nicht nach unseren Ermittlungen auszufragen.«

Sie folgten den letzten Zuschauern in den Lichthof. Hinter ihnen wurde die Saaltür abgeschlossen. Auf einer Bank zwischen zwei Birkenfeigen entdeckten sie Klaus Baar und seine Tochter. Der Patriarch saß mit verschränkten Armen da und blickte düster drein. Er und seine Tochter redeten nicht miteinander. Sie warteten offenbar auf ihre Anwälte, um sich berichten zu lassen, was in ihrer Abwesenheit geschehen war.

»Da sitzt ja die Gewinnerin dieser Geschichte«, gab Hubertus Meyer trocken von sich. »Nicole Baar. Die neue Unternehmenserbin. Der Tod ihres Bruders hat sie natürlich auch sehr getroffen. Aber sie dürfte den Schicksalsschlag dauerhaft am besten verkraften.«

»Ich weiß nicht, Hubertus. Ist das nicht ein bisschen zynisch?«

»Nicht, wenn man die Familie besser kennt. Glaub mir, Nicole und Marius waren sehr ungleiche Geschwister. Und sie haben sich gehasst.«

»Das ist mir schon klar. Aber trotzdem. Das ist nicht gerade pietätvoll.«

»Kennst du die Geschichte denn? Es ist im Grunde wie in einer alten Königssage«, plauderte Hubertus Meyer drauflos. »Das Drama um den erstgeborenen Sohn.«

Natürlich kannte Hambrock die Geschichte, schließlich hatte er die Ermittlungen geführt. Aber er war neugierig, wie Hubertus das Ganze darstellen würde. Also ließ er ihn reden.

»Marius sollte das Lebenswerk seines Vaters weiterführen, das war von Anfang an so vorgesehen. Klaus Baar ist in manchen Sachen sehr traditionell, musst du wissen, geradezu wie aus einem anderen Jahrhundert. Was die Erbfolge angeht zum Beispiel, da war nicht mit ihm zu reden. Marius war sein ältester Sohn, und fertig. Und das, obwohl Marius erkennbar nicht geeignet war für den Job. Er hatte eine Menge Schwächen. Er war nicht unbedingt der Hellste, und Unternehmergeist ging ihm auch völlig ab. Die Noten waren mittelmäßig, dann gab es immer irgendwelche Frauengeschichten, und es war einfach kein Zug drin. Es fehlte an jeglichem Eifer. Der alte Baar versuchte das durch Drill auszugleichen. Er hat seinen Sohn in jeder freien Minute durch die Firma geschleift, hat ihn auf die Uni geschickt, damit er BWL studiert, und so weiter. Dabei hat er wohl die ganze Zeit gehofft, dass Marius irgendwie noch zu einem Unternehmer heranreifen würde.«

Hambrock lächelte. Hubertus hätte auch als Märchenonkel auf dem Weihnachtsmarkt auftreten können.

»Aber das hat nicht funktioniert«, sagte er.

»Ach was, kein Stück. Jedoch wuchs währenddessen Nicole heran, die im Gegensatz zu ihrem Bruder begeistert war von der Arbeit in der Firma. Weil die Unternehmensleitung ihrem Bruder überlassen blieb, hat sie sich stattdessen in die Produktionsmaterie eingearbeitet. Ist Agraringenieurin geworden und hat sich auf Futtermittel spezialisiert. Fachlich konnte sie ihren Bruder nun dreimal in die Tasche stecken. Und dann stellte sich nach und nach heraus, dass sie darüber hinaus die geborene Unternehmerin ist. Sie hat dieses Gespür fürs Geschäft, das Feuer, das man braucht. Marius hat sie dafür gehasst. Doch er konnte das nicht ändern. Und Klaus Baar, der Patriarch, hat einfach beide Augen davor verschlossen. Marius war sein Sohn, und er sollte eines Tages das Unternehmen führen. Daran war nicht zu rütteln. Nicole und Marius haben sich gegenseitig leidenschaftlich gehasst. Aber ändern konnten sie nichts. Na ja, und jetzt ist Marius plötzlich tot, und Nicole ist mit einem Mal die rechtmäßige Thronfolgerin. Ich sag ja, es ist wie bei einem alten Königsdrama.«

»Etwas weniger bunt, und wir nähern uns der Wahrheit«, meinte Hambrock. »Trotzdem möchte ich daran erinnern, dass diese Leute vor kurzem Opfer einer schrecklichen und sinnlosen Gewalttat geworden sind. Ich weiß nicht, wie ich reagieren würde, wenn nach einem Todesfall so über meine Familie gesprochen würde.«

»Ach, Hambrock, lass mir doch meine Freude.« Er stieß wieder ein hustendes Lachen aus. »Ich arbeite schließlich in keiner Behörde. Ein bisschen Fabulierlust muss schon erlaubt sein.«

Klaus Baar sprang in diesem Moment von der Bank auf. Seine Anwälte tauchten auf. Er ließ sie gar nicht erst zu Wort kommen, sondern redete sofort ununterbrochen auf sie ein. Nicole Baar erhob sich ebenfalls. Ihr Blick fiel auf Hambrock und Hubertus Meyer. Sie schien zu ahnen, dass die beiden sich über sie unterhielten. Sie warf ihnen einen finsteren Blick zu, dann wandte sie sich voller Abscheu ab und schloss zu ihrem Vater auf.

»Siehst du, das kommt dabei heraus«, kommentierte Hambrock.

»Ich sag ja schon nichts mehr.« Hubertus Meyer sah zu den Aufzügen. »Wir sollten in die Kantine gehen. Sonst ist die Pause vorbei, ohne dass wir unseren Kaffee bekommen haben.«

»Das stimmt. Lass uns hochfahren.«

Hambrock blickte sich noch einmal zu der kleinen Gruppe im Lichthof um, dann wandte er sich ab und folgte Hubertus Meyer zum Fahrstuhl.

Ihr Vater regte sich wieder einmal furchtbar auf, gestikulierte herum und redete wild drauflos. Nicole hörte gar nicht richtig zu. Die schleimigen Anwälte, die genau wussten, wer sie bezahlte, machten aufmerksame und verständnisvolle Gesichter. Sie taten so, als wäre es bedeutend, was ihr Vater da redete. Dabei verschaffte der sich doch nur Luft mit seinen Reden.

Sie sah den beiden Männern hinterher, die zum Fahrstuhl gingen. Bernhard Hambrock und einer dieser Journalisten. Nicole fragte sich, was der Leiter der Mordkommission hier überhaupt noch verloren hatte. Mit seiner gestrigen Aussage war der Fall für ihn offiziell abgeschlossen. Doch jetzt setzte er sich in den Zuschauerraum und sprach während der Pausen mit den Presseleuten über ihre Familie. Dass die beiden nämlich über sie gesprochen hatten, darauf hätte sie schwören können.

Die Aufzugtür glitt auf, und die beiden Männer verschwanden im Innern. Nicole verscheuchte das ungute Gefühl, das sich ihr aufgedrängt hatte. Sie brauchte sich keine Sorgen zu machen, schließlich war die Polizei unfähig. Das hatte sich schon während der Ermittlungen gezeigt. Offiziell gab es keine Verbindung zwischen Lennard Müller und der Familie Baar, daran hatten die Ermittlungen nichts geändert. Und dabei würde es auch bleiben, ganz egal, ob dieser Kommissar hier herumlief oder nicht.

Sie wandte sich wieder ihrem Vater und den Anwälten zu. Der Dampf war offenbar abgelassen, denn ihr Vater beruhigte sich wieder, und jetzt bekamen die Anwälte die Chance, Stellung zu nehmen. Nicole heuchelte Interesse. Nicht mehr lange, dachte sie, nur noch ein paar Verhandlungstage, dann ist alles vorbei, und wir können uns wieder mit ganzer Kraft der Firma widmen.

9

Marius betrat das Esszimmer der elterlichen Villa. Ein großer schlichter Raum mit weiß verputzten Wänden und einem dicken Teppich, der jedes Geräusch schluckte. Es war still wie in einem Grab. Trotz des Panoramafensters, das zum Garten führte, wirkte der Raum dunkel. Das lag wohl an der Einrichtung, die ganz im Baustil des gesamten Bungalows gehalten war: Design der Siebziger, klare Linien, hochwertige Materialien, alles in Grau- und Blautönen.

Am gedeckten Tisch saß sein Vater und las in der Zeitung. Wie an jedem Abend war er der Erste am Esstisch, nahm die Zeitung und blätterte durch den Wirtschaftsteil. Ein festes Ritual, das er seit Jahren pflegte.

»Guten Abend, Vater«, sagte Marius.

Ein kurzer Blick unter hochgezogenen Augenbrauen, dann wandte er sich wieder der Zeitung zu. Es fiel kein weiteres Wort zwischen ihnen.

Marius setzte sich. Er nahm Haltung an, ganz automatisch. Das machte der Raum. Die Atmosphäre. In einer Kirche würde er sich ja auch nicht einfach auf eine Bank flegeln. Seine Mutter kam mit einer Salatschüssel aus der Küche und stellte sie auf den Tisch. Sie nickte Marius kurz zu und murmelte einen Gruß. Mehr sagte auch sie nicht.

Im gleichen Moment betrat Nicole den Raum. Der Blick, den sie Marius zuwarf, sprach Bände. Oh ja, sie wusste über Nathalie Bescheid. So viel Überlegenheit und Verachtung hatte er selten bei ihr gespürt.

Es war ihr Vater, der schließlich das Schweigen brach.

»Wir haben hohen Besuch heute«, stellte er fest, ohne von der Zeitung aufzublicken.

Marius spürte, wie ihm das Blut ins Gesicht schoss. Das war die Art seines Vaters, ihn willkommen zu heißen.

»Klaus«, ermahnte ihn seine Frau. »Nicht beim Essen.«

Der Vater schlug die Zeitung zusammen. »Wo bleibt denn der Rest der Familie? Wird in diesem Haushalt kein Wert mehr auf Pünktlichkeit gelegt?«

Marius' Mutter streckte den Kopf durch die Tür und rief die Namen seiner jüngeren Brüder: »Roland! Nils! Wo bleibt ihr denn?«

Dann verschwand sie wieder in der Küche. Nicole blickte ihn über den Tisch hinweg wortlos an. Die kühle Schönheit. Blond, blauäugig, empfindungslos. Ihre Augen fixierten ihn. Sie wollte, dass er den Blick senkte. Auf keinen Fall, sagte er sich. Doch das war gar nicht so leicht. Er hielt es nicht aus, von ihr angestarrt zu werden. Nicht heute. Als seine Brüder hereinkamen, konnte er ihnen den Blick zuwenden, ohne zu verlieren. Ein Remis.

»Hallo, Marius«, rief Nils. Sein dreizehnjähriger kleiner Bruder schien sich tatsächlich zu freuen, ihn zu sehen. Als Einziger hier. »Cool. Bist du jetzt wieder jeden Abend hier?«

Peinliches Schweigen. Roland folgte. Er war nur zwei Jahre älter als Nils, sah aber fast schon wie ein Erwachsener aus. Er würdigte Marius kaum eines Blickes.

»Leg doch endlich die Zeitung beiseite, Klaus«, sagte seine Mutter und machte sich daran, das Essen zu verteilen.

Sie kochte jeden Abend selbst, Marius hatte keine Ahnung, weshalb sie sich das antat. Schließlich hatten sie ein Hausmädchen. Aber seine Mutter wollte aus für ihn unbegreiflichen Gründen neben der Arbeit im Unternehmen auch noch die perfekte Hausfrau sein.

Sein Vater warf einen finsteren Blick in die Runde, dann senkte er den Kopf und begann zu essen. Bleierne Schwere legte sich über Marius. Der Gedanke, aus diesem Leben zu entfliehen, löste Schwindel in ihm aus. War das Angst oder Freude?

Sein Vater schien zu spüren, dass Marius mit den Gedanken woanders war. Etwas passierte hinter seinem Rücken, und so etwas duldete er nicht.

»Bist du morgen in der Firma?«, fragte er.

Es klang mehr wie ein Vorwurf als wie eine Frage.

»Ich …« Marius holte Luft. Er war mit Nathalie verabredet. »Ich habe eigentlich eine wichtige Vorlesung. Deshalb … Ich meine …«

»Morgen kommen die Softwareentwickler wegen des neuen Buchhaltungsprogramms. Die müssen betreut werden. Traust du dir das zu, oder ist das zu viel für dich?« Die Stimme triefte vor Verachtung.

»Ich …« Er schaffte es nicht. Er konnte ihm nicht die Stirn bieten.

»Was ist jetzt? Kann ich mit dir rechnen oder nicht?«

Stille. Natürlich konnte er mit ihm rechnen. Marius würde sich fügen, er konnte nicht anders.

»Ja, Vater«, sagte er.

»Ich kann mich nicht darum kümmern, morgen kommen Kunden aus Österreich. Das geht vor.«

»Von diesem Landhandel aus der Steiermark?«, fragte Nicole interessiert. »Das heißt, du hast sie an der Angel?«

»Ja, sieht so aus.« Er nickte zufrieden. »Gut möglich, dass wir morgen einen neuen Großkunden gewinnen. Österreich ist ein aufregender Markt. Wer weiß, was noch kommt, wenn wir die erst haben.«

Man sah es Nicole an: Sie wäre gerne dabei gewesen. Doch sie verbat sich die Frage. Es wäre ein zu großer Affront gegen ihren Bruder gewesen. So wichtig die Buchhaltung auch war, das spektakuläre Ereignis am morgigen Tag wäre natürlich die Betreuung der Großkunden.

»Wenn Marius morgen eine wichtige Vorlesung hat, kann ich mit den Softwareleuten sprechen«, schlug sie vor. »Schließlich habe ich lange genug in der Buchhaltung gearbeitet.«

Der Vater ließ seinen Blick auf Marius ruhen.

»Eine Vorlesung also.« Ohne eine Miene zu verziehen, stieß er verächtlich die Luft durch die Nase.

Plötzlich war da Nathalies Stimme in seinem Kopf: »Sag es ihnen. Sag es jetzt. Was hast du noch zu verlieren? Du liebst mich. Du wirst mit mir zusammenziehen. Soll doch Nicole das Unternehmen führen. Sie ist eh besser geeignet dafür. Hau es ihnen um die Ohren. Befreie dich.«

Sein Vater und Nicole redeten über diesen Großkunden aus Österreich. Die Worte rauschten an ihm vorbei. Er war nicht beteiligt.

»Willst du gar nichts essen?«, fragte seine Mutter. Es klang wie ein Vorwurf.

»Doch, natürlich«, sagte er und nahm die Gabel auf.

»Nils, Ellbogen vom Tisch!«, fauchte sie. »Wo sind wir denn hier?« Und mit einem finsteren Blick in die Runde: »Ich weiß wirklich nicht, woher der Junge das hat.«

Das Essen wurde schweigend fortgesetzt. Nathalies

Stimme in seinem Kopf war verstummt. Er konnte es nicht. Er konnte sich nicht hinstellen und es seinem Vater ins Gesicht sagen.

Nein, es würde bei dem alten Plan bleiben. Er würde mit Nathalie fliehen. Bei Nacht und Nebel sozusagen. Ohne ein Wort. Und erst, wenn sie weit, weit weg wären und in Sicherheit, erst dann würde er es seine Familie wissen lassen, was er entschieden hatte. Er musste zunächst aus ihrem Machtbereich ausbrechen, sonst hatte er keine Chance.

Nach dem Essen ging er hinauf in sein Zimmer. Er checkte seine E-Mails, doch Nathalie hatte ihm nicht geschrieben. Hinter seinem Fenster stand blutrot die Sonne am Horizont. Da waren Felder, Wiesen, etwas entfernt die Häuser und der Kirchturm von Gertenbeck. Seit Wochen zeigte sich der Sommer von seiner schönsten Seite. Wie oft kam das schon vor im regnerischen Münsterland? Er überlegte, ob er mit dem Mercedes eine Spritztour unternehmen sollte. Hauptsache, raus aus diesem Gefängnis.

Auf dem Weg durch den Flur kam er an Nils' Zimmertür vorbei. Sie stand einen Spalt weit offen, und er sah seinen kleinen Bruder am Computer hocken. Auf dem Bildschirm kämpften Alienarmeen miteinander. Monster mit Stiernacken in mittelalterlichen Rüstungen, ein Schlachtfeld mit Feuerstürmen und umherfliegenden Geschossen. Marius kannte das Computerspiel: Warhammer, ein Online-Rollenspiel, das Nils über alles liebte. Über Headset sprach er sich mit anderen Spielern ab, dabei fingerte er hektisch auf seiner Tastatur herum.

Marius beobachtete ihn eine Weile, dann wandte er sich ab, um weiterzugehen. In diesem Moment sah Nils auf und entdeckte ihn in der Tür. Marius bedeutete ihm mit einer Geste, nicht stören zu wollen. Doch sein Bruder hob bereits die Hand, murmelte etwas in sein Headset und drückte auf Pause. Die Szene auf dem Monitor blieb stehen.

»Hallo, Marius. Ist was?«

Marius schob die Tür auf und trat näher.

»Ich wollte dich nicht aus dem Spiel rausholen. Wie's aussieht, bist du mitten in einer Schlacht.«

»Ach, kein Problem. Ich muss eh eine Pause machen. Ich hab meine Hausaufgaben noch nicht fertig.«

Marius runzelte die Stirn. Für seinen Bruder war das eine ungewöhnliche Aussage. Warhammer ging ihm normalerweise über alles.

»Mama kontrolliert die neuerdings jeden Abend«, erklärte Nils. »Da ist sie gnadenlos. Seit sie beim Elternsprechtag war.«

»Verstehe. Hat wohl Ärger gegeben.«

Sein kleiner Bruder war in der Schule noch nie die große Leuchte gewesen, aber selbst Marius hatte mitbekommen, wie seine Leistungen weiter abgefallen waren, seit er den Großteil seiner Nachmittage vor dem Computer verbrachte. Marius war erstaunt gewesen, dass seine Eltern bislang noch kein generelles Internetverbot ausgesprochen hatten. Wahrscheinlich fanden sie es im Grunde ganz nützlich, Nils nachmittags vor dem Computer parken zu können. Dann musste sich keiner um ihn kümmern.

»Ich krieg wohl zwei Fünfen, wie's aussieht. Wenn ich das nicht ausgleiche, muss ich eine Ehrenrunde drehen.«

Marius schob achtlos hingeworfene Kleidungsstücke von einem Stuhl und setzte sich.

»Und?«, fragte er. »Gleichst du das noch aus?«

Nils hob die Schultern. »Mal sehen.«

Marius lächelte. Dem Gesichtsausdruck seines Bruders nach zu urteilen, schien das keines seiner dringlichsten Probleme zu sein.

»Du warst lange weg«, sagte Nils.

»Ja, ich war ein paar Nächte in Münster. An der Uni ist gerade ziemlicher Stress. Examen und so, du verstehst schon. Deshalb bin ich dageblieben. Es war mir zu umständlich, jeden Abend nach Gertenbeck zu fahren.«

»Ich werde nicht studieren, so viel weiß ich schon«, stellte Nils fest. »Da hab ich echt keinen Bock drauf. Ich mach eine Ausbildung.«

»Weiß Vater das schon?«

»Ist mir egal, was der dazu sagt.«

Marius stieß die Luft aus. Dazu war das letzte Wort noch nicht gesprochen, so viel war sicher. Er betrachtete Nils. Plötzlich fühlte er sich mies. Ausgerechnet seinem kleinen Bruder tischte er hier Lügen auf. Examensstress. Als wenn er in den letzten Tagen auch nur ein einziges Mal an sein Studium gedacht hätte.

»Na ja, ehrlich gesagt, habe ich in Münster gar nicht so viel für die Uni gemacht. Das hab ich nur erzählt, um keinen Ärger zu kriegen.«

Nun sah Nils interessiert auf.

Marius zögerte.

»Ich hab eine Freundin«, sagte er dann.

»Echt?« Nils machte große Augen. »Eine Freundin? Aus Münster?« Und dann schossen die Fragen auf Marius nieder. »Wie heißt sie? Studiert die mit dir zusammen? Hat sie Geschwister? Haben ihre Eltern auch ein Unternehmen?«

Marius lachte. »Stopp, stopp. Sie heißt Nathalie. Aber sag es noch keinem. Das möchte ich selber machen.«

»Und wie sieht sie aus? Wohnt sie in Münster?«

»Sie …« Marius begann zu lächeln. »Sie ist wunderschön.«

»Bringst du sie mal mit?«, fragte Nils.

Doch im nächsten Moment erlosch jegliche Begeisterung. »Ach nein«, gab er sich selbst die Antwort. »Bestimmt nicht.«

Marius sagte nichts dazu. Sein pubertierender Bruder schätzte das Familiengefüge ganz richtig ein. Wenn einem wirklich etwas an einem Mädchen lag, brachte man es besser nicht mit nach Hause.

»Meinst du, Papa würde sie mögen?«, fragte Nils.

»Nein«, sagte Marius. »Das glaube ich nicht.«

Nils starrte auf die Tastatur. Er wirkte betreten. Aber sollte Marius ihm lieber weitere Lügen auftischen? Der Junge wusste ja selbst, was los war. Es hatte keinen Sinn, ihn zu schonen. Ihr Vater würde Nathalie niemals akzeptieren.

»Papa und Nicole hatten einen Streit«, sagte Nils unvermittelt.

»Einen Streit?«

»Ja, gestern. Ich war total genervt.«

»Und worum ging es da?«

»Ach, keine Ahnung. Ums Unternehmen. Die haben rumgeschrien, als wollten sie sich an die Kehle gehen. Den ganzen Nachmittag ging das, ich dachte schon, es fließt gleich Blut.«

Einen Streit ums Unternehmen? Die beiden waren doch sonst immer einer Meinung, wenn es um die Firma ging. Manchmal kam Marius gar nicht dazwischen, wenn die beiden miteinander fachsimpelten. Kaum vorstellbar, dass sie ausgerechnet wegen des Unternehmens aneinandergerieten.

Zaghaft fügte Nils hinzu: »Und es ging um dich.«

Das schien ihm nun ein bisschen peinlich zu sein.

»Um mich? Wieso das denn? Weil ich in der letzten Woche nicht da war?«

»Nein, eher ... weil ...«

»Jetzt sag schon.«

»Nicole meinte, die Firma geht den Bach runter, wenn du das Ruder übernimmst. Du hättest keine Ahnung vom Geschäft, und das würde sich auf das gesamte Unternehmen auswirken. Und Papa soll an sein Lebenswerk denken. Ob er denn will, dass alles, was er aufgebaut hat, in schlechte Hände gerät. Und so weiter. Papa hat dann rumgeschrien, von wegen: Untersteh dich, so mit mir zu sprechen. Bla bla bla. Da sind richtig die Fetzen geflogen.«

Marius war sprachlos. Versuchte Nicole tatsächlich, hinter seinem Rücken das Ruder an sich zu reißen? Riskierte sie dafür einen offenen Streit mit ihrem Vater? Marius konnte das kaum glauben. Er hatte niemals den Mut gehabt, sich mit seinem Vater anzulegen. Ging Nicole damit nicht ein zu hohes Risiko ein? Ihr Vater hasste es, wenn man ihm widersprach. Würde das die beiden vielleicht entzweien? Oder hatte sein Vater am Ende sogar Respekt vor Nicoles Mut, sich offen mit ihm anzulegen? Schwer zu sagen.

Marius wusste nicht, was er von der ganzen Sache halten sollte. Es war keine Neuigkeit, dass Nicole am liebsten seinen Platz einnehmen würde. Sie hielt sich für geeigneter, und wahrscheinlich hatte sie damit sogar recht. Neu war jedoch, dass sie offensiv dafür kämpfte. Marius musste darauf reagieren. Unter Umständen konnte er Kapital daraus schlagen, dass Nicole ihre Taktik geändert hatte. Er musste umsichtig handeln. Das Richtige tun. Vielleicht wäre es das Beste, ganz vorsichtig das Gespräch mit seinem Vater zu suchen.

»Wenn ich alt genug bin, hau ich ab«, sagte Nils.

Das holte Marius sofort zurück.

»Was sagst du da?«

»Warum denn nicht? Interessiert sich doch eh keiner für. Ich hau ab. Und dann kann mir keiner in mein Leben reinreden. Dann mach ich mein eigenes Ding.«

Marius war überrascht. Nils war das Nesthäkchen und hatte niemals ernsthaften Ärger mit seinen Eltern gehabt. Das meiste ließen sie ihm durchgehen. Doch offenbar ging es ihm genauso wie Marius.

Schweigen breitete sich aus. Marius dachte an Nathalie. Abhauen. Seit Tagen dachte er an nichts anderes. Doch bei seinen Eltern zu Hause fühlte sich alles nur wie ein Traum an.

»Ich kann dich verstehen«, sagte er. »Trotzdem tut es mir leid, dass du so denkst.«

»Ach, Quatsch. Die nerven doch alle. Wenn ich alt genug bin, war's das hier. Versprochen.« Neugierig betrachtete er seinen älteren Bruder.

»Warum haust du eigentlich nicht ab?«

Marius wusste nicht, was er darauf sagen sollte.

»Lass doch Papa und Nicole zusammen glücklich werden.«

»Aber … so einfach geht das nicht.«

Nils schien enttäuscht. Er wandte sich gelangweilt ab, schielte wieder zu dem Warhammer-Spiel auf seinem Computer.

»Wenn ich du wäre, würde ich abhauen«, meinte er leichthin.

Dann zog er mit einem Stöhnen seine Schultasche heran.

»So, ich muss jetzt die bescheuerten Hausaufgaben machen. Sonst wird das nichts mehr heute.«

Und damit war dieses seltsame Thema zwischen ihnen beendet.

10

Die Kantine des Landgerichts befand sich im siebten Stockwerk des Gebäudes. Jenseits der Fensterfront bot sich ein großartiger Blick auf die Stadt. Direkt unter ihm lagen der Aasee und der frühlingshafte Zentralfriedhof, hinter dem zarten Grün der Parkanlagen erhoben sich die Bettentürme der Unikliniken. Hambrock hatte sich mit Kaffee und Kuchen an einen Fensterplatz zurückgezogen. Er ließ seinen Blick eine Weile über die Stadtlandschaft schweifen, dann nahm er die Zeitung und schlug sie auf.

Auf der ersten Seite gab es nur eine kurze Notiz über den Prozess, doch im Lokalteil wurde der letzte Verhandlungstag genauer nachgezeichnet. Der Artikel befasste sich mit dem psychologischen Gutachter, der gestern vor Gericht ausgesagt hatte. Hambrock erinnerte sich an den kleinen freundlichen Mann, der psychologische Profile von den Angeklagten erstellt hatte. Hambrock hatte interessiert zugehört, doch viel Neues war für ihn nicht dabei gewesen.

Die drei Jungen seien überfordert gewesen von den Anforderungen in der Schule, hieß es. Die enge Taktung der vielen Klausuren habe kaum Zeit zum Lernen gelassen. Dazu sei der Druck gekommen, einen möglichst guten Notendurchschnitt zu erzielen, um überhaupt fürs gewünschte Studienfach zugelassen zu werden. Am Tatabend seien die Jugendlichen dann in Münster gewesen, um eine Abwechslung vom Lernalltag zu erleben. Sie hätten ein bisschen Frust ablassen wollen, und auf dem Rückweg nach Gertenbeck seien sie zudem alkoholisiert gewesen. Besonders der Haupttäter, Lennard Müller, entwickele unter Alkoholeinfluss Aggressionen. Aber auch die anderen beiden seien auf der Suche nach Streit gewesen. Das Ausmaß der Gewalt sei für die drei Jungen im Nachhinein schockierend gewesen. Zu keinem Moment hätten sie jemanden töten wollen. Das Ganze sei dramatisch aus dem Ruder gelaufen, und sie zeigten aufrichtige Reue.

Der Psychologe hatte eine ganze Weile geredet, doch Hambrock wartete vergeblich auf eine wirkliche Erklärung des Geschehens. Schließlich ging es um ein extremes Maß an Brutalität, um einen menschenverachtenden Vernichtungswillen, wie die Nebenklage es genannt hatte. Doch die Erklärung hierfür blieb auch das psychologische Gutachten schuldig. Die Tat ließ sich kaum mit den drei Jugendlichen in Verbindung bringen, die auf der Anklagebank saßen und am ehesten an harmlose Schuljungen erinnerten, denen nichts dergleichen zuzutrauen war.

Hambrock schlug die Zeitung zu. Er dachte an die Familie Baar und fragte sich, wie die wohl mit diesen Fragen umging. In jener Nacht war er zu der Villa gefahren und hatte sie unsanft aus dem Bett geklingelt. Es gab nichts Scheußlicheres, als Todesnachrichten an Familienangehörige zu überbringen, doch er gehörte nicht zu denen, die sich davor drückten. Klaus Baar war im Morgenmantel aufgetaucht und hatte wütend die Tür aufgerissen. Doch dann hatte er Hambrocks Dienstmarke gesehen und den betretenen Gesichtsausdruck, und die Wut war augenblicklich verraucht. Seine Ehefrau tauchte ebenfalls an der Tür auf. Eine Frau mit fahler Haut und vielen Falten, die

Hambrock am nächsten Tag kaum wiedererkannt hatte, als sie wie gewöhnlich geschminkt war. Die beiden hatten die Todesnachricht mit steinernen Gesichtern entgegengenommen. Eine Weile sagten sie gar nichts, doch dann kamen ihre beiden Söhne in die Eingangshalle, Roland und Nils, beide in Schlafanzügen. Bei ihrem Anblick verwandelte sich Klaus Baar wieder in den Patriarchen. Er schickte sie lautstark zurück in ihre Betten, wies seine Frau an, sich um die Jungen zu kümmern, bat Hambrock, draußen zu warten, und schloss dann die Tür, um sich anzukleiden. Er wirkte wie ein Fels, selbst als er Hambrock begleitete, um seinen Sohn zu identifizieren.

Hambrock fiel ein, dass Nicole in dieser Nacht nicht aufgetaucht war. Er fragte sich, ob sie gar nicht von der Türklingel geweckt worden oder ob sie womöglich gar nicht zu Hause gewesen war.

»Hambrock! Ich wusste doch, dass du dich hier irgendwo rumtreibst!« Hubertus Meyer stand mit einem Tablett vor seinem Tisch. Hähnchengeschnetzeltes dampfte auf einem Teller. »Ich darf mich zu dir setzen?«

»Natürlich.« Hambrock wies auf den freien Platz. »Lass es dir schmecken.«

Hubertus Meyer nahm Platz. »Es geht langsam dem Ende entgegen«, sagte er und sortierte das Besteck. »Nicht mehr lange bis zu den Plädoyers. Alle wichtigen Zeugen sind durch. Was denkst du, wie hoch wird das Strafmaß ausfallen?«

»Keine Ahnung. Abwarten. Richterin Schniederjohann kann man da nur schwer einschätzen.«

»Die Mitangeklagten werden bestimmt freigesprochen werden, da wette ich drauf.«

»Das ist doch gar nicht möglich.«

»Na, ich meine damit, sie bekommen eine Bewährungsstrafe. Das ist doch das Gleiche.«

»Also, das würde ich nicht …«, begann Hambrock.

»Sie werden in Freiheit sein«, widersprach Hubertus Meyer. »Das ist es doch, worauf es ankommt. Viel interessanter wird das Urteil für den Hauptangeklagten. Was diesen Lennard angeht, da bin ich mal gespannt. Bei dem ist Bewährung ja schlecht möglich, da geht es um die Höhe der Haftstrafe. Trotzdem: intakte Familie, kurz vor dem Abitur, stabiles soziales Umfeld. Ich kann mir kaum denken, dass die Strafe besonders hoch ausfällt.«

»Es geht um Totschlag. Das darfst du nicht vergessen. Ich glaube nicht, dass die Richterin der Verteidigung folgt: Schwere Körperverletzung mit Todesfolge.«

»Bist du dir sicher? Da ist das letzte Wort noch nicht gesprochen. Na, wir werden sehen. Aber selbst wenn er für ein paar Jahre in den Knast kommt, wird er da sein Abitur machen können. Vielleicht sogar mit einem Studium anfangen. Sein Leben wird nicht zu Ende sein, so viel ist sicher. In ein paar Jahren ist er wieder draußen, und dann kann er von vorne anfangen. Immer noch jung genug, um alle Möglichkeiten zu haben.«

Hambrock blickte zum Fenster. Die Sonne brach durch die Wolkendecke, und das weiße Haus der Landesbausparkasse leuchtete zwischen zartgrünen Bäumen. Er dachte an den kaputten Küchenschrank, den er reparieren wollte, und fragte sich, was er hier überhaupt noch machte.

»Ich werde jetzt nach Hause fahren«, verkündete er. »Es wird wirklich Zeit, dass ich mal abschalte.«

»Dann willst du gar nicht bis zur Urteilsverkündung warten?«

»Nein. Ich erfahre es früh genug aus der Zeitung.« Er reckte sich und stand auf. »Mach's gut, Hubertus.«

Im Fahrstuhl nach unten merkte er, wie er sich zu entspannen begann. Er hatte es endlich geschafft abzuspringen. Jetzt konnte der Urlaub losgehen.

Im Wagen klingelte sein Handy, das an die Freisprechanlage angeschlossen war. Er drückte die Taste und nahm das Gespräch entgegen.

»Hambrock, hier ist Irene Böhm von der Pforte. Ich störe doch hoffentlich nicht?«

»Nein, überhaupt nicht. Was gibt's denn? Ist was passiert?«

»Das nicht. Ich dachte nur, es würde dich vielleicht interessieren ... Der Junge, der neulich hier war, du weißt schon, der aus der Mordermittlung in Coerde. Na ja, der ist wieder da. Er wirft Körbe. Gegenüber an der Dreifaltigkeitsschule.«

»Hast du ihm nicht gesagt, dass ich heute nicht im Präsidium bin?«

»Das ist es ja. Er war gar nicht hier, um nach dir zu fragen. Ich hab den vor gut zwei Stunden da drüben entdeckt. Keine Ahnung, was der vorhat. Irgendwie wirkt es so, als hätte er kein Zuhause. Ich wäre ja rübergelaufen, um ihm zu sagen, dass du im Urlaub bist. Aber ich war mir nicht sicher, ob dir das recht ist.«

Das war typisch für sie. Irene hatte ein gutes Gespür für Menschen und Situationen. Im Streifendienst war ihr diese Fähigkeit sicher häufig zugutegekommen.

»Weißt du was, Irene? Ich komm einfach kurz vorbei. Ich sitze ohnehin im Wagen, das ist kein großer Umweg. Vielleicht ist es besser, wenn ich selbst sehe, was los ist. Danke, dass du mir Bescheid gesagt hast.«

Er wendete den Wagen und steuerte das Präsidium an. Als er auf den Parkplatz fuhr, sah er Fabio bereits am Basketballkorb. Er dribbelte den Ball im Kreis, dann sprang er und warf. Treffer.

Hambrock stellte den Wagen ab und ging aufs Schulgelände. Fabio entdeckte ihn, fing den Ball wieder auf und drückte ihn gegen die Brust.

»Hallo, Fabio. Was machst du hier?«

»Nichts. Nur ein paar Körbe werfen.«

Hambrock zögerte. Natürlich war der Junge seinetwegen da. Aber das wollte er offenbar nicht so deutlich zeigen.

»Warst du beim ASD?«, fragte er. »Haben die dir weiterhelfen können?«

»Ja, ich war da. Die haben mir so eine Adresse gegeben. Da soll ich morgen hin.«

Er zog einen zerfledderten Zettel aus der Tasche seines Kapuzenpullovers. Eine Adresse war darauf gekritzelt worden. Es war das Projekt für Schulverweigerer, von dem Hambrock gehört hatte.

»Ich hab da mit einer Frau telefoniert«, meinte Fabio. »Die war Sozialarbeiterin oder so was. Hörte sich ganz nett an.«

»Ist doch super. Siehst du. Da kommst du bestimmt weiter. Die kennen sich mit solchen Fällen aus. Die wissen, was zu tun ist.«

Fabio lächelte scheu. »Ja, mal sehen.«

Hambrock betrachtete ihn. Da war noch etwas. Der Junge war nicht hergekommen, um ihm von seinem Besuch beim ASD zu erzählen.

»Wie geht's dir sonst?«, fragte er. »Kommst du mit deiner Oma klar?«

Er zuckte mit den Schultern. »Geht schon. Die ist eh nie da.« Dann trat er von einem Bein aufs andere. »Ich hab da noch einen Zettel. Der kam mit der Post.«

»Einen Zettel? Und worum geht's da?«

Fabio zog ein weiteres zerfleddertes Papier aus seinem Kapuzenpulli hervor. Er reichte es Hambrock. Es war ein Brief von einem Inkassounternehmen. Hambrock faltete ihn vorsichtig auseinander und strich ihn glatt. Die Forderung belief sich auf knapp dreihundert Euro. Dazu die üblichen juristischen Drohungen.

»Der ist mit der Post gekommen«, wiederholte Fabio. »Aber … Ich hab die Kohle nicht. Was passiert denn jetzt? Das hört sich total krass an, was die da schreiben. Komm ich etwa in den Knast?«

Hambrock runzelte die Stirn. »Was ist das überhaupt für eine Forderung? Einhundertvier Euro von der Firma Cycle-Classic … Das ist von einem Zeitschriftenverlag, richtig?«

»Glaub schon. Na ja, ich hab da was unterschrieben. Wegen einer Motorradzeitschrift. Die standen in der Fußgängerzone.«

»Aber da wusstest du doch schon, dass du das nicht zahlen kannst, oder?«

»Nein. Das sind nur zwei Euro, haben die gesagt.«

»Pro Ausgabe?«

»Ja, kann schon sein.«

»Und wie oft erscheint die?«

»Jede Woche. Ich dachte aber auch, die kommt nur einmal im Monat oder so.«

Hambrock begriff nun, was passiert war.

»Und dann solltest du den Jahresbeitrag für dein Abo auf einen Schlag bezahlen?«

Fabio antwortete nicht. Es schien ihm peinlich zu sein, wie leicht er sich übers Ohr hatte hauen lassen. Hambrock fand es jedoch überhaupt nicht peinlich. Eher fand er es traurig, dass keiner da war, der dem Jungen ab und zu bei solchen Dingen den Kopf wusch.

»Du musst darauf reagieren. Das kannst du nicht aussitzen. Am besten schreibst du denen, dass du den Betrag nicht begleichen kannst, aber bereit bist ...« Er stockte.

Die würden wohl kaum einen Brief ernst nehmen, den Fabio selbst aufgesetzt hatte. Außerdem wäre es sicher besser, die Inkassoleute würden sehen, dass der Junge nicht allein auf weiter Flur stand, sondern jemanden an der Seite hatte, der in der Lage war, Verhandlungen zu führen.

»Komm mit«, sagte er. »Wir gehen in mein Büro. Ich schreib dir was, das du dahinschicken kannst.«

Fabio wirkte erleichtert. Er dribbelte seinen Ball neben Hambrock her und folgte ihm zum Präsidium. Irene Böhm ließ die beiden durch die Schleuse. Sie blickte aus ihrem Glaskasten heraus und zwinkerte Hambrock zu.

Fabio wirkte in den Fluren des Präsidiums etwas eingeschüchtert. Offenbar war das für ihn ein bisschen zu viel Polizei auf einen Schlag. Bei seinen Vorstrafen musste er sich hier fühlen wie in der Höhle des Löwen. Hambrock versuchte, das Eis zu brechen, indem er ihm von der Kantine, dem Schießstand und den Laboren erzählte. Vor allem für den Schießstand schien Fabio sich zu interessieren.

»Wenn du willst, können wir ihn uns nachher ansehen.«

»Echt? Das ist super! Darf ich auch mal schießen?«

Hambrock lachte. »Gucken muss erst mal reichen.«

In seinem Büro fuhr er den Computer hoch und setzte einen Brief an die Inkassofirma auf, in dem er Fabios finanzielle Situation schilderte und das Zustandekommen des Vertrags. Er schlug vor, die ursprüngliche Gebühr in Raten zu zahlen, ansonsten bleibe den Gläubigern nur noch die Möglichkeit zu vollstrecken. Dass bei jemandem wie Fabio dabei nichts herausspringen würde, war denen sicherlich klar.

Fabio war in der Zwischenzeit sichtlich aufgetaut. Er hatte sich in den Besuchersessel geflegelt und machte mit dem Basketball kleine Kunststücke über seinem Kopf. Ließ ihn auf der Fingerspitze kreisen, warf ihn hoch und fing ihn mit der Handaußenfläche wieder auf. Hambrock sah bereits die Fensterscheibe in Scherben liegen, verkniff sich aber einen Kommentar.

»So, der Brief ist fertig. Wenn die antworten, kommst du wieder zu mir. Dann sehen wir, was wir erreichen.«

»Ich hab Ihnen doch von dem Freund erzählt, der einen kennt, der mit diesem Lennard befreundet ist«, wechselte Fabio das Thema. »Der Angeklagte. Wissen Sie noch?«

»Ja, schon. Aber ich hab dir gesagt, dass da alles geklärt ist. Der Fall ist abgeschlossen.«

»Ach so. Ich dachte nur, das würde Sie vielleicht interessieren. Das ist nämlich ein ziemlich komischer Typ, dieser Bekannte von Lennard. Mein Kumpel meint, der ist total durchgeknallt. Hat total krasse Ansichten. Alle Ausländer ausweisen. Und Schwule müssen verbrannt werden. Und mit Frauen hat der auch irgendein Problem, keine Ahnung, was das war. Jedenfalls waren die beiden ständig zusammen, dieser Typ und Lennard. Bis Lennards Vater das mitgekriegt und seinem Sohn den Kontakt verboten hat. Der ist ja Apotheker oder so und wollte wohl nicht, dass sein Sohn mit so einem asozialen Irren rumhängt.«

»Das mag ja alles sein, Fabio, aber ich denke …«

»Was ich eigentlich sagen will ist, Lennard und dieser komische Typ haben sich über so eine Facebook-Gruppe kennengelernt. In der Gruppe geht's irgendwie um nordische Sagen oder so. Irgendwas mit Odin und keltischen Kreuzen. Aber das ist nur Tarnung, sagt mein Kumpel, denn eigentlich sind das so eine Art Neonazis, die dahinterstecken. Und bei den Ansichten von diesem Typen würde mich das auch nicht wundern, wenn der was mit irgendwelchen Rechten zu tun hat.«

»Fabio.« Hambrock holte Luft. »Sollen wir jetzt in den Schießraum?«

»Warten Sie. Das Wichtigste kommt noch. Dieser Typ, der da am Bahnhof erschlagen wurde, der hat noch einen kleinen Bruder. Roland heißt der, glaub ich. Roland Baar. Na, jedenfalls war der auch Mitglied von dieser Facebook-Gruppe. Die kannten sich, verstehen Sie?«

Hambrock war völlig verdattert. »Wie meinst du das, die kannten sich? Wie viele Leute sind denn in so einer Gruppe drin? Das kann doch auch Zufall sein.«

»Eine Menge Leute sind da drin. Aber Lennard und Roland haben angefangen, miteinander zu chatten, sagt mein Bekannter. Weil Roland das gleiche Problem hatte. Sein

Vater hatte ihm auch verboten, mit diesen Typen aus der Szene Kontakt aufzunehmen. Beide Väter wollten um jeden Preis verhindern, dass ihre Söhne bei irgendwelchen Nazis landen. So haben die sich kennengelernt. Das ist schließlich was, das einen verbündet. Beide konnten sich nicht gegen ihre alten Herren durchsetzen. Aber sie konnten sich im Internet darüber austauschen. Und abkotzen.«

Hambrock traute seinen Ohren nicht. Diese Geschichte hätte doch bei den Ermittlungen zutage kommen müssen.

»Bist du dir ganz sicher, dass es da um Lennard Müller und Roland Baar geht?«

Fabio wirkte verunsichert. »Mein Bekannter sagt das jedenfalls.«

Das musste ein Missverständnis sein. Diese Geschichte war ausgedacht, oder Fabio hatte da etwas durcheinandergebracht. Trotzdem. Hambrock musste dieser Sache nachgehen. Er packte Fabio an den Schultern.

»Also gut. Kannst du mir den Namen von deinem Bekannten sagen? Ich muss unbedingt mit ihm reden.«

11

Marius klopfte an Rolands Zimmertür.

»Roland? Bist du da drin?«

Er lauschte. Nichts.

»Komm schon, Roland. Ich hab noch was vor.«

Vorsichtig schob er die Tür auf. Der Raum lag im Zwielicht, durch die zugezogenen Vorhänge drang kaum Licht. Doch ein flüchtiger Blick reichte aus, um zu erkennen: Roland war nicht da.

Marius hatte seinem Bruder versprochen, bei einem Schulprojekt zu helfen. Mathe-Leistungskurs. Es ging um die Berechnung von Wirtschaftsprognosen eines fiktiven Unternehmens. Da Roland aus einer bekannten Unternehmerfamilie stammte, hatte sein Mathelehrer ihn sofort in das Projekt eingebunden. Als ob Roland irgendwas von diesen Dingen verstehen würde. Nun sollte Marius dabei helfen, das Unwissen seines Bruders zu kaschieren und dafür zu sorgen, dass er sich in der Schule nicht blamierte.

Marius wollte die Sache schnell hinter sich bringen. Er war mit Nathalie verabredet. Sie würde heute Abend in der WG für ihn und ihren Mitbewohner kochen. Er konnte es kaum abwarten, nach Münster zu fahren. Hatte Roland die Verabredung etwa vergessen?

Er ließ seinen Blick durch den Raum wandern. Es war lange her, dass er in Rolands Zimmer gewesen war. Früher hatte er sich mit seinem Bruder gut verstanden. Roland war der Einzige in der Familie gewesen, mit dem Marius sich normal unterhalten konnte. Aber das war Vergangenheit. Sie hatten sich irgendwann auseinandergelebt. Mit Rolands Pubertät war das losgegangen. Er hatte sich zurückgezogen. Sich plötzlich für andere Dinge interessiert.

Zuerst war er Feuer und Flamme gewesen für irgendwelche Ballerspiele am Computer, für die Marius keine Begeisterung aufbringen konnte. Dann folgte eine Mittelalterphase, in der er sich verkleidete, an Rollenspielen teilnahm und sich auf Mittelaltermärkten herumtrieb. Und schließlich begann er sich für schräges mythologisches Zeug zu interessieren, aber zu dem Zeitpunkt war Marius längst ausgestiegen. Er konnte nicht mehr sagen, womit sich Roland beschäftigte und was ihn bewegte. Von ihrer früheren Verbundenheit, schien es, war nichts geblieben.

Das Zimmer lag im Halbdunkel. Bett und Schränke hatte Roland mit schwarzem Lack angestrichen, aber das war noch während seiner Mittelalterphase gewesen. Nun klebten bunte Poster mit irgendwelchen Hip-Hop-Bands darauf. Es herrschte Unordnung. Kapuzenpullis, Turnschuhe, Schulsachen, alles lag verstreut herum. Auch sein Schreibtisch versank im Chaos. Hefte mit Eselsohren, zerfledderte Kopien, leere Chipstüten. Darüber das Poster einer Heavy-Metal-Band, deren Namen Marius noch nie gehört hatte, und eine Flagge mit einem keltischen Kreuz, wahrscheinlich auch ein Überbleibsel aus der Mittelalterphase.

Marius spürte einen Stich. Als Roland noch jünger gewesen war, hatte er ihm immer alles erzählt. Da waren sie unzertrennlich gewesen. Jetzt vermisste er das. Ihm fehlte ein Verbündeter in diesem Irrenhaus. Gerade jetzt.

Er verließ den Raum und ging weiter zu Nils' Zimmer. Aus dem Innern drangen die Schlachtgeräusche seiner Weltraumabenteuer. Marius streckte den Kopf durch die Tür. Nils' Gesicht leuchtete im Widerschein des Monitors.

»Weißt du, wo Roland steckt?«, fragte Marius.

Sein Bruder fingerte weiter auf der Tastatur herum. Ohne aufzusehen sagte er: »Der ist in die Firma gefahren.«

»In die Firma? Was will er denn da?«

»Keine Ahnung. Irgendwas von Papa. Eine Unterschrift oder so.«

»Aber wir waren verabredet.«

»Der kommt sicher gleich wieder.«

Und damit tauchte Nils wieder ganz ab. Die Unterhaltung war beendet. Marius trat unschlüssig in den Flur zurück. Er hatte keine Lust, in die Firma zu fahren. Aber die Vorstellung, hier herumzusitzen und zu warten, behagte ihm noch weniger. Er wollte so schnell wie möglich zurück nach Münster.

Also verließ er das Haus und setzte sich hinters Steuer seines Mercedes. Die Firma war zwar nur gut hundert Meter entfernt, trotzdem nahm er den Wagen. Er würde von dort ganz einfach nach Münster weiterfahren. Das Unternehmen lag nämlich direkt an der Autobahnausfahrt: ein großer Verwaltungskomplex, Lagerhallen, Produktionsanlagen, Labore, Höfe, eine Spedition mit Fuhrpark und Werkstatt und drum herum ein hoher Zaun und am Eingang ein Pförtnerhaus mit Überwachungskameras. Es war eine Welt für sich.

Marius parkte quer vor dem Verwaltungsgebäude. Eigentlich war das verboten, ein Mitarbeiter hätte sein Auto dort nicht abstellen dürfen. Aber hier kannte jeder den Mercedes und wusste, wem er gehörte. Deshalb würde es keinen Ärger geben. Mit dem Sohn vom Chef legte man sich besser nicht an.

Auch Frau Gärtner, eine Ruheständlerin aus Gertenbeck, die stundenweise am Empfang arbeitete und von dort aus sein Parkmanöver beobachtet hatte, verkniff sich jeden Kommentar. Stattdessen schenkte sie ihm ein herzliches Lächeln.

»Guten Tag, Herr Baar. Soll ich Sie bei Ihrem Vater anmelden?«

»Ich suche meinen Bruder Roland. Ist der hier?«

»Ja, er müsste noch irgendwo im Gebäude sein. Ich habe ihn vor ein paar Minuten im Büro Ihrer Schwester gesehen. Soll ich kurz durchrufen und nachfragen?«

»Nein, danke. Ich versuche es einfach da.«

Marius durchquerte die Halle und ging zum Treppenhaus. Nicoles Büro lag im ersten Stock. Die Etage war offen und transparent konstruiert, es gab gläserne Wände, helles Holz und überall Begrünung. So konnte Marius seine Geschwister bereits vom Flur aus in Nicoles Büro sehen. Sie standen mit verschränkten Armen am Fenster und redeten miteinander. Ihren Gesichtern nach zu urteilen war es ein ernstes und vertrautes Gespräch. Eigentlich ganz untypisch für sie, denn die beiden hatten doch nie einen guten Draht zueinander gehabt. Was gab es denn da so Wichtiges zu besprechen? Irgendwie wirkte das alles auf Marius seltsam konspirativ.

Er ging zur Tür, klopfte an und betrat im nächsten Moment den Raum. Nicole und Roland sahen ihn erschrocken an und verstummten augenblicklich. Roland wirkte sogar bestürzt über sein Auftauchen. Sie hatten über ihn geredet, darauf hätte er schwören können.

Er fragte sich, was hier passierte. Ein Gedanke stahl sich in seinen Kopf: Wussten die beiden etwa, was er und Nathalie planten? Wussten sie von seiner Flucht aus der Verantwortung? Vom Verzicht auf sein Erbe? Er hatte mit keinem darüber gesprochen. Aber Nicole wusste von Nathalies Existenz. Möglich, dass sie Nachforschungen angestellt und mit Nathalies Freunden gesprochen hatte …

Er wischte den Gedanken beiseite. Das war doch völlig absurd, was er sich hier zusammenphantasierte.

Nicole, die immer noch aussah, als wäre sie bei etwas Verbotenem ertappt worden, ging zum Angriff über.

»Was willst du denn hier?«, bellte sie ihn an. »Bist du nicht in Münster?«

Marius ignorierte sie. Das war meistens ohnehin das Beste. Er wandte sich stattdessen an Roland.

»Hast du dein Matheprojekt vergessen?«, fragte er.

»Au, verdammt!« Roland schlug sich die Hand gegen die Stirn. »Das wollten wir ja heute machen. Ich …«

Er sah hilfesuchend zu Nicole, doch die blickte steinern an ihm vorbei. Marius deutete auf die Schultasche, die Roland auf dem Rücken trug.

»Hast du deine Sachen denn dabei?«, fragte er.

»Ähem … Ja, ich glaube schon.«

»Dann können wir das Ganze ja auch hier machen. Ich würde das gerne hinter mich bringen.«

»In meinem Büro?«, mischte sich Nicole ein. »Das glaubst du ja wohl selbst nicht.«

»Der Konferenzraum ist doch sicher frei. Komm schon, Roland. Da stören wir keinen. Und Frau Gärtner wird uns bestimmt einen Kaffee kochen.«

Marius verließ grußlos Nicoles Büro und steuerte den Konferenzraum an. Roland folgte ihm schweigend. Das vertrauliche Gespräch, das Marius beobachtet hatte, ging ihm nicht aus dem Kopf. Worüber mochten die beiden gesprochen haben?

Er trat in den verwaisten Konferenzraum. Ein riesiger Tisch aus teurem Tropenholz bestimmte das Bild. Dezente Gemälde, ein dicker Teppich, Designerlampen. Eigentlich war der Raum für Kundengespräche gedacht. Aber es würde schon keiner was dagegen haben.

»Also gut«, sagte Marius und schloss die Tür. »Dann bringen wir es hinter uns.«

Bei geschlossener Tür war es im Konferenzraum still wie in einem Grab. Marius wünschte sich, es gäbe ein Radio, das er einschalten könnte. Roland setzte sich an den Tisch und zog wortlos seine Unterlagen hervor.

»Dann zeig mal her«, sagte Marius. »Worum geht es denn überhaupt in dem Projekt?«

Er nahm Rolands fleckige Arbeitsblätter entgegen und betrachtete sie. Während er die Projektskizze las, spürte er, wie Roland ihm verstohlen Blicke zuwarf.

»Sag mal, Roland, ist alles in Ordnung?«

»Klar«, brummte sein Bruder und fixierte mit düsterem Gesicht die Tischplatte.

»Hier stimmt doch etwas nicht. Raus mit der Sprache. Geht es um das Projekt?«

Doch Roland hielt den Blick starr auf die Tischplatte gerichtet.

»Jetzt sprich mit mir! Was ist denn los?«

Er schnaubte. »Denkst du, wir wissen nicht Bescheid?«

»Bescheid worüber?«

»Na, deine Kanakenbraut.«

»Meine … *was?*« Marius glaubte sich verhört zu haben.

»Na, die kommt doch aus Afrika, oder?«

»Nicole hat dir also von meiner Freundin erzählt. Was hat sie denn gesagt?«

Er antwortete nicht.

»Sie kommt aus Essen«, sagte Marius gereizt.

»Ich mein, wo sie aufgewachsen ist.«

»In *Essen!*«

Was sollte das? Wollte Roland ihn auf den Arm nehmen? Hatte er plötzlich was gegen Ausländer?

»Ihr Vater ist Ingenieur, und ihre Mutter, die aus Kenia stammt, arbeitet in einem Kindergarten. Worüber reden wir hier eigentlich?«

»Ich mein ja nur. Papa findet das bestimmt nicht so toll, wenn du mit so einer auftauchst.« Endlich blickte er Marius direkt ins Gesicht. Verachtung spiegelte sich darin. »Und ich auch nicht.«

Marius konnte nicht glauben, was er hier hörte.

»Wie bitte? Ist das dein Ernst? Willst du mich verarschen?«

Roland verschränkte grimmig die Arme.

»Geht es hier wirklich darum, dass sie Mulattin ist?«, fragte Marius. »Dass ihre Mutter aus Kenia stammt?«

»Ich sag nur, dass Papa ausflippen wird. Es reicht doch schon, dass die sich hier überall ausbreiten und unseren Sozialstaat kaputt machen. Da musst du doch nicht auch noch mit so einer auftauchen. Wem willst du damit was beweisen?«

»Unseren Sozialstaat kaputt machen?« Marius lachte auf. Er konnte nicht anders. Das war alles so absurd. »Wer erzählt dir denn so einen Scheiß?«

»Tu doch nicht so überheblich. Du hast doch keine Ahnung. Ich weiß genau, was abgeht. Guck dich doch mal um da draußen. Die kommen hier illegal rein, holen ihre ganze Sippe nach, vermehren sich wie die Karnickel und nehmen uns die Jobs weg. Oder sie ruhen sich schön in der sozialen Hängematte aus, mit einem Stall voll Kindern, und wir dürfen das dann alles zahlen. Und du lachst dir auch noch so eine an, nur um Papa eins auszuwischen. Du bist doch abartig.«

Das Lachen war Marius endgültig im Hals stecken geblieben. Fassungslos betrachtete er seinen Bruder.

»Was hast du eigentlich für rechtsextreme Ansichten?«, fragte er.

Roland antwortete nicht.

»Wir reden hier über meine Freundin. Sie heißt Nathalie.« Er fasste Roland an die Schultern und sah ihn an, doch der hielt seinem Blick nicht stand, sondern starrte an ihm vorbei.

»Vergiss doch mal kurz den ganzen Scheiß«, sagte Marius eindringlich. »Nathalie ist *meine Freundin*. Sie ist einfach großartig. Witzig, großzügig. Sie ist viel zu gut für mich. Ich weiß gar nicht, womit ich sie verdient habe. Oder was sie an mir findet. Aber sie und ich, das ist eine Sache … So etwas hatte ich noch nie bei einer Frau.«

Roland mied weiterhin jeden Blickkontakt. Die Worte zeigten keine Wirkung. Doch Marius wollte ihn unbedingt erreichen. Der alten Zeiten wegen. Sie waren doch mal unzertrennlich gewesen.

»Roland, bitte. Ich bin es, Marius. Möchtest du Nathalie denn gar nicht kennenlernen? Die Freundin deines Bruders? Hör doch, was ich sage. Ich bin total verknallt. Sie ist einfach ... großartig.«

Jetzt sah Roland ihm in die Augen. Seine Züge verhärteten sich. Entschlossenheit trat in sein Gesicht.

»Keine Ahnung, wem du was beweisen willst. Aber mich machst du nicht zu deinem Komplizen.«

Marius begriff, er hatte keine Chance. Ganz egal, was er auch sagen würde. Roland würde nicht einmal zuhören.

Nicole. Plötzlich verstand Marius, was es mit den heimlichen Gesprächen auf sich hatte. Nicole hatte offenbar Rolands Hass auf Ausländer gekannt. Für sie war er nur eine Spielfigur, die sie strategisch einsetzen konnte. Ihr Vater würde von Nathalie erfahren, wenn die Zeit reif war. Doch zuvor hatte sie Roland ins Spiel geschickt. Die Perfidie dieses Planes erfüllte Marius mit Abscheu.

Er wollte weg von hier, so schnell wie möglich.

Schwungvoll schob er die Arbeitsunterlagen von sich. Sie segelten quer über den Tisch. Sollte Roland doch in seinem blöden Leistungskurs untergehen. Ihm war das egal. Gut möglich, dass Nicole sein Handeln vorausgesehen hatte. Vielleicht wäre das ein Teil ihres Spiels, wenn er jetzt aufstand und Roland sitzen ließ. Aber das war ihm egal. Er musste hier raus.

»Du bist doch krank, Roland. Total krank.«

Er sprang auf und ging zur Tür. Sein Bruder blieb sitzen. Düstere Entschlossenheit beherrschte sein Gesicht. Offenbar war er bereit, für seine Überzeugungen den Preis einer misslungenen Projektarbeit zu zahlen.

»Mein Gott, was bist du für ein Idiot!«, rief Marius und stürmte hinaus.

12

Das Paulinum lag nur einen Steinwurf vom Landgericht entfernt. Vom Parkplatz des Gymnasiums aus konnte Hambrock hinauf zu den Fenstern der Kantine blicken, wo er gestern noch gesessen und Kaffee getrunken hatte. Da war er der festen Überzeugung gewesen, den Fall Marius Baar auf sich beruhen zu lassen. So schnell konnten sich Meinungen ändern.

Die Schulglocke schrillte, und kurz darauf ergoss sich ein nicht enden wollender Strom von Schülern aus dem Gebäude. Die letzte Stunde war vorüber, und der lärmende Pulk wälzte sich langsam zu den Bushaltestellen.

Hambrock lehnte mit verschränkten Armen am Dienstwagen. Neben ihm stand Henrik Keller, der eine Zigarette nach der anderen rauchte, obwohl das auf dem Schulgelände sicherlich untersagt war. Hambrock wunderte sich, dass bislang noch kein aufgeregter Hausmeister aufgetaucht war.

Das Paulinum. Als Hambrock erfahren hatte, dass Roland Baar diese Schule besuchte, hatte ihm das ein Lächeln entlockt. Es war typisch. Das älteste und traditionsreichste Gymnasium in Münster. Hambrock wusste zwar nicht, ob die Schule tatsächlich so elitär war, wie sie sich gab. Aber trotzdem sagte das eine Menge über Klaus Baar aus, dem das Gertenbecker Gymnasium offenbar nicht gut genug für seine Kinder war.

»Da ist er«, sagte Keller und deutete zu einer Gruppe

von Jungen, die über den Schulhof schlurften. Er trat seine Zigarette aus und steuerte auf die Jugendlichen zu. Hambrock stieß sich vom Wagen ab und folgte ihm.

Roland Baar trottete stumm neben seinen Mitschülern her, die in ein Gespräch verwickelt waren. Als er gelangweilt aufblickte, entdeckte er die beiden Kommissare. Roland wusste sofort, um wen es sich bei den Männern handelte. Er geriet ins Straucheln und ging mit großen Augen auf sie zu. Seine Mitschüler bemerkten gar nicht, dass er ausscherte, sie gingen einfach plaudernd weiter.

»Hallo, Roland«, sagte Hambrock. »Hast du einen Moment Zeit für uns?«

»Ist was passiert? Mit meinem Vater? Oder mit Nicole?«

»Nein, es ist alles in Ordnung. Wir möchten nur kurz mit dir reden.«

Sie kehrten den lärmenden Schülermassen den Rücken und traten auf den Parkplatz neben den Dienstwagen. Keller kam sofort zum Thema.

»Sagt dir der Name ›Odins treue Jünger‹ etwas?«, fragte er. »Das ist eine Facebook-Gruppe.«

Augenblicklich wich alle Farbe aus Rolands Gesicht. Damit hatte er ihn offenbar kalt erwischt.

»Bitte! Sagen Sie meinem Vater nichts davon.«

»Wovon sollen wir ihm nichts sagen?«, fragte Keller.

»Von Lennard. Dem Angeklagten. Dass ich ihn gekannt hab. Das darf mein Vater nicht wissen.«

Hambrock und Keller wechselten einen Blick.

»Dann erzähl uns doch mal von Lennard«, sagte Hambrock. »Seit wann seid ihr befreundet?«

»Wir sind gar nicht richtig befreundet. Ich hab ihn auf Facebook kennengelernt, in dieser Gruppe eben. Da hat

Lennard mal was gepostet, als er Zoff mit seinem Vater hatte. Ich hatte auch gerade Stress mit meinem Alten, und so haben wir uns kennengelernt. Wir haben immer mal wieder ein bisschen gechattet, ein paar Tage ging das so. Erst dachte ich auch, der ist ganz okay. Ich fand's cool, dass der aus Gertenbeck kommt. Deswegen habe ich ihm vorgeschlagen, dass wir uns mal treffen. Als er dann bei mir war, fand ich den dann aber irgendwie komisch. Im echten Leben konnte ich doch nicht so viel mit dem anfangen, so ist das ja manchmal. Außerdem hatte ich das Gefühl, der will mir ständig was beweisen, nur weil er auf diesem Schrottgymnasium in Gertenbeck ist und nicht wie ich auf dem Paulinum.«

»Ihr habt euch im Haus deiner Eltern getroffen, sagst du?«, fragte Hambrock.

»Ja, aber nur einmal. Vor einem Jahr oder so. Meine Eltern haben den damals nicht mal gesehen, die waren in der Firma.«

»Und bei diesem einen Treffen ist es geblieben?«

»Ja. Wirklich nur das eine Mal, ich schwöre.«

»Wieso hast du nicht gesagt, dass du ihn kennst? Immerhin hat er deinen Bruder totgeprügelt. Das kannst du doch nicht für dich behalten. Weshalb auch? Das musst du uns schon erklären.«

Roland blickte betreten zu Boden. »Zuerst war ich total geschockt«, sagte er. »Dann wollte Vater wissen, ob wir diese Typen kennen. Schließlich kamen die aus Gertenbeck. Ich stand da noch unter Schock, und da habe ich Nein gesagt. Keine Ahnung, weshalb. Ich wollte wohl keinen Ärger haben. Und dann war es irgendwann zu spät, um zurückzurudern.«

Hambrock betrachtete ihn schweigend. Er konnte sich bereits denken, weshalb Roland seinem Vater nichts gesagt hatte.

»Worum geht es eigentlich in dieser Facebook-Gruppe?«, fragte er. »›Odins treue Jünger‹. Hört sich ja ziemlich verwegen an.«

Roland wurde wachsam. Er schien genau auf seine Worte zu achten: »Odin ist der Göttervater in der nordischen Mythologie. Es gibt viele Leute, die sich für alte Mythen interessieren. Odin ist da sozusagen der wichtigste Gott. In dieser Facebook-Gruppe sind eine Menge Leute, die diese alten Sagen toll finden.«

»Es geht doch auch um Genetik, richtig? Darum, den Genpool der Nordeuropäer zu schützen. Ihr seid gegen Einwanderung und solche Dinge.«

Hambrock ließ seine Stimme ganz neutral klingen. Er wollte hier nicht über rechte Ideologie diskutieren.

Trotzdem. Der Junge schien bei diesem Thema dichtzumachen. Sein Blick wirkte plötzlich stur, dann wandte er das Gesicht ab.

»Wie fandest du es denn, dass Marius eine Mulattin als Freundin hatte? Das muss dir doch ziemlich gegen den Strich gegangen sein.«

Der Junge schien zu begreifen, was Hambrock damit andeuten wollte. Er stellte einen Zusammenhang zwischen ihm und der Tat fest.

»Ich hab da nichts mit zu tun!«, rief Roland. »Ich würde doch niemals meinen Bruder ... Das ist Wahnsinn. Außerdem kannte ich Lennard doch kaum. Ich hab nichts damit zu tun! Was denken Sie überhaupt von mir?«

»Ich denke gar nichts, Roland. Ich stelle nur Fragen.«

»Sie sind verrückt! Ich hab da nichts mit zu tun. Ich hab nur wegen meines Vaters nichts gesagt. Er hat mir verboten, mich mit bestimmten Freunden zu treffen. Wegen deren politischer Einstellung. Das hat richtig Ärger gegeben. Sie kennen meinen Vater nicht, wenn er was will, dann setzt der sich auch durch. Da hat man keine Chance.«

»Dein Vater wollte also verhindern, dass du mit Rechtsradikalen in Kontakt kommst. Ist Lennard denn auch ein Rechter?«

Rolands Gesicht verschloss sich wieder. Er sah Hambrock an, als wollte er sagen: Du hast doch eh keine Ahnung.

»Meinem Vater geht's nur darum, was andere über uns denken könnten. Die Familie Baar muss nach außen hin perfekt sein, um jeden Preis. Ich hab mich daran gehalten, schließlich bin ich nicht lebensmüde. So lange ich noch nicht alt genug bin, um abzuhauen, mache ich besser, was er sagt. Da war nur diese Facebook-Gruppe, sonst nichts. Alle anderen Kontakte habe ich abgebrochen, wie mein Vater das gewollt hat. Ein bisschen auf Facebook chatten, das ist doch kein Verbrechen. Aber der alte Herr würde das in den falschen Hals kriegen. Und dann gnade mir Gott. Dabei war Lennard der Einzige aus der Gruppe, mit dem ich mich je getroffen habe. Und das auch nur, weil der aus Gertenbeck ist und weil sein Vater genauso bescheuert ist wie meiner, deshalb.« Roland sah Hambrock flehentlich an. »Bitte, Sie dürfen meinem Vater nichts davon sagen. Der würde durchdrehen, weil ich ihm das verheimlicht habe. Da kann ich mir gleich die Kugel geben. Bitte. Das ist doch total unnötig, dass der das erfährt. Ich kannte Lennard doch kaum.«

Nach einer Weile ließen sie ihn wieder gehen. Die beiden hatten genug gehört. Nachdenklich sahen die Kommissare dem Jungen nach. Dann setzten sie sich in den Dienstwagen und starteten den Motor.

»Was hältst du davon?«, fragte Keller.

»Keine Ahnung. Kommt mir nicht so vor, als ob der Junge lügen würde, was seine Bekanntschaft mit Lennard angeht.«

»Also ist alles nur Zufall?«

»Siehst du irgendwo einen begründeten Verdacht? Was soll das Motiv sein? Abgesehen von der Tatsache, dass Marius' Freundin Mulattin war? Ist ein bisschen sehr herbeigebogen, oder nicht?«

Hambrock nickte. »Ja, da hast du recht.«

»Außerdem musst du dir ansehen, wie der Tatablauf war«, meinte Keller. »Da hat sich ein Streit entwickelt. Marius hat zur Eskalation beigetragen. Das war ja kein Überfall oder so etwas. Kein geplanter Mord. Hätte Marius sich etwas besonnener verhalten, wären sie einfach weitergegangen. Sie hatten es nicht auf ihn als Person abgesehen.«

»Das stimmt auch.« Hambrock betrachtete den dichten Berufsverkehr. »Aber danke, dass du mitgekommen bist, Henrik. Du hattest sicher etwas anderes vor mit deinem freien Tag.«

»Ach was, gern geschehen. Was willst du denn jetzt tun?«

Hambrock zuckte die Schultern. »Ich gehe zum Staatsanwalt. Er soll zumindest darüber Bescheid wissen.«

»Wenn du mich fragst, ist das ein Sturm im Wasserglas.«

»Trotzdem. Er soll das entscheiden. Bringen wir das noch hinter uns. Danach kannst du nach Hause fahren.«

Die Sache mit Roland Baar ging Hambrock nicht aus dem Kopf. Es gelang ihm einfach nicht, abzuschalten und seine Freizeit zu genießen. Der Küchenschrank musste weiter auf seine Reparatur warten.

Stattdessen saß Hambrock in seinem Auto und beobachtete die Straße. In dem ruhigen Münsteraner Wohnviertel war kaum ein Mensch unterwegs. Den Rückspiegel hatte er so eingestellt, dass er den Bürgersteig einsehen konnte. Es sollte wie eine zufällige Begegnung aussehen. Auch wenn Nathalie Brüggenthies ihm wohl kaum abnehmen würde, dass er ganz zufällig ausgerechnet in dem Moment in ihrer Straße auftauchte, in dem sie vom Einkaufen nach Hause kam. Aber Hauptsache, er wahrte den Schein. Das war immer noch besser, als wenn er ganz offiziell bei ihr klingelte und auf der Wohnzimmercouch Platz nähme.

Es dauerte nicht lange, und Nathalie tauchte im Rückspiegel auf. Sie trug eine prall gefüllte Einkaufstasche und zog den Haustürschlüssel aus der Manteltasche. Hambrock stieg aus dem Wagen und reckte sich. Dann warf er die Tür zu und schloss ab. Dabei sah er nicht in ihre Richtung. Dennoch war es unmöglich, dass Nathalie ihn übersah. Und tatsächlich. Sie blieb auf dem Gehweg stehen, zog die Augenbrauen zusammen und trat auf ihn zu.

»Guten Tag«, sagte sie. »Sie sind doch ... Entschuldigung, jetzt habe ich Ihren Namen vergessen.«

»Bernhard Hambrock.« Er tat ebenfalls überrascht.

»Richtig, Herr Hambrock. Wohnen Sie auch hier im Viertel?«

»Nein, ich besuche einen Freund. Er wohnt dort drüben in dem Klinkerbau. Leben Sie etwa hier?«

Sie deutete auf das Mietshaus, vor dem sie standen.

»Gleich hier. Im dritten Stock.«

»Hübsches Haus«, sagte er. »Waren Sie heute eigentlich nicht im Gericht? Ich habe Sie nirgends gesehen.«

»Nein, ich gehe da nicht mehr hin. Wozu auch? Es ist vorbei. Ich will meinen Frieden machen mit der ganzen Sache. Mir ist klar geworden, bei der Verhandlung kommt nur alles noch einmal hoch. Das ist zu schmerzhaft für mich.«

»Ich verstehe. Lange dauert es ja auch nicht mehr. Morgen werden die Schlussplädoyers gehalten, und danach folgt der Urteilsspruch.«

»Glauben Sie, diese Typen werden angemessen bestraft, Herr Hambrock? Ich meine damit, dass sie ins Gefängnis kommen, und zwar möglichst lange. In der Zeitung liest man ständig was von intakten Familienverhältnissen und guten Zukunftsaussichten und Resozialisierung. Als würde Marius noch leben.«

»Ich weiß nicht, wie die Strafen ausfallen werden. Das lässt sich schwer sagen. Der Haupttäter wird in jedem Fall ins Gefängnis kommen.«

Sie seufzte und blickte zu ihrem Mietshaus hinüber.

»Die Nebenkläger wollen in ihrem Plädoyer beweisen, dass eine Tötungsabsicht vorlag«, fuhr Hambrock fort, um sie nicht fortzulassen. »Wenn das Gericht dieser Sichtweise folgt, werden alle drei lange Haftstrafen bekommen. Die Familie Baar zahlt viel Geld für diese Anwälte.« Er zögerte. »Stehen Sie mit der Familie in Kontakt?«

»Nein. Ich glaube auch nicht, dass die einen Kontakt

wünschen.« Sie senkte den Blick. »Es ist nicht wichtig für mich. Ich kann auch ohne die Familie Baar um Marius trauern.«

»Wie war das eigentlich damals? Sicher hat Marius Sie mal seiner Familie vorgestellt. Gab es da auch schon diese Distanz?«

»Marius hat mich denen nicht vorgestellt. Wir waren ja auch gar nicht so lange zusammen. Seine Familie ... es war kompliziert.«

»Aber heißt das, er wollte Sie gar nicht seinen Eltern vorstellen?«

»Seine Eltern hatten offenbar sehr enge Vorstellungen davon, was eine geeignete Freundin für ihn ist. Als ich zu seiner Beerdigung gegangen bin, habe ich zum ersten Mal seine Mutter getroffen. Sie ahnte offenbar, wer ich bin. Hat mich von oben bis unten gemustert. Wer sind Sie?, hat sie gefragt. Und als ich ihr sagte, ich bin die Freundin von Marius, da sagte sie: Gehen Sie. Dies ist eine Familienfeier. Sie sind hier nicht erwünscht. Und dann ist sie ohne ein weiteres Wort verschwunden. Das war mein erster und einziger Kontakt mit der Familie Baar.«

»Entschuldigen Sie, dass ich gefragt habe. Heißt das denn, dass Sie Marius' Geschwister auch nicht kennengelernt haben?«

»Ganz genau. Marius hat gesagt, die würden mich nicht mögen. Er war sich ganz sicher. Deshalb hatte ich kein Interesse, sie kennenzulernen.«

»Was meinte er denn damit, die würden Sie nicht mögen? Das weiß man doch erst, wenn man sich mal beschnuppert hat.«

»Seine Schwester ist wohl sehr versnobt. Und seine beiden Brüder wollten nichts von ihm wissen. Ob Marius eine Freundin hatte oder nicht, das war ihnen völlig egal.«

»Hat Marius mal von seinem Bruder Roland erzählt?«

»Ja, schon. Früher hatten die sich wohl gut verstanden, aber als Roland in die Pubertät gekommen ist, war das vorbei.«

»Und sonst? Was hat er noch über Roland erzählt?«

»Nicht viel. Er hat generell nicht so gerne über seine Familie gesprochen. Es hat sich auch nie einer von denen bei mir gemeldet, auch nicht nach Marius' Tod. Wissen Sie, Herr Hambrock, ich habe mit dieser Familie nichts zu tun. Fertig. Sollen die alleine glücklich werden. Ich bin mit dem Thema durch.«

»Ich verstehe. Tut mir leid, dass ich Sie damit belastet habe.« Er schenkte ihr ein Lächeln. »Dann will ich Sie nicht länger aufhalten, Frau Brüggenthies. War nett, Sie getroffen zu haben. Auf Wiedersehen.«

Sie verabschiedete sich ebenfalls und ging zur Haustür. Hambrock wandte sich zum Gehen. Er würde, um die Geschichte mit seinem Freund halbwegs glaubwürdig zu machen, noch einmal um den Block spazieren, bevor er sich wieder in den Wagen setzen und davonfahren würde.

Auf der anderen Straßenseite sah er sich nach Nathalie um, doch sie war bereits im Haus verschwunden. Sein Blick wanderte an der Fassade hoch. Im obersten Stockwerk stand ein Mann am Fenster und sah zu ihm herab. Er trug eine modische Hornbrille und ein grellbuntes T-Shirt. Es war der Mann aus dem Gericht, Nathalies Mitbewohner. Als ihre Blicke sich trafen, wandte der Mann sich eilig ab und verschwand im Innern der Wohnung.

Hambrock sah noch eine Weile nachdenklich hinauf, dann drehte er sich um und ging ebenfalls davon.

Nathalie trug die Einkäufe die letzten Stufen herauf. Sie war durcheinander. Das war doch kein Zufall, dass der Kommissar vor ihrem Haus aufgetaucht war. Ausgerechnet in dem Moment, in dem sie nach Hause gekommen war. Er wollte etwas über Roland herausfinden, deshalb war er da gewesen. Er wollte von ihr hören, ob er Kontakt zu ihr aufgenommen hatte. Sie verstand das alles nicht. Der Fall war doch abgeschlossen. Die Urteile mussten nur noch gesprochen werden, und danach wäre alles vorbei.

Sie schloss die Tür auf und trat in den engen Wohnungsflur. Mikey tauchte auf. Ein dunkler Schatten lag über seinem Gesicht.

»Das war doch der Hauptkommissar, da unten auf der Straße«, sagte er. »Was wollte der von dir?«

Sie warf eilig die Tür ins Schloss, damit keiner im Haus zuhören konnte.

»Keine Ahnung«, sagte sie. »Er hat mich nach Marius' Familie gefragt. Ob ich zu denen Kontakt habe. Besonders für Roland hat er sich interessiert.«

»Aber was hat das zu bedeuten? Heißt das, es wird wieder ermittelt? Gibt es denn irgendwelche neuen Hinweise?«

»Das weiß ich nicht. Das hat er nicht gesagt.«

Nathalie drückte sich mit den Einkäufen an ihm vorbei. Sie stellte die Tasche auf den Küchentisch und ließ sich auf einen Küchenstuhl sinken.

»Aber das muss doch was zu bedeuten haben«, drängte er.

Sie wurde laut. »Ich weiß es nicht, verdammt.«

Es wurde still in der kleinen Küche.

»Sorry«, sagte sie dann und massierte sich die Schläfen.

»Was machen wir denn jetzt?«, fragte Mikey. »Wie soll es weitergehen?«

Nathalie dachte eine Weile nach. Sie schnappte sich die Zigarettenschachtel vom Küchentisch und zündete sich eine an.

»Wir machen gar nichts«, sagte sie. »Wir schweigen.«

13

Selten hatte sich Marius so sehr nach Nathalie gesehnt wie in diesem Moment. Er jagte mit dem Mercedes auf die Autobahn und beschleunigte. Die Sache mit Roland ging ihm nicht aus dem Kopf. Er war wütend und fassungslos. Gut möglich, dass es zu Nicoles Intrigenspiel gehörte, dass Marius auf genau diese Art reagierte. Aber das spielte keine Rolle, er konnte nicht anders.

Mit einer Hand griff er nach seiner Jacke auf dem Beifahrersitz, um das Handy hervorzuziehen und Nathalie anzurufen. Den Blick auf die Autobahn gerichtet, tastete er alles ab. Doch in den Taschen fand er nur seinen Schlüsselbund. Er musste das Telefon in der Firma liegen gelassen haben.

Mit einem Fluch nahm er die nächste Abfahrt und fuhr zurück. Zehn Minuten später sprang er aus dem Wagen, hastete ins Verwaltungsgebäude und vorbei an Frau Gärtner ins erste Stockwerk. Nicoles Büro war verwaist, von seiner Schwester keine Spur. Auch Roland war nirgends zu sehen. Er ging weiter zum Konferenzraum und öffnete die Tür. Ebenfalls keiner da. Nur sein Handy lag gut sichtbar auf dem Tisch. Er schnappte es sich und machte eilig kehrt.

Auf dem Flur kam ihm ein Besuchertross entgegen. Anzugträger im mittleren Alter, angeführt von seinem palavernden und wild gestikulierenden Vater. Marius begriff, das mussten die neuen Großkunden aus Österreich sein.

Er reagierte blitzschnell. Bevor einer der Männer ihn entdecken konnte, öffnete er die nächstbeste Tür und schlüpfte in den Kopierraum. Dort wartete er mit angehaltenem Atem, bis die Gruppe sich wieder entfernte. Erst als alles still war, zog er die Tür einen Spalt weit auf und lugte hinaus. Die Luft war rein.

Eine schreckliche Vorstellung, völlig unvorbereitet auf die Kundengruppe zu stoßen. Sein Vater hätte ihn sofort lautstark ins Geschehen gezogen, und dann wäre es an Marius gewesen, sich nicht zu blamieren. Er gratulierte sich dazu, das im letzten Moment noch abgewendet zu haben. Um die Firma wollte er sich heute wirklich keinen Kopf machen. Eilig lief er zurück zum Wagen und atmete erleichtert auf, als er zum zweiten Mal vom Gelände fuhr.

Zurück auf der Autobahn drückte er kräftig aufs Gas. Er spürte, wie die Anspannung langsam von ihm abfiel. Die Landschaft flog vorbei. Ein Gefühl von Freiheit stellte sich ein. So war das immer, wenn die Tachonadel in Richtung zweihundert wanderte. Als könnte er bei dem Tempo alles hinter sich lassen und ein neuer Mensch werden.

In Münster angekommen ging es ihm erheblich besser. Trotzdem sehnte er sich nach Nathalie. Ihre Straße, das Mietshaus, ihre Wohnung, das alles war für ihn ein Refugium. Eine Gegenwelt zu seiner Familie und dem Unternehmen. Ein Ort, an dem er sich ausruhen und Kraft schöpfen konnte.

Nathalie erwartete ihn bereits an der Wohnungstür. Sie hatte die Haare zusammengebunden und trug eine Kochschürze mit dem Aufdruck »Hier kocht der Chef«. Von drinnen wehte der Duft seiner Lieblingsspeise ins Treppenhaus: Sauerbraten mit Knödeln. Ein Geschenk für ihn. Sie streckte den Kochlöffel wie ein Schwert in die Luft und lächelte stolz. Als hätte sie damit den Sauerbraten erlegt. Offenbar war sie zufrieden mit sich und ihrer Arbeit.

Doch als sie Marius' Gesichtsausdruck sah, erlosch ihr Lächeln augenblicklich.

»Was ist denn los?«, fragte sie.

»Ach, nichts.« Er mühte sich ein Lächeln ab. »Ich bin nur froh, dass ich hier bin.«

Er wollte nichts von Roland erzählen. Seine gestörte Familie sollte außen vor bleiben. Für ihn war heute eines klar geworden, deutlicher als je zuvor: Er musste von dort weg. So schnell wie möglich.

Nathalie umarmte ihn, und er klammerte sich wie ein Ertrinkender an sie. Das einzig Wichtige war, mit ihr zusammen zu sein. Egal, in welche Stadt sie ziehen würden. Und wenn sie zum Mond flögen. Hauptsache, er wäre bei ihr.

Die Stimme ihres Mitbewohners drang heraus.

»Nathalie, komm doch mal schnell. Soll die Soße so aussehen? Ich glaub, ich hab's versaut.«

Sie löste sich aus der Umarmung und blickte fragend zu Marius auf.

»Schon in Ordnung«, sagte er. »Wir reden später.«

Sie gab ihm einen Kuss, nahm ihn an der Hand und zog ihn in die Wohnung hinein. In der Küche stand Mikey, ihr Mitbewohner, am Herd und rührte angestrengt in einem Topf herum. Ein Kunststudent im zwölften Semester, der sich mehr aufs Nachtleben als aufs Studium verstand. Er trug eine alberne Kochschürze, auf die ein nackter Frauentorso aufgedruckt war. Seine riesige Designerbrille war vom Essensdunst beschlagen und ließ ihn wie ein Insekt aussehen.

»Die Soße ist in Ordnung, du musst nur kräftig rühren«, wies Nathalie ihn an. Dann wandte sie sich an Marius: »Möchtest du einen Kaffee?«

Er lehnte dankend ab und setzte sich an den Tisch. Eine Weile sah er den beiden beim Kochen zu, dann ließ er den Blick durch den Raum schweifen. Er betrachtete alles mit den Augen seiner Eltern. Bunt bemalte Sperrholzmöbel, Filmplakate an den Wänden, knallgrüne Vorhänge und ein billiger Kronleuchter mit Plastiksteinen. Er war ganz sicher: Sie würden es hier keine Minute lang aushalten.

»Ist es okay, wenn ich kurz dusche?«, fragte er.

»Natürlich. Du weißt ja, wo alles ist. Essen dauert eh noch ein bisschen.«

Er nahm seine Tasche und ging hinüber in Nathalies Zimmer. Ein winziger Raum, der als Schlaf-, Wohn- und Arbeitszimmer diente. Trotz der Enge hatte Nathalie das Zimmer hübsch eingerichtet. Alles war in Weiß und Beige gehalten, eine Mischung aus Flohmarkt und IKEA, ein alter Sekretär, eine Vitrine mit antiken Teetassen und bergeweise farblich aufeinander abgestimmte Kissen. Es war ein schönes Zuhause, und es passte zu ihr. Doch auch hier würden es seine Eltern nicht allzu lange aushalten. Viel zu eng und vollgestopft. Sie würden den Geruch von Armut nicht ertragen.

Wenn Marius früher ans Ausziehen gedacht hatte, dann hatte er dabei immer eine eigene Wohnung vor Augen gehabt, so ähnlich wie die Wohnung seines Studienfreundes im Kreuzviertel: zwei Zimmer, Küche, Bad und ein kleiner Balkon. Mehr brauchte man nicht, das genügte fürs Studieren völlig. Dabei wohnten wohl die wenigsten Studenten so. Normal war es viel eher, in Studentenwohnheimen oder kleinen WG-Zimmern zu wohnen, so wie Nathalie. Viel beengter also. Marius erlebte es nun am eigenen Leib, mit wie wenig sich die meisten Studenten begnügen mussten.

Nathalie hatte sich allerdings nie beschwert, im Gegenteil. Sie schien sich pudelwohl zu fühlen.

Wie viel Besitz braucht man?, fragte er sich. Wie viel Luxus ist nötig, um sich als Mensch zu fühlen? Kann ich das überhaupt, so reduziert leben? Aber es würde gehen müssen. Besser, er grübelte nicht darüber nach. Außerdem hatte er Nathalie. Und wenn sie bei ihm war, wäre alles andere egal.

Er nahm ein Handtuch und ging ins Bad. Nachdem er lange und heiß geduscht hatte, zog er sich T-Shirt und Jogginghosen an und setzte sich an den bereits gedeckten Küchentisch.

Das Essen war köstlich. Nathalie liebte es zu kochen. Am Tisch vergaß er endgültig seine Familie. Sie hockten in der engen und überheizten Küche, aßen, tranken Bier und redeten über alles Mögliche. Ein warmes beschütztes Gefühl breitete sich in ihm aus.

Es dauerte nicht lange, bis sie über ihre gemeinsamen Pläne sprachen, das Thema, das im Moment alles andere an den Rand drängte. Mikey begann damit.

»Wie's aussieht, kann ich mir also bald einen neuen Mitbewohner suchen«, stellte er fest.

Marius und Nathalie wechselten Blicke und lächelten.

»Ihr wollt das also wirklich durchziehen?«, fragte Mikey. »Alle Brücken abbrechen? Seid ihr euch ganz sicher?«

Nathalies Freunde waren allesamt eingeweiht. Im Gegensatz zu Marius' Freunden, von denen bisher keiner etwas wusste. Manchmal fragte er sich, was Nathalie ihrem Freundeskreis wohl erzählt hatte. Sie verließen schließlich Münster, weil ihr neuer Freund, der Spross einer Unternehmerfamilie, aus seinem Leben ausbrechen wollte. Natürlich war allen klar, dass man nicht ans andere Ende der Welt ziehen musste, um mit seiner Familie zu brechen. Hätte Marius mehr Willenskraft und Charakterstärke, würde er das auch in Münster durchziehen können. Das wäre also das Erste, was all diese Leute über ihn erfuhren: die Tatsache, dass er schwach war.

»Wisst ihr schon, wo es hingehen soll?«, fragte Mikey. »Bleibt ihr in Deutschland, oder wollt ihr weiter weg?«

»Wie es aussieht, gehen wir nach Berlin«, sagte Nathalie. »Dort können wir beide unser Studium zu Ende bringen, und die Stadt ist ja auch einfach toll.«

London und New York waren bei ihrer Planung schnell fallen gelassen worden. »Das können wir uns nicht leisten, wenn dein …«, hatte Nathalie begonnen und beschämt zu Boden gesehen. Wenn dein Vater nicht mehr für dich zahlt, hatte sie sagen wollen.

»Ich hab Freunde in Berlin, ich kann mich ja mal umhören«, schlug Mikey vor. »Vielleicht weiß jemand eine günstige Wohnung oder so.«

Marius betrachtete ihn. Da war nichts Abfälliges in seiner Stimme. Ganz im Gegenteil. Er schien sich ernsthaft für ihn und Nathalie zu freuen. Wusste der Himmel, wie Nathalie ihm die Geschichte verkauft hatte, aber offenbar war Marius dabei nicht so schlecht weggekommen wie befürchtet.

So saßen sie den ganzen Abend zusammen, rauchten, tranken Bier und schmiedeten Pläne. Marius fehlte es an nichts. Richtig gemütlich war es in dieser WG-Küche. Auch auf engem Raum konnte man sich also wohlfühlen. Das wollte er sich merken.

Irgendwann war das Bier geleert, und Mikey bot sich an, zur Tankstelle zu gehen und noch ein paar Flaschen zu holen. Doch Nathalie hob abwehrend die Hände.

»Kommt gar nicht infrage. Das ist mein Abend, ich bin heute die Gastgeberin. Also werde ich Bier holen.«

»Dann begleite ich dich«, sagte Marius.

»Nein, nein. Du bleibst schön hier. Macht ihr Männer es euch gemütlich. Ich bin gleich wieder da.«

Satt und schwerfällig, wie sie waren, fiel der Protest verhalten aus. Während Nathalie ihre Jacke überwarf, streckten Marius und Mikey die Beine von sich und zündeten sich eine Zigarette an. Nathalie betrachtete sie mit einem zufriedenen Lächeln und nahm den Schlüssel.

»Dann bis gleich«, sagte sie und ging zur Tür.

Marius blies Rauchkringel in die Luft und schloss die Augen. Ein perfekter Abend. Wenn so die Zukunft aussähe …

Ein lauter Schrei. Er riss die Augen auf. Nathalie. Er und Mikey sprangen gleichzeitig auf. Nathalie stand in der offenen Tür. Die Hände vor den Mund geschlagen starrte sie auf die Fußmatte.

Marius war mit zwei großen Schritten bei ihr. Er nahm sie in den Arm. Im Treppenhaus war keine Menschenseele.

»Was ist denn los?«, fragte er.

Dann sah er es selbst: Auf der Fußmatte lag ein toter Vogel. Eine schmutzigblaue Taube mit gebrochenem

Genick. Aus dem offenen Schnabel sickerte ein dünnes Rinnsal dunklen Blutes. Mit weit aufgerissenen Augen starrte das Tier zu ihnen hinauf. Der Schrecken über den plötzlichen Tod war deutlich konserviert.

14

Um in seine Stammkneipe zu gelangen, musste Hambrock lediglich die Straße überqueren. Sie lag keine dreißig Meter von seiner Wohnung entfernt. Wahrscheinlich war das auch der Grund, weshalb das »Jamaines« zu seiner Stammkneipe geworden war. Denn an Reggae, Rastafari und jamaikanischer Folklore lag es sicherlich nicht. Zudem war der Wirt ein alter Bekannter aus der Zeit, als Hambrock noch nicht in der Abteilung für Kapitalverbrechen gearbeitet hatte. Jamaine kannte sich in der Drogen- und Dealerszene aus, auch wenn er seit einiger Zeit vorgab, das alles längst hinter sich gelassen zu haben.

Die Kneipe war voller Studenten, und laute Musik dröhnte aus den Boxen. Im Grunde passte Hambrock gar nicht hierher. Doch so lange er nur still in seiner Ecke am Tresen saß und sein Bier anstarrte, fiel er nicht weiter auf. Man ließ ihn einfach in Ruhe.

Erlend war an diesem Abend zu einer Freundin gefahren, die sich gerade von ihrem Freund getrennt hatte. Sie gab die Seelentrösterin, auch wenn sie lieber zu Hause geblieben wäre, um sich gemeinsam mit Hambrock einen Film anzusehen. Daraus war leider nichts geworden, und alleine vor dem Fernseher zu hocken, das war auch nicht das Richtige. So saß er nun hier, umgeben von feiernden Studenten und lauter Musik.

Er leerte sein Bier und stellte das Glas ab. Sofort stand ein frisch gezapftes auf dem Tresen.

»Bitte sehr, Hambrock! Lass es dir schmecken.«

Jamaine war aufgetaucht, um Nachschub zu bringen. Er grinste schief und zeigte dabei seine Zahnlücke.

»Ist immer noch so viel los bei euch?«, fragte er und meinte damit Hambrocks Arbeit im Präsidium. »Das hört wohl gar nicht mehr auf mit dem Stress.«

»Ganz im Gegenteil. Ich habe frei.«

»Ach, wirklich? Du siehst aus, als hättest du einen langen Arbeitstag hinter dir. Als könntest du mal wieder nicht abschalten.«

»Ach was, das wirkt nur so. Denk an Derrick. Der hatte auch nur einen Gesichtsausdruck für alles.«

Jamaine lachte, zwinkerte ihm zu und kehrte zurück an den Zapfhahn. Dabei hatte der Wirt natürlich den Nagel auf den Kopf getroffen. Hambrock konnte mal wieder nicht abschalten. Er grübelte ohne Unterlass. Er dachte an Roland Baar. Fragte sich, weshalb sie bei den Ermittlungen die Verbindung zu Lennard Müller übersehen hatten. Und ob ihnen vielleicht noch etwas anderes durch die Finger geglitten war.

Rein theoretisch wäre es natürlich möglich, dass Roland seinen Bruder ermordet hatte. Doch für Hambrocks Geschmack war das ein bisschen zu theoretisch. Roland hätte den Zug abpassen und sich hinter dem Gleisbett im Verborgenen halten müssen. Er hätte wissen müssen, was passieren würde.

In der Nacht war es stockdunkel gewesen, und der kleine Bahnhof verfügte nur über eine sehr spärliche Beleuchtung. Die Schlägerei hatte sich am Ende des Bahnsteigs im Zwielicht abgespielt. Die anderen Fahrgäste waren zur kleinen Unterführung getrottet, durch die man unter dem Gleisbett entlang zum Bahnhofsgebäude gelangte. Erst auf der anderen Seite hatten sie die Schlägerei bemerkt. Es war ganz schnell gegangen, Marius lag am Boden, kassierte Schläge und Tritte, und schließlich ließen die Täter von ihm ab und flohen. Dann war da noch der Zug, der in dem Moment in Richtung Essen abgefahren war. Er hatte den Blick auf den am Boden liegenden Marius versperrt. Einer der Zeugen hatte die Flüchtenden mit der Handykamera gefilmt. Ein anderer hatte Polizei und Notarzt gerufen.

Natürlich. Ein kleines Zeitfenster gab es, in dem Roland zu seinem schwer verletzten Bruder gehen und das Werk der drei Täter hätte vollenden können. Aber diese Schlägerei war nicht geplant, davon war Hambrock überzeugt. Die verheimlichte Bekanntschaft zwischen Roland und Lennard spielte wahrscheinlich keine Rolle in dieser Sache. Sie war reiner Zufall. Das Ganze war einfach abwegig.

Hambrock hatte sein zweites Bierglas geleert. Jamaine griff bereits nach einem neuen Glas. Egal wie bekifft er auch wirken mochte, seine Stammgäste hatte er immer fest im Blick.

Hambrock winkte ab. »Lass mal, Jamaine«, rief er. »Ich zahle. Zeit für mich, ins Bett zu gehen.«

»Das ist nicht dein Ernst. Die Party geht doch erst los. Ich denk, du hast morgen frei.«

Hambrock betrachtete die Studenten, die dicht gedrängt in der Kneipe standen. Hinten beim Sofa hatten ein paar junge Frauen zu tanzen begonnen. Er spürte seine Müdigkeit.

»Als wenn ich hier eine Party feiern würde.«

Jamaine grinste. »Tu nicht so, als ob du ein alter Mann wärst.«

Hambrock sparte sich jeden Kommentar, zahlte und verließ die Kneipe. Dunkelheit hatte sich über die Stadt gelegt, und ein kalter Wind ging. Vom Frühling war weiterhin nichts zu spüren. Hambrock überquerte die Straße und zog seinen Schlüssel hervor.

Da entdeckte er eine Gestalt, die in seinem Hauseingang hockte. Sie hatte sich in der Kälte zusammengekauert. Das Gesicht war von einer Kapuze bedeckt. Von Weitem konnte man sie für einen Penner halten. Doch Hambrock ahnte bereits, wer das dort in seinem Eingang war.

Er trat näher. Tatsächlich. Fabio lugte unter dem Rand der Kapuze hervor. Als er Hambrock erkannte, sprang er auf und kam auf ihn zu. Er blickte etwas verlegen drein und vergrub die Hände tief in den Hosentaschen. Offenbar machte er sich Sorgen, wie Hambrock auf sein Auftauchen reagieren würde.

»Fabio? Was um Gottes Willen machst du denn hier?«

»Ich ... ich wusste nicht, wo ich sonst hin sollte.« Schuldbewusst fügte er hinzu: »Ihre Adresse stand im Telefonbuch. Ich dachte ... vielleicht, wenn Sie da sind ...«

»Ist denn was passiert?«, fragte Hambrock.

»Ich kann nicht bei meiner Oma bleiben. Es geht nicht. Ich halt's da nicht länger aus.«

Hambrock zögerte. Er ließ seinen Blick die Straße hinabgleiten. Keine Menschenseele war unterwegs. Der kalte Wind trieb eine einsame Plastiktüte vor sich her.

»Komm erst mal mit nach oben«, sagte er und schloss die Tür auf. »Dann sehen wir weiter.«

Hambrock führte ihn hinauf in die Wohnung. In seinem Wohnzimmer schaltete er die Stehlampe ein. Der Raum wurde in ein sanftes Licht getaucht. Es war ein bisschen unordentlich, Zeitschriften und CD-Hüllen lagen herum. Dennoch wirkte der Raum sehr gemütlich, Erlend hatte ein gutes Händchen für Einrichtung. Hambrock fragte sich, wie die Wohnung auf Fabio wirken mochte. In der verdreckten Behausung seiner Eltern hatte es anders ausgesehen.

»Setz dich doch«, sagte Hambrock und räumte eine Zeitschrift beiseite. »Du musst ganz durchgefroren sein.«

Fabio trat näher. Seine Befangenheit schien sich langsam zu verflüchtigen. »So kalt war es draußen gar nicht«, sagte er leichthin, obwohl seine Hände vor Kälte blau angelaufen waren. Er ließ sich auf die Couch sinken.

»Möchtest du was trinken?«, fragte Hambrock.

»Gerne. Haben Sie ein Bier?«

»Ja, für mich schon. Für dich habe ich Cola.«

Hambrock ging in die Küche und holte eine Bierflasche und ein Glas Cola. Damit kehrte er zurück, setzte sich zu Fabio, und sie stießen an.

»So, jetzt erzähl mal«, sagte Hambrock. »Was ist passiert? Hattest du Streit mit deiner Oma?«

»Wir haben ständig Streit. Aber das ist es nicht. Ich … ich hab's da einfach nicht mehr ausgehalten.«

»Von jetzt auf gleich? Ohne besonderen Anlass?«

»Da war heute schon wieder so ein Typ. Ein fieser, alter Sack mit fettigen Haaren und schimmeligen Zähnen. Meine Oma bringt ständig diese Typen mit nach Hause. Ich …« Er stockte. »Die sollen das machen, wenn ich nicht da bin. Ich will das nicht ständig mitbekommen.«

»Wie alt ist deine Oma eigentlich?«, fragte Hambrock erstaunt.

»Die ist uralt! Zweiundfünfzig. Oder dreiundfünfzig. Und diese Typen sind genauso alt. Der Letzte ist immer nackt durch die Wohnung gelaufen. So ein alter hässlicher Fettsack. Ich find das voll eklig. Aber denen ist das egal, ob ich da bin oder nicht. Und dann sind die immer so laut.«

Offenbar hatten frühe Schwangerschaften in der Familie Tradition, ging es Hambrock durch den Kopf. Er stellte sich gelegentlich vor, einen Sohn in Fabios Alter zu haben. An einen Enkel in dem Alter hatte er allerdings noch nicht gedacht.

Fabio hockte mit düsterem Gesicht da. Für einen ohnehin haltlosen Jungen musste es verstörend sein, in so einer Umgebung zu leben.

»Soll ich mal mit deiner Oma reden?«, fragte er.

»Das bringt doch nichts. Die hat gesagt: Es steht dir frei zu gehen, wenn es dir hier nicht gefällt. Verstehen Sie? Die hat eh keinen Bock auf mich.«

»Aber so geht das nicht. Das wollen wir doch erst mal sehen, ob sich da nicht was regeln lässt.«

Fabio starrte schweigend in sein Glas. Er war offensichtlich nicht davon überzeugt, dass es irgendwelche Möglichkeiten gab, etwas zu regeln.

Hambrock betrachtete ihn. Er dachte an den Prozess im Landgericht. Fabio hätte wahrlich bessere Gründe für eine spontane Gewalttat gehabt als die Angeklagten, die allesamt aus guten Familien stammten. Dennoch konnte er sich nicht vorstellen, dass Fabio jemals zu so einer Tat fähig wäre.

»Heute Nacht bleibst du erst einmal hier«, sagte Hambrock. »Wir haben ein Bett im Gästezimmer. Und morgen sehen wir weiter.«

»Ehrlich?« Fabios Augen weiteten sich. »Macht Ihnen das denn keine Umstände?«

»Ach was. Und es ist ja auch nur für eine Nacht. Du bleibst hier. Morgen überlegen wir uns was.«

»Danke. Vielen Dank. Das weiß ich wirklich zu schätzen.«

»Ach, Unsinn. Das ist doch selbstverständlich.«

Fabio wirkte erleichtert. Dann nahm er einen großen Schluck Cola. Er schien über etwas nachzudenken.

»Was ist eigentlich mit Lennard? Haben Sie mit meinem Kumpel gesprochen? Hat Ihnen das bei Ihrem Fall geholfen?«

»Nein. Das war nicht wichtig für den Fall. Es gab eine ganz einfache Erklärung dafür. Das war nur Zufall.«

»Ach so.« Er wirkte enttäuscht. »Schade. Ich hätte gerne geholfen.«

»Und dafür danke ich dir. Aber der Fall ist eindeutig. Die drei Jungs waren angetrunken und wollten ihren Frust ablassen. Dummerweise kam Marius Baar ihnen in die Quere. Und damit ist die ganze Geschichte erzählt.«

Hambrock stand auf und reckte sich. Dann ging er ins Arbeitszimmer und bezog das Gästebett. Er zeigte Fabio, wo er Bad und Küche fand, und wünschte ihm schließlich eine gute Nacht.

Zurück im Wohnzimmer öffnete er die Balkontür, um durchzulüften. Er trat in die kalte Nachtluft hinaus. Die Straße war wie ausgestorben, keine Menschenseele unterwegs. Er fragte sich, ob damit tatsächlich die ganze Geschichte erzählt war. Zwar glaubte er nicht daran, dass

Roland Baar in der Dunkelheit neben den Gleisen gelauert hatte. Trotzdem schloss er die Möglichkeit, dass ein unbekannter Dritter am Tatort gewesen sein könnte, nicht mehr völlig aus. Die Wahrscheinlichkeit war gering. Doch das Auftauchen der neuen Indizien hatte seine Gewissheit ins Wanken gebracht.

Es gab immer noch die Möglichkeit, dass jemand den Zug verlassen hatte, ohne von den anderen Fahrgästen bemerkt worden zu sein. Ein weiterer Zeuge. Unter Umständen sogar der Täter. Hambrock zog in Erwägung, morgen ins Präsidium zu fahren und einen Blick in die Zeugenbefragungen zu werfen. Vielleicht war da ja doch etwas, das ihre bisherige Gewissheit in Zweifel zöge.

Ein kalter Wind kam auf, und erste Regentropfen fielen. Hambrock trat eilig ins Wohnzimmer und schloss die Balkontür. Er hatte einen Entschluss gefasst. Er würde sich noch einmal die Befragungen der Fahrgäste im Zug ansehen. Und danach würde er den Fall endgültig ruhen lassen.

15

Am nächsten Abend saß Marius wieder im Großraumabteil und wartete darauf, dass der Zug abfuhr. Den Mercedes hatte er in Nathalies Straße stehen lassen. Sie hatten am Aasee in der Sonne gesessen und ein paar Biere getrunken, deshalb wollte er lieber den Zug nehmen. Nathalie war zwar der Meinung gewesen, es wäre das Beste, noch eine weitere Nacht bei ihr zu bleiben. Doch das wollte er nicht. Er wollte nach Hause und mit Roland sprechen.

Wer sonst sollte hinter der Sache mit dem toten Vogel stecken, wenn nicht sein Bruder? Nathalie und Mikey hatten zwar noch andere in Verdacht, aber Marius hielt alle diese Verdächtigungen für Unsinn. Egal, wen sie als möglichen Täter ins Visier nahmen, die Motive wirkten an den Haaren herbeigezogen. Genauso wenig glaubte er daran, dass es ein dummer Scherz von ein paar Kindern aus der Nachbarschaft war, die eine tote Taube auf der Straße gefunden hatten. Nein, Roland steckte dahinter, davon war er überzeugt.

Nathalie und Mikey hatte er vorerst nichts von seinem Verdacht erzählt. Marius schämte sich für seinen Bruder, deshalb hatte er geschwiegen. Wie hätte er das auch erklären sollen? Sein Bruder war ein Rassist, der fand, dass Nathalie eine Schande für die Familie war. Wie hätte sie wohl auf diese Neuigkeit reagiert? Hätte sie Marius vielleicht plötzlich mit anderen Augen gesehen?

Draußen auf dem Bahnsteig tauchte ein bekanntes Gesicht auf. Dieser Gothic-Typ mit der schwarzen Kutte, der öfter mit dem gleichen Zug fuhr wie er. Mit Ohrstöpseln und herabhängender Mähne schlurfte er auf die Waggons zu. Marius sah, wie hinter ihm im Treppenaufgang zwei Jugendliche auftauchten. Sie trugen Markenturnschuhe und weite Hosen. Auch die kamen ihm irgendwie bekannt vor. Sie riefen dem Jungen in der Kutte etwas hinterher, woraufhin der die Schultern einzog und so tat, als hätte er nichts gehört. Marius konnte jedoch die Angst in seinem Gesicht erkennen. Die beiden Jugendlichen näherten sich rasch, setzten zum Überholen an und rempelten ihn dabei von beiden Seiten an. Der Junge stolperte von links nach rechts, seine Ohrstöpsel rutschten heraus, er verlor das Gleichgewicht und fiel auf das Pflaster. Die beiden anderen lachten, klatschten sich mit den Händen ab und gingen weiter, ohne sich umzusehen.

Der Typ mit der Kutte rappelte sich auf, klopfte seine Kleidung sauber und ging dann weiter zu den Waggons, als wäre nichts geschehen. Für ihn schien so etwas normal zu sein. Er steckte sich die Stöpsel wieder in die Ohren und verschwand aus Marius' Blickfeld.

Ein typisches Opfer, dachte Marius. So hatten sie in der Schule solche Leute genannt. Für einen Moment fühlte er Mitleid mit diesem Jungen. Doch dann kreisten seine Gedanken wieder um Roland und um die tote Taube. Ein Pfiff ertönte, und der Zug fuhr los. Noch eine knappe Stunde, dann wäre er zu Hause.

Die zentrale Frage war: Woher kannte Roland Nathalies Adresse? Zuerst hatte Marius natürlich an das Handy gedacht, das er im Konferenzraum liegen lassen hatte. Doch Nathalies Adresse war darin nicht gespeichert, nur ihre

Telefonnummer und die E-Mail-Adresse. Außerdem war das Handy passwortgeschützt. Wie sollte es Roland gelungen sein, sich da reinzuhacken?

Beiläufig hatte er Nathalie nach seltsamen Anrufen oder E-Mails gefragt. Offenbar war da nichts gewesen. Doch das änderte nichts. Es war Roland, der steckte dahinter. Marius musste nur noch herauskriegen, wie er Nathalies Namen und ihre Adresse herausbekommen hatte.

Nachdem der Schock mit der Taube einigermaßen verkraftet gewesen war, hatten sie gestern noch einen schönen Abend gehabt. Mikey war irgendwann zu einer Party gefahren, und den Rest der Nacht waren sie allein gewesen. Nachdem sie zweimal miteinander geschlafen hatten, saßen sie aufgeheizt im Bett, teilten sich eine Zigarette und begannen, ihre gemeinsame Zukunft zu planen. Berlin.

»Bei mir ist das mit dem Studienortwechsel kein Problem«, sagte Nathalie. »Ich hab die Unterlagen schon weggeschickt. Wie's aussieht, kann ich tatsächlich im Wintersemester in Berlin weiterstudieren. Einfach so.«

»Das ist großartig«, meinte Marius.

Er hatte sich noch nicht informiert, ob so ein Studienplatzwechsel für ihn überhaupt möglich war. In den letzten Tagen waren da immer andere Sachen gewesen, die wichtiger schienen. Sein Studium interessierte ihn kaum.

Nathalie betrachtete ihn. »Was ist mit dir?«

»Keine Ahnung. Es wird schon irgendwie gehen.«

Dieses Semester hatte er ohnehin verloren. Er steckte mitten in der Klausurzeit, doch bisher hatte er alles geschwänzt.

»Das Studium ist gerade kein vorrangiges Problem«, sagte er. »Wir gehen einfach nach Berlin und sehen weiter.

Es wird schon irgendwie klappen. Und wenn ich noch ein weiteres Semester verlieren würde, wäre das auch nicht weiter schlimm.«

Am liebsten würde er sein Studium ganz an den Nagel hängen. Er studierte die Fachrichtung ohnehin nur, weil das sinnvoll fürs Unternehmen war. Somit erübrigte sich jetzt alles. Allerdings durfte er nicht leichtfertig handeln. Schließlich musste er von irgendetwas leben.

»Ich werde mein Examen schon noch machen«, sagte er. »Wenn wir erst in Berlin sind, wird sich ein Weg finden.«

Nathalie betrachtete ihn skeptisch. Er begriff, wie sich seine Worte anhören mussten, und fügte hinzu: »Wir werden im Herbst in Berlin sein. Fest versprochen. Das ist mir wichtiger als alles andere.«

Erleichtert schmiegte sie sich an seine Brust und zündete eine weitere Zigarette an. Sie diskutierten, in welchem Berliner Stadtteil man am besten ausgehen konnte. Überlegten, in welcher Jahreszeit die Hauptstadt am schönsten sei. Irgendwann lagen sie rauchend nebeneinander und hingen schweigend ihren Gedanken nach.

»Meinst du, dass das wirklich wahr wird?«, fragte Nathalie.

»Natürlich! Wieso denn nicht?«

»Ich weiß nicht, es klingt irgendwie nach einem Traum.«

»Finde ich gar nicht.«

»Ich habe wohl einfach Angst, dass etwas passieren wird, was alles ändert. Ich kann einfach nicht glauben, dass dieser Traum wahr werden wird.«

Er rückte an sie heran und küsste sie.

»Im Herbst sind wir in Berlin, das verspreche ich dir.«

»Schwörst du es?«

»Ich schwöre es.«

Sie schlang ihre Arme um ihn.

»Das wird unsere Zukunft sein«, sagte er. »Das kann uns keiner nehmen. Wenn wir erst in Berlin sind, dann sind wir frei.«

Das Pfeifen des Zuges holte ihn in die Gegenwart zurück. Das Abteil hatte sich ziemlich geleert. Die nächste Station wäre Gertenbeck. Er stand auf und nahm seine Tasche.

Auf einmal fragte er sich, ob er die Sache mit der Taube wirklich weiterverfolgen sollte. Wenn er und Nathalie in Berlin wären, dann wären Roland und der Rest seiner Familie ohnehin nicht mehr Teil seines Lebens. Vielleicht sollte er sich seine Kräfte besser für den Absprung aufsparen? Warum sollte er sich hier noch in Kämpfe verstricken? Sollten die doch machen, was sie wollten. Es ging ihn im Grunde nichts mehr an.

Der Zug fuhr in den Bahnhof ein, und die Türen glitten auseinander. Er trat auf den Bahnsteig und steuerte den Ausgang an.

Vor ihm waren drei Jugendliche, die breitbeinig zum Ausgang gingen und dabei den ganzen Bahnsteig für sich einnahmen. Halbstarke mit Basecaps, Lederjacken und Jogginghosen, die mit ihren machohaften Posen aussahen, als suchten sie nach Ärger. Eine Frau in einem Geschäftskostüm drückte sich gegen eine Säule, um ihnen nicht den Weg zu versperren. Die Halbstarken nahmen diese Geste wie selbstverständlich hin und gingen durch die Glastür ins Bahnhofgebäude.

Marius achtete nicht weiter auf sie. Er hielt sich schützend die Hand über die Augen und blickte hinüber zur

Villa seiner Eltern, die bereits von Weitem zu erkennen war.

Eigentlich war er gekommen, um Roland zur Rede zu stellen. Doch jetzt überlegte er es sich anders. Er wollte lieber vorsichtig sein. Beobachten. Sich noch nicht aus der Deckung begeben. Sollte Roland was mit der Sache zu tun haben, würde er das herausfinden. Und er würde dafür sorgen, dass sich so etwas nicht wiederholte. Nicht, so lange er und Nathalie noch hier waren.

16

Die Morgensonne fiel durchs Fenster und tauchte den Frühstückstisch in helles Licht. Kaffeeduft und das Aroma ofenfrischer Croissants erfüllten den Raum. Hambrock, der um diese Uhrzeit für gewöhnlich sehr wortkarg war, nahm sich die Zeitung und schlug sie geräuschvoll auf, eine Geste, mit der er seine Umwelt wissen ließ, dass es noch zu früh für eine Unterhaltung war.

Erlend blickte schweigend zur Uhr, leerte eilig ihre Kaffeetasse und rückte den Stuhl zurück, als es zaghaft an der Tür klopfte und Fabio schüchtern den Raum betrat. Erlend, die bereits perfekt frisiert und geschminkt war, ging dem verschlafenen Jungen mit einem strahlenden Lächeln entgegen.

»Guten Morgen, Fabio«, sagte sie. »Komm herein und setz dich zu uns. Ich bin Erlend, wir kennen uns noch nicht. Ich bin die Ehefrau von diesem Morgenmuffel da hinter der Zeitung. Du kannst mich Elli nennen.«

Fabio lächelte scheu. »Danke. Guten Morgen, Elli.«

Erlend war wie gemacht für die Rolle der Gastgeberin. Sie ließ sich nicht anmerken, was sie tatsächlich über Fabios Auftauchen dachte. Gestern Nacht, als sie nach Hause gekommen war, hatte sich das noch ganz anders angehört.

»Bernhard, da ist jemand in unserem Gästezimmer«, hatte sie geflüstert, als sie zu ihm ins Bett gekrochen war. »Oder spukt es neuerdings bei uns?«

»Nein, das ist … ein Bekannter. Ich habe ihn mitgebracht, als ich von Jamaine nach Hause gekommen bin. Hoffentlich hast du nichts dagegen?«

»Ein Bekannter?« Erlend machte ein skeptisches Gesicht. »Das hört sich ja geheimnisvoll an. Hat dieser Bekannte auch einen Namen?«

»Er heißt Fabio. Du weißt schon, das ist dieser Junge aus Coerde. Der, dessen Vater die Mutter erschlagen hat.«

Erlend sah ihn ungläubig an. »Bringst du neuerdings Zeugen mit nach Hause? Bist du von allen guten Geistern verlassen?«

»Er ist doch gar kein Zeuge mehr. Der Fall ist längst abgeschlossen. Mir ist nichts anderes übrig geblieben. Er hockte hier plötzlich vorm Haus und wusste nicht wohin. Er hat doch keine Eltern mehr.«

»Bernhard, du bist Polizist. Jeden Tag hast du mit Leuten zu tun, die nicht wissen wohin. Wenn du jetzt anfängst, die alle mit nach Hause zu nehmen, was soll denn das hier werden? Machen wir dann eine Sozialstation auf? Oder ein Obdachlosenasyl?«

»Jetzt hör schon auf. Es ist doch nur für eine Nacht. Morgen lasse ich mir etwas einfallen.«

»Du lässt dir also etwas einfallen? Bernhard, du bist doch kein Sozialarbeiter. Dafür gibt es Stellen. Du kannst solche Leute vermitteln, du weißt, wer sich um so jemand kümmert. Darum kannst du dich doch nicht selber kümmern. Wo soll das hinführen?«

»Elli, bitte. Lass gut sein. Es ist nur dieses eine Mal, versprochen.«

Nach kurzem Zögern hatte Erlend die Sache auf sich beruhen lassen. Doch Hambrock war die skeptische Falte auf ihrer Stirn nicht entgangen, die erst verschwunden war, als sie das Licht gelöscht und sich auf die andere Seite gelegt hatte.

Fabio setzte sich an den Frühstückstisch, und Erlend goss ihm Kaffee ein.

»Möchtest du ein Croissant?«, fragte sie. »Die sind lecker, wir haben hier den besten Bäcker in der ganzen Stadt.«

Fabio lächelte. »Sie haben einen lustigen Akzent.«

»Ja, und den werd ich wohl nie los. Ich habe ein umfangreiches Vokabular, und was die Grammatik angeht, da stecke ich diesen Morgenmuffel da vorne locker in die Tasche«, sagte sie und deutete auf Hambrock. »Aber trotzdem wird man immer sofort hören, dass ich Niederländerin bin. Das Deutsche muss man hart sprechen, mit offenen Vokalen. Ich werd's nie lernen.«

Sie lächelte wieder strahlend, stellte ihr Gedeck zusammen und trug es zur Spüle. Fabio schien sich in ihrer Gegenwart wohlzufühlen, und Hambrock war seiner Frau dankbar, dass sie den Jungen ihre Vorbehalte nicht spüren ließ.

Erlend warf einen weiteren Blick zur Uhr. »Für mich wird es Zeit«, sagte sie. »Was ist mit dir, Fabio? Musst du nicht in die Schule?«

Fabio senkte den Blick, und Hambrock beeilte sich zu sagen: »Ich fahr dich gleich zu dem Projekt, Fabio.«

»Dem Projekt?«, fragte Erlend.

»Das ist für Leute, die nicht zur Schule gehen«, sagte Fabio verlegen. »Damit die einen Abschluss kriegen.«

Erlend wechselte einen kurzen Blick mit Hambrock.

»Ein Schulabschluss ist immer gut«, sagte sie. »Da wünsch ich dir viel Erfolg. So. Ich muss euch jetzt alleine lassen. Sonst komme ich noch zu spät.«

»Geh ruhig«, sagte Hambrock. »Ich kümmere mich um die Küche. Zeit genug hab ich ja.«

Nachdem Erlend gegangen war, machte sich Hambrock daran, die Spülmaschine einzuräumen. »Am besten machen wir uns auch gleich auf den Weg«, sagte er. »Dann kannst du mit den Sozialarbeitern alles regeln. Wenn sie einen Platz für dich haben, kann alles ganz schnell gehen.«

Fabio sagte nichts dazu. Er rutschte etwas unsicher auf seinem Stuhl herum. Hambrock ahnte schon, was ihm durch den Kopf ging.

»Was deine Oma angeht, lasse ich mir was einfallen«, sagte er. »Ich habe heute frei. Da kann ich ein paar Telefonate führen. Irgendeine Lösung findet sich bestimmt.«

Fabio nickte. Er schien nicht überzeugt zu sein.

»Das Jugendamt kann mal mit ihr reden. Vielleicht wissen die eine Lösung. Und wenn wirklich gar nichts zu machen ist, ist das auch kein Weltuntergang. Dann gibt es immer noch so etwas wie Betreutes Wohnen. Da würdest du mit anderen Jugendlichen in einer Wohngemeinschaft wohnen, die von Sozialarbeitern betreut wird. Ich will dir nichts versprechen, aber bestimmt findet sich da irgendwo ein Platz.«

»Wie lange würde das denn dauern?«, fragte er.

»Ich weiß nicht. Aber sicher nicht zu lange.«

Fabio schwieg. Offenbar hatte er auf eine andere, schnellere Lösung gehofft.

»Was soll ich denn so lange machen?«, fragte er.

»Ein paar Tage wirst du es bei deiner Oma wohl noch aushalten, oder? Es ist ja nur für kurz. Und du weißt, danach wird sich etwas ändern.«

Fabios Züge verhärteten sich. Er nickte wieder. Ganz der kleine Kämpfer. Es brach Hambrock beinahe das Herz.

»Ich kann dich hier nicht aufnehmen«, sagte er, obwohl er am liebsten genau das getan hätte. »Es geht nicht. Ein paar Tage, mehr nicht. Bis dahin findet sich eine Lösung.«

Fabio wirkte plötzlich ganz verloren. »Danke für Ihre Hilfe«, sagte er höflich. »Ich wüsste nicht, was ich sonst machen würde.«

Nach dem Frühstück brachte Hambrock den Jungen zu dem Schulverweigererprojekt, damit er mit den Sozialarbeitern dort das weitere Verfahren besprechen konnte. Er versprach Fabio, am Nachmittag mit ihm zu telefonieren. Dann könnten sie darüber reden, was ihre nächsten Schritte bei dem Problem mit seiner Oma sein würden.

Hambrock beschloss, kurz ins Präsidium zu fahren. Er machte sich schon auf die spöttischen Kommentare seiner Kollegen gefasst: Selbst an seinen freien Tagen tauchte er ständig dort auf. Aber das war ihm egal. Er hatte sich vorgenommen, noch einmal die Befragungen der Fahrgäste durchzugehen. Das würde nicht lange dauern. Ihm ging es darum, sicherzugehen, dass sie nichts übersehen hatten. Danach würde er die Kollegen wieder allein lassen und sich um Fabio und das Jugendamt kümmern.

Kaum hatte er den Wagen gewendet, klingelte sein Handy. Er steckte es in die Freisprechanlage und nahm das Telefonat entgegen. Es war wieder Irene Böhm von der Pforte des Präsidiums.

»Guten Morgen, Hambrock«, rief sie fröhlich ins Telefon. »Wahrscheinlich denkst du, ich hab nichts Besseres zu tun, als dir an deinen freien Tagen auf die Nerven zu fallen.«

»Schon gut, Irene. Ich hab eh vor, noch mal bei euch reinzuschneien. Ist denn was passiert?«

»Das nicht. Aber hier war schon wieder so ein Jugendlicher, der ganz offensichtlich ein Problem hatte und unbedingt mit dir sprechen wollte. Ich hab mich schon gefragt, ob du dich neuerdings in der Jugendarbeit engagierst.«

»Glaub mir, Irene, das hab ich mich auch schon gefragt. Wer war das denn? Hat der einen Namen genannt?«

»Das hat er. Warte … Roland Baar. Sagt dir das was?«

Und ob ihm das etwas sagte. Allerdings hatte Hambrock nicht damit gerechnet, dass Roland im Präsidium auftauchen würde.

»Hat der was mit diesem Marius Baar zu tun?«, fragte Irene. »Da läuft doch gerade die Verhandlung, oder?«

»Ja, das stimmt. Roland ist der Bruder. Hast du ihn vertröstet? Ist er wieder gegangen?«

»Nein. Ich hab ihn zu Henrik Keller geschickt. Er wollte lieber mit dir sprechen, meinte dann aber, Keller wäre auch in Ordnung.«

Jetzt war Hambrock neugierig geworden.

»Ruf doch kurz bei Keller an und sag ihm, ich bin unterwegs, Irene. In zehn Minuten bin ich bei euch. Er soll so lange auf mich warten.«

»In Ordnung, Hambrock. Dann sehen wir uns gleich.«

Hambrock trat aufs Gas. Das Gespräch auf dem Schulhof zeigte offenbar seine Wirkung. Roland musste bemerkt haben, dass die Polizei nicht ganz so blöd war, wie er wohl gedacht hatte. Schließlich wussten sie über seinen geheimen Kontakt zu Lennard Bescheid. Hambrock war gespannt, was jetzt noch kommen würde.

Ein paar Minuten später schoss er mit dem Wagen auf den Parkplatz des Präsidiums. Er schloss ab und lief ins Gebäude. Irene Böhm winkte ihm durch die Glasscheibe zu und ließ ihn durch die Schleuse. Kurz darauf betrat er das Büro von Henrik Keller.

Roland hockte wie ein Häufchen Elend auf dem Besucherstuhl und sah Hambrock mit eingezogenen Schultern und Dackelblick entgegen. Hambrock wechselte einen kurzen Blick mit Keller.

»Ich hab Roland schon gesagt, dass du kommen wirst«, meinte Keller. »Ich glaube, er will uns etwas sagen.«

»Mein Vater weiß nicht, dass ich hier bin«, sagte Roland schnell. »Und dabei soll es auch bleiben.«

»Gut. Das haben wir verstanden.« Hambrock nahm Platz. »Aber sag uns doch erst einmal, worum es geht.«

»Versprechen Sie denn, dass Sie meinem Vater nichts erzählen?«

»Das kann ich nicht. Es hängt davon ab, was du zu sagen hast. Aber wenn es irgendwie geht, werden wir es für uns behalten. Okay? Das kann ich auf jeden Fall versprechen.«

Roland nickte. »Ich hab in der letzten Nacht kaum geschlafen. Mir ging's richtig schlecht. Ich glaube, Sie kommen eh dahinter, deshalb kann ich's Ihnen auch gleich sagen.«

»Uns was sagen, Roland?«, fragte Keller.

»Wenn mein Vater das rauskriegt, bringt der mich um. Aber ich will nur … ich meine …« Er holte tief Luft. »Wenn Sie dahinterkommen, dass ich das war, dann denken Sie erst recht, ich hätte was mit dem Tod von Marius zu tun. Das habe ich aber nicht. Ich habe meinem Bruder nichts getan. Das könnte ich gar nicht. Er war doch mein Bruder.«

»Wenn wir wohinter kommen?«, fragte Hambrock.

»Ich hab nicht verstanden, was Marius von dieser Frau wollte. Sie wissen schon, diese ... diese ...«

»Nathalie Brüggenthies?«, fragte Hambrock.

Er nickte. »Ich war richtig sauer auf Marius. Der wollte damit doch nur unserem Vater etwas beweisen. Weil den das natürlich auf die Palme gebracht hätte. Na ja, wie auch immer. Marius war dann kurz vor seinem Tod in der Firma, weil er mir bei einer Mathehausaufgabe helfen wollte. Da hab ich ihn zur Rede gestellt. Und er ... er hat mich behandelt wie einen dummen Jungen. Als wäre ich nicht ganz dicht. Da war ich stocksauer. Ich wollte irgendwas machen, um mich abzureagieren.« Er stockte.

»Und was hast du getan?«, fragte Keller.

»Sie dürfen nichts meinen Vater erzählen.«

»Was hast du getan, Roland?«

»Ich bin ihm nachgefahren, nach Münster. Mit dem Zug. Er war ja bei dieser Schlampe, das wusste ich. Ich bin also dahingefahren und hab auf der Straße vor dem Haus gestanden. Da hatte ich noch keine Ahnung, was ich machen sollte. Ich hab einfach da gestanden und nach oben gestarrt.«

»Woher wusstest du, wo Nathalie Brüggenthies wohnt?«, warf Hambrock ein. »Es gab doch überhaupt keinen Kontakt zu deiner Familie, und Marius wird es dir sicher nicht gesagt haben.«

Roland sah ihn mit großen Augen an. »Nicole wusste das. Sie wusste ja auch, dass es diese Frau überhaupt gibt. Von ihr habe ich das alles erst erfahren.«

»Gut. Erzähl weiter.«

»Ich hab Licht hinter den Fenstern gesehen. Ab und zu auch mal einen der Leute, die da oben waren. Sogar Marius habe ich einmal gesehen. Zuerst wollte ich Steine sammeln und die Scheiben kaputt werfen. Aber die Fenster waren zu hoch, das hätte ich nie geschafft. Dann bin ich einmal um den Block gelaufen, um mich abzureagieren. Ja, und dann lag da eine verletzte Taube auf der Straße. Die hatte einen Flügel gebrochen und war mehr tot als lebendig. Als ich die gesehen habe, da kam mir eine Idee.«

»Was für eine Idee? Rede weiter.«

»Ich hab sie gepackt und ihr den Hals umgedreht. Sie hätte eh nicht mehr lange gelebt, es war ein Gnadenakt. Dann bin ich zu dem Haus zurück, hab bei Nachbarn geklingelt und bin unter einem Vorwand ins Treppenhaus gelangt. Die tote Taube habe ich bei dieser Kanakenbraut vor die Tür gelegt. Nur, um sie zu erschrecken. Ihr ein bisschen Angst einzujagen. Sie sollte nicht denken, sie kann mit einem Baar zusammen sein. Marius, dieser Idiot. Er hat das doch nur gemacht, um unserem Vater eins auszuwischen.«

Schweigen legte sich über den Raum. Die Kommissare warteten darauf, was Roland noch sagen würde.

»Mehr ist nicht passiert, ich schwöre. Ich habe die Taube auf die Fußmatte gelegt und bin wieder nach Hause gefahren.«

»Und wieso erzählst du uns das jetzt?«, fragte Keller.

»Ich dachte, Sie werden eh dahinterkommen, dass ich das war«, schloss der Junge. »Und dann sieht das so aus, als hätte ich etwas Wichtiges verschwiegen. Weil ich einen guten Grund dazu gehabt hätte. Aber das mit Marius … Ich hab da nichts mit zu tun. Er war doch mein Bruder.«

Nachdem Roland Baar gegangen war, schloss Keller sorgsam die Tür. Hambrock ließ sich auf den Besucherstuhl sinken.

»Interessante Geschichte, nicht wahr?«, meinte er.

Keller nickte. »Das kannst du wohl sagen. Roland will uns also überzeugen, dass er nichts mit dem Tod seines Bruders zu tun hat. Glaubst du ihm?«

Hambrock hob die Schultern. »Er hat es als Gnadenakt bezeichnet, die verletzte Taube zu töten. Hört sich nicht wie ein eiskalter Killer an.«

»Das ist mir auch aufgefallen.« Keller ließ sich ebenfalls auf einen Stuhl sinken. »Wie auch immer. Es gibt eine ganz andere Sache, die viel interessanter ist.«

Hambrock nickte. »Das denke ich auch. Und zwar die Frage, weshalb wir nichts davon wussten. Eine tote Taube vor der Wohnungstür.«

»Nathalie Brüggenthies hat diese Geschichte der Polizei verschwiegen. Dabei haben wir sie ausführlich zu Marius befragt. Zu den letzten Tagen vor seinem Tod. Zu allen Auffälligkeiten, die sie beobachtet hatte. Von einer toten Taube hat sie nichts erwähnt.«

Hambrock nickte. »Dafür muss es einen guten Grund geben.«

»Das denke ich auch. Jetzt müssen wir nur noch herausfinden, welchen.«

Es war ein ruhiger Vormittag in der Polizeiwache Gertenbeck am See. Polizeimeisterin Sindy Erlenkamp saß an der Heizung am Fenster, ließ sich die Sonne ins Gesicht scheinen und löste das Kreuzworträtsel in der Tageszeitung. Nebenan surrte der Computer. Sie hörte, wie ihr Kollege Klaus Benning mit der Tastatur kämpfte. Mit dem Zwei-Finger-Suchsystem arbeitete er sich mal wieder in aufreizender Langsamkeit durch die Berichte. Normalerweise machte das Sindy ganz nervös. Am liebsten hätte sie ihn dann zur Seite geschoben und selbst alles getippt. Doch heute störte sie sich nicht daran. Sie genoss einfach die Ruhe und die wärmenden Sonnenstrahlen, die den Frühling ankündigten.

Während sie noch darüber nachdachte, was eine Heilpflanze mit vier Buchstaben sein könnte, die auf E endete, öffnete sich die Tür, und ein Schwall kalter Luft wehte herein. Ein junger Mann tauchte auf. Er trug eine schwarze Kutte, zahllose Ketten und ein Palästinensertuch. Die langen Haare hingen ihm strähnig ins Gesicht, den Blick hatte er stumm zu Boden gerichtet. Hinter ihm erschien ein Mann im mittleren Alter mit strengem Gesichtsausdruck, offenbar sein Vater. Er wirkte sehr entschlossen. Stieß seinen Sohn vor sich her, als wollte er eine Sau zum Schlachthof treiben.

Klaus Benning unterbrach kurz das Tippen, um zu sehen, wer da gekommen war. Doch offenbar interessierte er sich nicht weiter für die beiden Gestalten, denn Sindy hörte, wie seine Finger kurz darauf wieder in unregelmäßigen Abständen auf die Tastatur hämmerten. Sie legte die Zeitung beiseite, stand auf und zog das Hemd ihrer Uniform zurecht. Dann trat sie an den Wachtresen.

»Guten Tag«, sagte sie. »Kann ich Ihnen helfen?«

»Mein Sohn hat Ihnen etwas mitzuteilen«, stellte der Mann fest. »Nicht wahr, Michael? Das hast du doch.«

Der Junge im Gothic-Look schaffte es kaum, den Blick zu heben. Selbstanzeige bei Ladendiebstahl, vermutete Sindy. Sein alter Herr hatte ihn erwischt und zur Polizei geschleppt.

»Er war nämlich in dem Zug«, fuhr der Mann jedoch zu ihrer Überraschung fort. »Im letzten Sommer, Sie wissen schon. Als der Unternehmersohn totgeschlagen wurde.«

»Marius Baar?«, fragte Sindy perplex.

Natürlich erinnerte sie sich. Am Landgericht wurde den Tätern gerade der Prozess gemacht. Aber der Fall war längst abgeschlossen. Und die Täter waren geständig.

»Ganz richtig. Mein Sohn hat Ihnen etwas mitzuteilen«, stellte der Mann fest. »Er hat etwas gesehen.«

»Etwas gesehen? In dem Zug?«

Der Junge schwieg weiterhin. Dafür erntete er einen harten Stoß mit dem Ellbogen. Schließlich sah er ängstlich zu Sindy auf und räusperte sich.

»Das waren nicht die Angeklagten«, sagte er.

»Was waren die nicht?«, fragte Sindy. »Haben die Marius Baar nicht überfallen und geschlagen?«

»Doch, schon. Aber sie haben ihn nicht getötet. Denn als der Zug losgefahren ist, da lebte er noch. Ich hab's genau gesehen.«

17

Nachdem Hambrock seinen Vortrag beendet hatte, wurde es still im Raum. Staatsanwalt Josef Wübken saß unbewegt da. Er sah die beiden Kommissare träge an. Sein Kopf war umrahmt von den welken und zerrupften Zimmerpflanzen, die hinter ihm auf der Fensterbank standen. Seine ohnehin herabhängenden Gesichtszüge schienen noch mehr unter der Schwerkraft zu leiden als sonst.

Als er jedoch schließlich zu sprechen begann, klang seine Stimme erstaunlich fest und entschlossen. Sein Geist war rege, auch wenn man Wübken das nicht immer ansah.

»Und damit kommen Sie jetzt?«, polterte er. »Das ist doch wohl nicht Ihr Ernst.«

»Es tut uns leid, Herr Wübken«, sagte Hambrock. »Wir haben uns den Zeitpunkt nicht ausgesucht.«

»Der Zeitpunkt ist tatsächlich großartig. Heute werden die Schlussplädoyers gehalten. Gleich nach der Mittagspause. Und danach zieht sich das Gericht zurück, um morgen früh das Urteil zu sprechen.«

Es wurde wieder still im Raum. Hambrock betrachtete die filigran verzierte Porzellantasse, die vor ihm auf dem Besuchertisch stand. Er hatte sie noch nicht angerührt. Der Kaffee darin wurde langsam kalt.

»Ist dieser Zeuge denn seriös?«, wollte Wübken wissen.

»Er ist Schüler am Gertenbecker Gymnasium. Er war in der Tatnacht im Zug. Und er schwört, Marius Baar habe noch gelebt, nachdem die Angeklagten geflohen sind.«

Wübken zog die geblümte Porzellanzuckerdose heran und schaufelte sich trotzig Unmengen von Zucker in den Kaffee. Hambrock betrachtete die altmodische Decke, die auf dem Besuchertisch lag. Zwischen den aufgestickten Rosenstöcken wimmelte es von Kaffeeflecken und Kekskrümeln.

»Wie kann es sein, dass dieser Zeuge erst jetzt auftaucht?«, fuhr Wübken verärgert fort. »Die Tat liegt ein knappes Jahr zurück. Sie haben doch damals ermittelt. Ich verstehe nicht, wie Ihnen das durch die Lappen gegangen sein kann. Verflucht noch mal. Wie stehen wir denn jetzt da?«

Er rührte kräftig in seiner Tasse.

»Das ist doch nicht normal«, schimpfte er weiter. »Mitten in der Verhandlung. Das wirft wirklich kein gutes Bild auf die Polizeiarbeit.«

»Wir haben diesen Jungen damals befragt«, sagte Hambrock. »Damals hat er gesagt, er habe den Übergriff von seinem Platz aus nicht gesehen.«

»Aber jetzt will er ihn doch gesehen haben? Ein knappes Jahr später? Was soll man denn davon halten?«

»Er hat offenbar damals nichts gesagt, weil er sich aus der Sache heraushalten wollte. Er hatte Angst.«

»Angst? Vor wem denn?«

»Vor den Angeklagten. Und vor deren Freunden. Seinen Mitschülern. Er ging auf dieselbe Schule wie die Angeklagten. Nach dem, was er uns erzählt hat, wurde er an der Schule gemobbt. Streiche, Pöbeleien, ab und zu Prügel. Auch die Angeklagten und deren Freunde hatten es auf ihn abgesehen. Er hatte Angst davor, in die Schule zu gehen. Hat sich aber keinem Erwachsenen anvertraut.«

»Und deswegen hat er gesagt, er habe nichts gesehen? Er hätte sie doch entlastet. Das verstehe ich nicht.«

»Er dachte wohl, am besten sagt er gar nichts zu der Tat. Ihm war nicht klar, dass er sie damit entlasten würde. Er dachte einfach, wenn er gegen seine Mitschüler aussagt, ist er dran. Dann würden die anderen in der Schule ihn fertigmachen. Er glaubte, es wäre das Beste, einfach den Mund zu halten. Nichts sehen, nichts hören, nichts sagen. Unauffällig bleiben.«

Josef Wübken zog die buschigen Augenbrauen zusammen.

»Ich begreife es immer noch nicht. Es gab ein Handyvideo von der Tat. Auf mich wirkt der Zeuge nicht sonderlich glaubwürdig.«

»Ich kann nur wiederholen: Er hatte Angst. Er wollte mit der ganzen Sache nichts zu tun haben. Unauffällig bleiben. Lieber sagen, er habe von seinem Sitzplatz aus nichts gesehen.«

»Und jetzt hat er es sich anders überlegt?«, fragte der Staatsanwalt.

»Sein Vater hat ihm ordentlich ins Gewissen geredet.«

»Aber warum erst jetzt?«

»Die Verhandlung ist in allen Zeitungen. Im Gertenbecker Lokalteil wird jeder Verhandlungstag bis ins Kleinste nachgezeichnet. Die Befragung der Rechtsmedizinerin, die Sache mit dem unbekannten Dritten und so weiter. Der Junge hat seinem Vater erzählt, was er gesehen hat. Und der ist dann mit ihm zur nächsten Polizeiwache.«

Wübken rührte energisch in seinem inzwischen erkalteten Kaffee herum. Schließlich legte er den Löffel auf die

Untertasse, und ein weiterer Tropfen landete auf der Tischdecke.

»Dass Ihnen so ein wichtiges Detail entgagenen ist«, sagte er unzufrieden. »Das will mir einfach nicht in den Kopf.«

Hambrock und Keller schwiegen. Darauf gab es nichts zu erwidern. Schließlich stieß Josef Wübken einen langen Seufzer aus.

»Es hilft ja alles nichts«, sagte er. »Ich kann diesen Zeugen nicht wegzaubern. Ich werde mich also mit den anderen Parteien zusammensetzen. Die Verteidigung wird sich freuen, das können Sie sich denken. Das ist Wasser auf deren Mühlen. Und dann müssen wir mal sehen, wie's weitergeht. Die Verhandlung wird auf jeden Fall unterbrochen.« Er schüttelte den Kopf. »Eine Stunde vor den Schlussplädoyers. Richterin Schniederjohann wird einen Wutanfall bekommen. Was für eine ausgemachte Scheiße.«

Dass Wübken sich zu so einem Kraftausdruck hinreißen ließ, wunderte Hambrock. Es passte so gar nicht zu ihm.

»Finden Sie heraus, was da dran ist«, sagte er zu den beiden Kommissaren. »Ich möchte, dass diese Sache aufgeklärt wird. Und diesmal richtig. Also, legen Sie schon los.«

Damit war die Unterhaltung offenbar beendet. Wübkens buschige Augenbrauen bewegten sich nach unten, sein Blick verdüsterte sich. Hambrock und Keller standen auf und verabschiedeten sich. Der Staatsanwalt quittierte das mit einem Brummen. In der Tür warf Hambrock einen Blick zurück und sah, wie Wübken schweigend den Löffel nahm und erneut in seinem Kaffee rührte. Dann schloss er die Tür.

»Ich kann ihn ja verstehen«, meinte Keller draußen auf dem Flur. »Das Timing ist denkbar schlecht.«

»Besser jetzt als später«, sagte Hambrock. »Morgen wären die Urteile gesprochen worden. Wegen Totschlag. Wenn nicht gar wegen Mord. Zu Unrecht womöglich.«

»Ja, drei Unschuldslämmer«, kommentierte Keller sarkastisch.

Hambrock ging nicht weiter darauf ein. Sie durchquerten die Flure des Landgerichts.

»Wo fangen wir an?«, fragte Keller.

»Sollte dieser Schüler recht haben«, begann Hambrock, »und Marius hat nach dem Übergriff tatsächlich noch gelebt, dann gibt es nur zwei Möglichkeiten. Entweder gab es noch einen Unbekannten, der in Gertenbeck aus dem Zug gestiegen ist. Oder der Täter hat am Bahnhof auf Marius gewartet.«

Sie erreichten die Balustrade und sahen hinunter in den Lichthof. Auf einer Bank saßen Klaus Baar und seine Tochter Nicole. Einer ihrer Anwälte stand vor ihnen und redete wild gestikulierend auf sie ein. Die Schlussplädoyers wurden offenbar nochmals erläutert.

»Fangen wir mit Marius' Umfeld an«, sagte Hambrock. »Befragen wir am besten noch mal die Familie.«

18

Das Rattern des Zuges hatte ihn wegdämmern lassen. Er schaukelte in dem weichen Polster seinem Ziel entgegen, bis irgendwann das leise Pfeifen des Signals ertönte und ihn sanft weckte. Er öffnete die Augen. Schräg gegenüber saß der Mann mit den Aknenarben, der aussah wie aus einem amerikanischen Kriegsfilm. Er hatte Marius offenbar gerade beobachtet, denn als sein Blick ihn traf, wandte er sich eilig ab und sah aus dem Fenster. Marius reckte sich und gähnte herzhaft. Der Mann mit den Narben nahm nun seine Zeitung, schlug sie auf und ließ sein Gesicht dahinter verschwinden. Seltsamer Typ, dachte Marius.

Er sah sich um. Auf einem der Klappsitze saß eine Frau mit einem Kopftuch und las in der Hürriyet. Etwas weiter entfernt der Alkoholiker, den Marius schon oft beobachtet hatte. Er starrte apathisch vor sich hin, in der Hand eine Bierdose, die jeden Moment aus seinem lockeren Griff zu rutschen drohte. Dann waren da noch ein paar Teenies im Abteil, die in einem Vierersitz saßen und mit sich selbst beschäftigt schienen. Weitere Fahrgäste waren nicht zu sehen.

Marius ließ seinen Blick weiterschweifen. Kaum vorstellbar, dass dies eine seiner letzten Fahrten im Regionalzug nach Gertenbeck war. Noch zwei Wochen, dann wäre er fort. Für immer, wie er hoffte.

Zu Hause in der Villa hatte sich kaum etwas geändert. Nicole und Roland wussten zwar von Nathalie, aber sie behielten ihr Wissen für sich. Den Eltern hatten sie noch nichts davon erzählt. Schließlich ahnten sie ja auch nichts von seinen Plänen, mit Nathalie abzuhauen. Vielleicht dachten die beiden ja, er und Nathalie wären bereits wieder getrennt. Bisher hatten seine Liebschaften kaum länger als einen Monat gedauert. Wie sollten sie den Unterschied erkennen? Marius glaubte nicht, dass ihm von dieser Seite Gefahr drohte.

Er würde in den nächsten zwei Wochen zu Hause ein und aus gehen, lächeln, sich an den Esstisch setzen und über das Unternehmen reden. Als wäre nichts gewesen. Und dann, eines Nachts, würde er verschwinden. Ohne ein Wort. Nathalie hatte zwar gemeint, er solle mit seinem Vater darüber sprechen. Ihm erklären, was er vorhabe, und es notfalls auf einen Streit ankommen lassen. Das wäre immer noch besser, als sich einfach stumm aus seinem Leben zu schleichen. Marius wusste natürlich, dass sie recht hatte. Trotzdem entschied er sich dagegen. Er hatte Angst vor dem, was passieren würde, wenn er seinem Vater von diesem Teil seines Lebens erzählte. Der alte Mann war Marius haushoch überlegen. Er besaß das Talent, Menschen zu manipulieren. Was, wenn sein Vater ihn dazu bringen würde, alles abzublasen? Das durfte er keinesfalls riskieren.

Außerdem war das, was Marius vorhatte, unverzeihlich. Er wollte nicht nur mit seiner Freundin durchbrennen. Das wäre vielleicht noch zu verzeihen gewesen. Nein, er wollte viel Schlimmeres: sein Erbe ausschlagen. Das Unternehmen. Wenn sein Vater das erfuhr, würde er ihn umbringen. Es war unmöglich, darüber zu sprechen.

Der Zug fuhr in seinen Bahnhof ein. Marius nahm die

Tasche und stieg aus. Er atmete die warme duftende Abendluft ein. Machte sich auf den Weg zur Villa seiner Eltern. Wie oft würde er diese Strecke wohl noch gehen? Nicht mehr allzu oft, so viel war sicher.

Zu Hause wartete seine Mutter mit dem Abendessen. Die anderen hatten sich bereits am Esstisch versammelt. Sein Vater und Nicole redeten über die Firma, und weil er einfach dastand, ohne sich in das Gespräch einzumischen, bedachte er Marius mit einem vorwurfsvollen Blick. Seine Mutter deckte derweil den Tisch, was sie mit der Konzentration und der Anmut eines Oberkellners in einem Fünf-Sterne-Hotel tat. Roland, der mit verschränkten Armen auf seinem Platz hockte, presste die Lippen aufeinander und warf ihm düstere Blicke zu. Seit dem Streit um Nathalie sprach er nicht mehr mit Marius. Normalerweise verließ er sogar den Raum, wenn Marius eintrat, aber beim gemeinsamen Abendessen war das nicht möglich. Marius war fest davon überzeugt: Roland steckte hinter der Geschichte mit der toten Taube. Es schmerzte ihn, seinen Bruder, dem er als Kind so nahegestanden hatte, in eine solche Gedankenwelt abdriften zu sehen. Aber andererseits war er auch wütend auf ihn und seinen Hass. Was war nur mit ihm los?

Marius trat näher. Ein Platz am Tisch war verwaist.

»Wo ist denn Nils?«, fragte er.

Wenigstens *ein* freundliches Gesicht hätte er gern gesehen.

»Bei einem Schulfreund«, sagte seine Mutter. Dann strich sie über die Tischdecke und betrachtete alles. Es war wie immer perfekt.

»Setz dich doch, Marius. Wir wollen jetzt essen.«

Sie stellte ein Backblech mit einem Zwiebel-Oliven-Kuchen auf den Tisch. Ein köstlicher Duft erfüllte den Raum.

»Eine Pissaladière«, verkündete sie stolz. »Und dazu gibt's einen Côtes du Rhône, einen besonders guten Jahrgang.« Sie setzte sich. »Ich wünsche guten Appetit.«

Sein Vater nickte, als hätte sie ein Gebet gesprochen. »Den wünsche ich auch.«

Während des Essens legte sich eine angespannte Stille über den Raum. Marius spürte, wie sich sein Schultergürtel verkrampfte. Die Kaugeräusche der anderen kamen ihm übermäßig laut vor. Sich selbst hörte er immer wieder geräuschvoll schlucken.

Wie sehr unterschied sich dieses Zusammensein von den Mahlzeiten in Nathalies WG. Wie fröhlich es dort zuging, wenn sich alle über Nathalies Essen hermachten. Egal, wie wichtig seiner Mutter dieses tägliche gemeinsame Abendessen war – sie würde damit niemals auch nur annähernd ein solches Familiengefühl wecken wie Nathalie in ihrer WG.

Noch zwei Wochen, dann ist dies alles Vergangenheit, sagte er sich. Mikey hatte tatsächlich eine Wohnung in Berlin aufgetrieben. Am Wochenende würden er und Nathalie einen Kurztrip dorthin machen und sie besichtigen. Das würde zugleich die letzte längere Fahrt mit seinem Mercedes werden. Eine würdige Abschiedsstrecke. Mit Höchstgeschwindigkeit über die A2 quer durch die Republik. Sein Auto wäre wohl das Einzige, was er wirklich vermissen würde.

»Wie laufen die Klausuren?«, fragte sein Vater.

Marius fuhr zusammen. Er sah auf. Sein Vater blickte

ihm direkt in die Augen. Sein Gesichtsausdruck war nicht zu deuten. Marius hoffte, sich jetzt nicht zu verraten.

»Ähm … ganz gut«, sagte er. »Das hoffe ich zumindest. Die Noten werde ich erst in ein paar Wochen erfahren.«

Sein Vater kniff die Augen zusammen. Hier stimmte etwas nicht. Wusste er etwa, dass Marius die Klausuren geschwänzt hatte? Aber das war unmöglich. Es sei denn … Marius sah zu Nicole. Doch die saß bewegungslos da und trug das Gesicht einer Sphinx zur Schau.

»Genug getan hast du ja dafür«, sagte der Vater. »Wir haben dich seit Wochen kaum noch zu Gesicht bekommen.«

»Ja. Ich hoffe, dass es reicht.«

»Wird Zeit, dass die Semesterferien anfangen. Du warst lange nicht mehr im Unternehmen.«

»Mit den neuen Wachstumsergänzern entwickeln wir gerade völlig neue Produkte«, mischte sich Nicole ein. Die alte Streberin. »Die ersten Testbetriebe sind begeistert, und das spricht sich rum. Es tut sich sehr viel im Moment.«

Ihr Blick war betont ausdruckslos, doch sie konnte das kleine spöttische Lächeln im Mundwinkel nicht unterdrücken.

»Außerdem haben wir den Großkunden aus Österreich wohl an der Angel«, fuhr sie fort. »Schade, dass du nicht dabei warst.«

»Ja, schade«, sagte der Vater und strich mit der Handfläche über den Tisch und sah Marius verächtlich an. »Nicole hat sich mit den Österreichern schon bekannt gemacht. Sie hat sie durchs Labor geführt.«

Marius schwieg.

»Aber vielleicht kannst du das ja bald nachholen«, sagte der Vater. »In den Semesterferien werden wir dich ja wieder häufiger sehen.«

Danach wurde wortlos weitergegessen, bis seine Mutter aufstand, um die Teller abzuräumen und das Dessert zu holen. Nach dem Essen entschuldigte Marius sich und ging nach oben in sein Zimmer, um seine E-Mails zu checken.

Als er sich später nach unten schleichen wollte, um eine Tüte Chips aus dem Vorratsraum zu holen, traf er auf Nicole. Sie stand ihm plötzlich im Flur gegenüber. Als hätte sie hinter einer Ecke gewartet und ihn abgepasst. Er beschloss, einfach an ihr vorbeizugehen. Sie zu ignorieren, war das Beste, was er machen konnte.

»Du machst dich rar im Unternehmen«, sagte sie.

»Stört dich das etwa?«, hielt er ihr entgegen und ging weiter.

Er hatte bereits die Treppe erreicht, als sie meinte: »Mich nicht, aber Vater.«

Er reagierte nicht darauf. Sollte sie sagen, was sie wollte. In zwei Wochen würde er sich nicht mehr mit ihr auseinandersetzen müssen.

Sie schien zu bemerken, dass er nicht darauf eingehen würde, und änderte ihre Strategie.

»Wann stellst du ihm deine Freundin vor?«, fragte sie. »In den Semesterferien?«

Nun blieb Marius doch stehen. Er wandte sich um. Nicoles Gesicht hatte sich wieder in das einer Sphinx verwandelt.

»Ich glaube nicht, dass dich das etwas angeht«, sagte er.

»Ich frage ja nur. Bestimmt würde es ihn interessieren, wenn du eine feste Freundin hast. Du bist schließlich der Unternehmenserbe.«

»Was willst du, Nicole? Mich verpfeifen? Ist es das?«

»Ach so? Heißt das, du bist tatsächlich noch mit ihr zusammen? Hätte ich gar nicht gedacht.«

»Und wenn es so wäre? Was willst du dann tun?«

»Du musst sie Vater und Mutter vorstellen.«

»Den Zeitpunkt bestimme ich.«

Nicole betrachtete ihn. »Also habe ich recht. Es ist dir ernst mit ihr. Du hast tatsächlich eine richtige Freundin.« Ein spöttisches Lächeln. »Interessant. Es musste also erst eine ... na ja, so eine wie sie kommen. Deine bisherigen Freundinnen konntest du ja nicht lange halten. Frauen aus einer anderen Liga als diese ... na ja.«

Marius schluckte mühsam seine Wut herunter.

»Versprüh dein Gift woanders, Nicole. Ich habe keine Zeit für so was. Wenn du mich verpfeifen willst, dann tu das. Ich halte dich nicht davon ab.«

Hätte es ihr einen konkreten Vorteil gebracht, dann hätte sie ihn sicher längst auffliegen lassen. Sie verschwieg die Geschichte mit Nathalie, um sich einen taktischen Vorteil zu verschaffen. Sollte sie doch. In zwei Wochen würde sie ohnehin die Unternehmenserbin werden. Und diese albernen Ränkespiele zwischen ihnen wären ein für allemal vorbei.

Nicole trat näher und verschränkte die Arme.

»Ich sage Vater nichts davon, weil sich die ganze Geschichte ohnehin bald erledigt hat. Warum also unnötig Panik machen? Guck dich doch an, Marius. Weshalb sollte eine Frau bei dir bleiben? Sieh mal in den Spiegel. Du bist ein Loser. Das warst du schon immer. Deshalb ist keine länger als ein paar Wochen geblieben. Das wird sich bei dieser hier auch nicht ändern.«

»Du kannst es nur nicht verwinden, dass du die Nummer zwei bist. Tja, Pech gehabt, Nicole. Leider hast du keine Eier in der Hose, und unser alter Herr ist da nun mal konservativ.«

Ihre Augen wurden zu Schlitzen. »Ich hab zehn mal mehr Eier in der Hose, als du jemals haben wirst«, zischte sie.

Doch dann gewann sie die Kontrolle über sich zurück und lächelte ihn an. »Spiel nur mit deinem Flittchen, so lange du noch kannst. Falls sie nicht längst einen anderen hat.«

Das war zu viel. Die Wut überrollte ihn nun doch. Ganz plötzlich. Er wollte ihr weh tun. Holte zum Schlag aus. Erst in allerletzter Sekunde besann er sich. Seine Hand blieb in der Luft stehen, wenige Zentimeter vor ihrem Gesicht.

In ihren Augen loderte es, und er zog seine Hand zurück.

»Mach nur, schlag mich«, flüsterte sie. »Dann kann ich dich endlich fertigmachen.«

»Ich hätte große Lust dazu, glaub mir. Doch den Gefallen tu ich dir nicht.«

Sie schnaubte verächtlich. Marius drehte sich um und ging zurück zu seinem Zimmer. Die Lust auf Chips war ihm vergangen. Er wollte nur noch die Tür hinter sich schließen. Vom Zimmer aus warf er einen Blick zurück. Nicole stand noch immer im Flur. Sie lehnte mit verschränkten Armen an der Wand.

»Was findet sie nur an dir?«, fragte sie. »Kannst du das etwa beantworten?«

»Verpiss dich«, blaffte er und warf seine Zimmertür hinter sich ins Schloss.

19

Im Pförtnerhäuschen hatte Irene Böhm es sich mit Kaffee und Streuselkuchen und der Tageszeitung gemütlich gemacht. Als sie Hambrock an der Schleuse entdeckte, betätigte sie den Türöffner und winkte ihn zu sich heran.

»Hambrock, guten Morgen«, sagte sie. »Das hat sich ja schnell erledigt mit den freien Tagen. Tut mir leid für euch.«

Er machte eine wegwerfende Handbewegung. »Was soll's. Mir war ohnehin schon langweilig geworden.«

»Da ist jemand für dich. In der Lobby.« Ein breites Lächeln erschien auf ihrem Gesicht. »Ein junger Mann. Du bist bei der Jugend wirklich gefragt in letzter Zeit.«

Hambrock rechnete mit Fabio. Offenbar gab es wieder Schwierigkeiten. Er lugte hinüber zur Sitzgruppe an der Fensterfront. Doch es war nicht Fabio, der dort auf ihn wartete. Stattdessen hockte da ein junger Mann in einer schwarzen Kutte. Die langen Haare hingen ihm ins Gesicht, und aus den Ohrstöpseln drang leise blecherne Musik. Es war Michael, der Gymnasiast aus Gertenbeck, der mit seiner Zeugenaussage alles durcheinandergebracht hatte.

»Er wollte unbedingt mit dir reden«, fuhr Irene fort. »Ich habe ihm gesagt, du bist beschäftigt. Er solle mit Keller oder jemand anderem aus der Gruppe sprechen. Aber das wollte er nicht.«

Hambrock antwortete mit einem Brummen. Falls Michael dachte, Hambrock wäre der »Good Cop«, vor dem er keine Angst haben müsse, dann sollte er ihn von einer anderen Seite kennenlernen. Er würde sich nicht noch einmal für dumm verkaufen lassen.

»Danke, Irene. Ich rede mit ihm«, sagte er und ging mit großen Schritten auf die Sitzgruppe zu.

Michael hob den Kopf. Er erkannte ihn sofort. Eilig zog er die Ohrstöpsel heraus und schaltete die Musik ab. Dann strich er sich nervös die Haare aus dem Gesicht. Es schien ihm unangenehm zu sein, dem Kommissar gegenüberzutreten.

»Ist dir noch etwas anderes eingefallen, was du uns bislang verschwiegen hast?«, begrüßte Hambrock den Jungen.

»Nein, ich … nein, das war alles.«

»Du hast uns große Probleme gemacht. Das wird noch ein Nachspiel für dich haben. Du hättest damals ehrlich sein müssen, als die Polizei dich befragt hat.«

»Ja, ich weiß. Das tut mir auch leid.«

»Drei Mitschüler von dir wären vielleicht wegen Mordes verurteilt worden. Obwohl jetzt gar nicht mehr sicher ist, ob sie Marius überhaupt getötet haben. Du wirst vor Gericht aussagen müssen. Ob dir da jemand glaubt, ist allerdings offen. Verstehst du, Junge? Es kann sein, dass die drei verurteilt werden, weil dir keiner mehr glaubt.«

Michael stand da wie ein geprügelter Hund. Hambrock spürte, dass er weich wurde. Er ärgerte sich über sich selbst.

»Jetzt setz dich erst mal wieder hin«, sagte er und deutete auf die Sitzgruppe. »Und sag mir, weshalb du hergekommen bist.«

Sie nahmen Platz, und Michael zog sein Smartphone hervor.

»Ich möchte das alles wiedergutmachen«, sagte er. »Ich weiß, dass es falsch war, was ich gemacht habe. Gestern habe ich mit meinem Klassenlehrer gesprochen. Er will mir helfen. Er sagt, ich soll keine Angst vor den anderen Schülern haben. Und dann … also, ich hab da was.« Er fingerte an dem Smartphone herum. »Ich glaube, das ist wichtig.«

»Ist dir noch was eingefallen? Oder geht es hier …?«

»Nein, nein. Ich bin gestern Abend mit dem Zug von Münster nach Gertenbeck gefahren. Und in dem Zug war jemand, den ich schon lange nicht mehr gesehen habe. Den hatte ich schon vergessen. Sie müssen wissen, das sind oft die gleichen Gesichter, die abends mit dem letzten Zug fahren. So wie Marius Baar, der war auch ständig in dem Zug.«

Er sah von seinem Display auf und blickte Hambrock scheu in die Augen. »Ich sag Ihnen, den Typen hatte ich total vergessen. Aber früher war der auch ganz oft im letzten Zug. Als Marius noch mit dabei war. Ich kann mich genau erinnern. Der sah nämlich ein bisschen gruselig aus. Und manchmal wirkte es, als ob er sich für Marius interessierte. Er beobachtete ihn. Und an dem Abend, als … na ja, als das alles passiert ist, da hat Marius ihn angebrüllt, weshalb er sich nicht um seinen eigenen Kram kümmert. Er soll ihn in Ruhe lassen. Marius schien an dem Abend ziemlich krass drauf zu sein, deshalb hat mich das auch nicht gewundert, dass er später in eine Schlägerei verwickelt wurde. Aber er hat diesen Typen vorher angemacht. Wahrscheinlich fühlte Marius sich von ihm beobachtet. Keine Ahnung, ob das für irgendwas gut ist, aber ich dachte, ich sage Ihnen das besser.«

»Jeder Hinweis kann uns weiterhelfen. Wie sah der Mann denn aus? Kannst du den beschreiben?«

Michael wandte sich wieder seinem Smartphone zu. »Ich hab ihn hier. Als er gestern Nacht im Zug saß, da war das wie eine Begegnung der dritten Art. Richtig gruselig. Seit Marius tot ist, habe ich den nämlich nicht mehr gesehen. Also hab ich heimlich ein Foto von ihm gemacht. Ich dachte, vielleicht hilft Ihnen das.«

Hambrock wusste nicht, was er von dieser Geschichte halten sollte.

»Das war sehr geistesgegenwärtig von dir«, sagte er. »Zeig mal das Foto.«

Michael reichte ihm das Smartphone. Das Bild war zwischen zwei Sitzen hindurch fotografiert worden. Es zeigte einen Mann, der aus dem Fenster sah. Er war breitschultrig, offensichtlich durchtrainiert. Das Gesicht war voller Aknenarben, die Stirn breit, der Blick düster. Er trug Armeehosen und eine Lederjacke, was ihn martialisch aussehen ließ.

»Wenn du sagst, der hat sich für Marius interessiert … ihn beobachtet … wie muss ich mir das vorstellen?«, fragte Hambrock.

»Na, er hat sich immer so hingesetzt, dass er Marius im Auge behalten konnte. Er hat ihn oft beobachtet. So kam es mir zumindest vor. Kann aber auch sein, dass ich mir das nur einbilde. Wenn er nicht nach seinem Tod verschwunden wäre, hätte ich vielleicht gar nicht mehr darüber nachgedacht. Aber als der gestern im Zug saß, da hab ich mich fast zu Tode erschrocken. Als wäre jemand über mein Grab gegangen. Da hab ich gedacht, ich muss den fotografieren. Und dann muss ich Ihnen davon erzählen. Verstehen Sie?«

Hambrock betrachtete das Foto. »Kannst du dich erinnern, ob der auch in Gertenbeck ausgestiegen ist? In der Nacht, in der es passiert ist?«

»Nein. Der ist in Buldern ausgestiegen. Das ist eine Station vor Gertenbeck.«

»Tatsächlich? Bist du dir sicher?«

Michael nickte. »Ganz sicher. Weil Marius den angemacht hat, als der ausgestiegen ist.«

Hambrock überlegte, ob der Mann möglicherweise ausgestiegen und in ein anderes Abteil wieder eingestiegen war, um nach Gertenbeck weiterzufahren. Aber das war sicher etwas zu weit hergeholt.

Michael hatte ein schlechtes Gewissen und war deshalb übereifrig. Wahrscheinlich hatte dieser Mann mit der Sache nichts zu tun.

»Danke, dass du hergekommen bist«, sagte Hambrock. »Das Foto hätte ich gerne. Vielleicht hilft es uns weiter.«

Michael wirkte erleichtert. »Ich schicke es Ihnen gleich.«

»Trotzdem wird dein Verhalten ein Nachspiel haben. Und nicht nur für dich, das weißt du hoffentlich. Auch für die drei Angeklagten.« Er deutete auf das Handy. »Es war richtig von dir, herzukommen. Aber damit ist es nicht wiedergutgemacht. So einfach ist das leider nicht.«

Etwas zerknirscht machte sich Michael auf den Heimweg. Hambrock ging nach oben in sein Büro. Auf dem Flur war Leben eingekehrt. Überall standen wieder die Türen offen, und in den dahinter liegenden Büros saßen die Kollegen am Schreibtisch vor ihren Computern. Im Vorbeigehen grüßte er nach links und rechts, dann betrat er sein eigenes Büro.

Er hängte die Jacke an den Haken, ließ sich auf seinen

Bürostuhl fallen und dachte nach. Schließlich griff er nach dem Telefonhörer und wählte die Nummer von Fabios Großmutter. Am anderen Ende läutete es zahllose Male. Gerade als er aufgeben wollte, nahm doch noch jemand das Gespräch entgegen.

»Ja, was gibt's?«, blaffte eine verrauchte Männerstimme. »Wer ist da?«

»Bernhard Hambrock. Ich würde gerne mit Fabio sprechen.«

»Mit wem?« Schleimiges Abhusten am andern Ende. »Hier gibt's keinen Fabian. Sie haben sich verwählt.«

»Ich …« Weiter kam er nicht. Die Leitung war tot.

Was war denn das? Er drückte auf Wahlwiederholung. Der Mann, mit dem er gesprochen hatte, musste einer der Liebhaber der Oma sein. Jedenfalls hatte Hambrock sich nicht verwählt.

»Was ist denn noch?«, meldete die Stimme sich genervt. »Hier gibt's keinen Fabian. Verflucht noch mal, lassen Sie uns in Ruhe.«

»Marion Terbrink? Sagt Ihnen der Name vielleicht etwas?«

Zögern. Dann erklang ein Husten. »Wieso wollen Sie das wissen?«

»Fabio ist ihr Enkelsohn. Er wohnt auch in der Wohnung.«

Ein Poltern in der Leitung. Dann hörte Hambrock, wie der Mann durch die Wohnung schrie: »Hey, Süße. Hast du einen Enkel? Fabian oder so?«

Im Hintergrund eine Frauenstimme, die etwas Unverständliches krächzte.

»Der ist nicht da«, sagte der Mann zu Hambrock.

»Fragen Sie bitte, wann ich ihn wieder erreichen kann.«

Wieder wurde durch die Wohnung gebrüllt. Hambrock schnappte Ausdrücke auf wie »elender Bastard« und »verfluchte Missgeburt«. Dann war der Mann wieder am Apparat.

»Keine Ahnung, wann der zurückkommt. Versuchen Sie's in einer Woche noch mal. Also dann. Ich lege jetzt auf.«

»Bitte sagen Sie Frau Terbrink ...«

»Er ist nicht da! Haben Sie's langsam? Ich bin seit zwei Tagen hier und hab den kleinen Bastard noch nicht gesehen. Ich wusste nicht mal, dass es den überhaupt gibt. Also, lassen Sie uns jetzt in Ruhe.«

Und damit war das Gespräch beendet. Hambrock betrachtete nachdenklich den Hörer, dann hängte er ein. Fabio war also in den letzten zwei Tagen nicht zu Hause gewesen. Vielleicht wäre es besser gewesen, er hätte ihn doch für ein paar Nächte bei sich aufgenommen.

Guido Gratczek tauchte in der Tür auf. Heute wieder tadellos gekleidet und mit perfekt sitzendem Krawattenknoten.

»Teamsitzung in einer halben Stunde«, sagte er. »Ist das in Ordnung für dich?«

»Natürlich. Kannst du mir bis dahin einen Gefallen tun?«

Er nickte. »Ich höre.«

Hambrock zog sein Smartphone hervor und rief das Foto auf, das Michael ihm inzwischen geschickt hatte: der Fremde im Zug.

»Sieh mal, ob du damit was anfangen kannst. Vielleicht erzielst du einen Treffer in den Datenbanken.«

Gratczek nahm das Handy. »Gerne. Ich bring dir das Gerät gleich wieder.«

»Und mach mir einen Abzug davon. Auf Papier. Ich möchte den Leuten etwas unter die Nase halten können.«

Gratczek zeigte den erhobenen Daumen und verschwand im Flur. Hambrock war wieder allein. Er dachte an Fabio. Wo mochte sich der Junge in den letzten Nächten aufgehalten haben? Es war empfindlich kalt draußen. Und für die kommenden Nächte war sogar Bodenfrost vorhergesagt worden.

Er überlegte, ob er nach Coerde fahren sollte, um Marion Terbrink einen Besuch abzustatten. Einmal ein ernstes Wörtchen mit ihr reden und danach versuchen herauszufinden, wo sich Fabio aufhalten könnte. Doch dann verwarf er den Gedanken. Er hatte andere Probleme, und Fabio war nicht sein Sohn. Der Junge würde sich schon melden, wenn er Hilfe brauchte.

Nach der Teamsitzung nahmen sich Hambrock und Keller einen Dienstwagen und fuhren nach Gertenbeck. Es ging darum, noch einmal mit der Familie Baar zu sprechen. Das war kein einfacher Besuch für die Kommissare, denn durch diese neuen Entwicklungen wurde alles noch einmal aufgewühlt. Unsicherheit entstand. Alte Wunden rissen auf. Und ganz nebenbei verschlechterte sich für die Nebenklage die Situation im Prozess. Michaels unerwartete Aussage machte es für die Anwälte nicht einfacher. Ihnen ging es darum, den Angeklagten vorsätzliche Tötung nachzuweisen. Sie sollten wegen Mordes verurteilt werden, nicht wegen Totschlags. Diese Strategie war ohnehin nicht sehr aussichtsreich gewesen. Nach dieser neuerlichen Wendung standen die Chancen dafür noch schlechter.

So verlief das Gespräch mit dem Familienpatriarchen denkbar unangenehm für Hambrock und Keller. Klaus Baar sparte nicht mit Vorwürfen. Er warf ihnen schlampige Ermittlungen und inkompetente Polizeiarbeit vor, auf eine Art und Weise, als würde er Mitarbeiter seiner Firma abstrafen.

Nachdem alle Versäumnisse der Polizei durchexerziert waren und Hambrock und Keller demütig jeden Vorwurf über sich hatten ergehen lassen, versuchten sie schließlich herauszufinden, ob Klaus Baar einen Verdacht hatte. Falls tatsächlich ein unbekannter Dritter am Tatort gewesen war, musste der ein Motiv für den Mord gehabt haben. Doch der Patriarch wollte nichts davon hören. Er konnte sich so ein Szenario nicht vorstellen. Lieber wollte er glauben, dass die Zeugenaussage dieses Gertenbecker Gymnasiasten reine Phantasie war.

Auf dem Weg zurück zum Firmenparkplatz, wo sie den Dienstwagen abgestellt hatten, trafen sie auf Roland Baar. Der Junge kam offenbar gerade aus der Schule. Mit dem Ranzen unterm Arm schlurfte er zum Haupteingang der Firma. Als er die beiden Kommissare auf dem Gelände entdeckte, erschrak er sichtbar. Steif ging er auf sie zu.

»Haben Sie meinem Vater etwa gesagt, was ich getan habe?«, fragte er. »Das mit der Taube?«

»Nein, noch nicht. Aber wir brauchen deine Hilfe.«

Er warf einen Blick zum Gebäude hinüber.

»Kommen Sie, ich begleite Sie zum Parkplatz«, sagte er dann und ging voran. Offenbar ließ sich der Parkplatz vom Büro seines Vaters aus nicht einsehen.

Am Dienstwagen der beiden Polizisten angekommen, blickte der Junge wieder zum Gebäude. Er schien sich hier wohler zu fühlen, richtig entspannt wirkte er jedoch nicht.

»Was wollen Sie von mir wissen?«, fragte er.

»Du hast die Neuigkeiten schon erfahren?«, fragte Keller.

»Die Sache mit Michael? Ja, natürlich.«

»Kennst du ihn? Persönlich, meine ich.«

»Nein. Ich geh ja in Münster zur Schule. Und der Typ kommt nicht aus Gertenbeck, sondern von außerhalb. Den hab ich noch nie vorher gesehen.«

»Also gut. Stell dir mal vor, er hat recht mit dem, was er sagt. Marius hat noch gelebt, als die Typen geflohen sind. Dann muss da noch einer gewesen sein. Einer, der deinem Bruder den finalen Tritt gegeben hat.«

Panik flackerte in seinem Blick auf. »Und da denken Sie jetzt, das war ich?«

Das dachte Hambrock zwar keineswegs, aber wenn es Roland unter Druck setzte – bitte schön.

»Wer soll es sonst gewesen sein?«, meinte er. »Wer außer dir hat ein Motiv?«

»Ich war das nicht, das müssen Sie mir glauben. Ich würde doch meinem Bruder nichts tun.«

»Wer war es dann, Roland? Sag mir: Wer hat ein Motiv?«

Der Blick des Jungen wanderte ziellos umher. Er schüttelte den Kopf. »Ich weiß es nicht. Wirklich nicht. Es tut mir leid.«

»Marius hatte sicherlich Feinde. Wer kommt infrage, wenn nicht du?«

»Keine Ahnung. Feinde gab es da nicht. Der hatte ja auch nicht viele Freunde. Ein paar Leute an der Uni, das war's.« Ihm schien etwas einzufallen. »Was ist denn mit dieser …

dieser *Freundin,* die er hatte. Wer weiß, was die für ein Umfeld hat. Haben Sie da schon mal nachgeforscht?«

Sein Gesichtsausdruck änderte sich mit einem Mal. Von Unsicherheit war nichts mehr zu spüren. Sturheit und Hass verliehen ihm eine ungeahnte Härte.

»Natürlich. Wer soll es sonst gewesen sein? Vielleicht war es ja auch einer von ihrer Sippe. Das ist doch klar. Diese Affen haben meinen Bruder auf dem Gewissen, da bin ich ganz sicher.«

»Das warten wir erst mal ab«, meinte Keller und verschränkte die Arme. »Bisher scheint es mir sinnvoller, dich im Auge zu behalten.«

Hambrock zog das Foto des Unbekannten im Zugabteil hervor, den Michael fotografiert hatte, und hielt es Roland vor die Nase.

»Kennst du diesen Mann?«, fragte er und beobachtete dabei genau seine Reaktion.

Er kannte ihn. Das war Hambrock sofort klar. Ein Schatten fiel über das Gesicht des Jungen. Der Blick begann zu flattern. Da war ein Hauch von Panik.

»Wer ist das?«, fragte Hambrock streng.

»Ich kenn den nicht. Tut mir leid.«

»Roland, verarschen kann ich mich selber. Wer ist dieser Mann? Ich will, dass du mich aufklärst.«

»Aber ich sage doch, ich weiß es nicht. Ich hab den noch nie gesehen.«

»Ich weiß, dass du ihn kennst. Sag mir sofort, wie er heißt. Sonst ...«

»Sonst gehen wir rüber zu deinem Vater«, ergänzte Keller, »und erzählen ihm ein paar Geschichten, die ihn interessieren dürften.«

Roland sah verzweifelt zum Firmengebäude.

»Ich kenne den Typen auf dem Foto nicht. Bitte, Herr Hambrock. Sie müssen mir glauben.«

»Wir machen Ernst, Roland«, sagte Keller. »Besser, du überlegst es dir.«

Doch es war nichts zu machen. Der Junge bestand darauf, den Mann auf dem Foto noch nie gesehen zu haben. Er war sogar bereit, dafür Ärger mit seinem Vater in Kauf zu nehmen, vor dem er doch solche Angst hatte.

Schließlich ließen Hambrock und Keller ihn in Ruhe. Sie kamen hier nicht weiter, nicht heute. Roland nahm seinen Schulranzen und stolperte eilig davon. Sie blickten ihm nach, bis er durch die Eingangstür im Inneren der Firma verschwunden war.

»Er kennt ihn«, stellte Hambrock fest.

»Natürlich.« Keller seufzte. »Aber offenbar hat er vor diesem Mann mehr Angst als vor seinem Vater. Und das soll was heißen.«

»Das denke ich auch. Wir müssen unbedingt herausfinden, wer der Mann auf dem Foto ist.«

Keller nickte.

»Dann lass uns mal anfangen«, sagte er, öffnete die Tür des Dienstwagens und schwang sich hinters Steuer.

Hambrock warf noch einen Blick zu dem Firmengebäude. Die Sonne spiegelte sich in den Fenstern, keine Menschenseele war zu erkennen.

»Ja, fahren wir«, sagte er und stieg ebenfalls ein.

Etwas war geschehen. Nicole wusste nicht genau, was. Aber sie spürte die Veränderung. Das Gefüge verschob sich. Roland entglitt zunehmend ihrem Einfluss. Diese

Entwicklung war schleichend gewesen, angefangen hatte sie mit Marius' Tod. Seitdem zog er sich von ihr zurück. Aber heute war sein Verhalten sonderbar. Er machte völlig dicht. Schaffte es nicht einmal, ihr in die Augen zu sehen. Und das war selbst für Roland ungewöhnlich. Es war etwas passiert, das spürte sie.

Nach dem Abendessen hatten sich alle Familienmitglieder zurückgezogen. Die Eltern gingen ins Wohnzimmer, wo sie den Fernseher einschalteten. Nils hockte sich vor seinen Monitor und vertiefte sich in sein dämliches Computerspiel. Und Roland war wortlos in sein Zimmer verschwunden und hatte die Tür fest verschlossen.

Sie musste herausfinden, was passiert war. Leise schlich sie über den Flur. Vor Rolands Zimmer blieb sie stehen. Sie lauschte. Alles war still. Vorsichtig klopfte sie gegen das Türblatt. Nichts geschah.

»Roland? Darf ich reinkommen?«

Er antwortete nicht.

»Roland! Bitte.«

Die Tür wurde ganz plötzlich aufgerissen. Nicole stolperte einen Schritt zurück. Roland stand vor ihr und funkelte sie an.

»Ich weiß Bescheid!«, fauchte er.

»Wie bitte? Ich weiß nicht, wovon du redest.«

»Oh doch, das weißt du ganz genau. Glaub nicht, dass du mich verarschen kannst.«

Da war wilde Entschlossenheit. Nicole fühlte sich überrumpelt. Ein seltenes Erlebnis. Sie spürte, wie ihr Gesicht heiß wurde.

»Du … aber …«, stammelte sie.

»Die Polizei war da. Sie haben mir ein Foto von Jens

gezeigt. Er war in dem Zug, mit dem Marius immer gefahren ist. Das war genau zu erkennen.«

Die Schrecksekunde war vorbei. Nicole ging in die Offensive. Sie durfte sich nichts anmerken lassen.

»Ich hab keine Ahnung, wovon du redest. Vielleicht solltest du mir zuerst sagen, was die Polizei damit sagen will. Dann war er halt im Zug. Das war ich auch schon oft. Und weiter?«

»Verschwinde. Lass mich in Ruhe.«

»Roland, das ist doch albern. Jetzt sag mir doch erst einmal, was die überhaupt von dir wollten.«

Er antworte nicht, sondern knallte ihr die Tür vor der Nase zu.

»Roland! Verdammt noch mal!«

Bevor sie ihm ins Zimmer folgen konnte, schloss er die Tür ab. Sie war ausgesperrt.

»Roland! Du kannst mich doch nicht einfach so stehen lassen. Mach die Tür auf!«

Nichts. Es blieb still. Wütend schlug sie mit der Hand gegen die Tür. Dann verschränkte sie die Arme und überlegte, was zu tun war.

Am Ende des Flurs tauchte eine Gestalt auf. Ihr Vater. Er blieb stehen und sah zu ihr herüber. Es waren vorwurfsvolle Blicke, mit denen er sie bedachte. Nicole starrte zurück. Sie wagte kaum Luft zu holen. Hatte er etwas von diesem Streit mitbekommen? Als Nächstes drehte sich ihr Vater um, und kurz darauf war er wieder verschwunden.

Nein. Er konnte nichts gehört haben. Nichts, was sie verraten würde. Trotzdem. Er spürte offenbar, dass hier etwas in Unordnung war. Nicole musste das aus der Welt schaffen. Sie musste mit Roland reden. So bald wie möglich.

20

Geschirrgeklapper weckte ihn. Die Sonne fiel warm durchs Schlafzimmerfenster. Marius räkelte sich. Nathalies Duft war überall in den Kissen und dem Laken. Eine Welle des Glücks erfasste ihn. Dies war seine Zukunft. Er konnte es immer noch nicht fassen. Es war tatsächlich sein Leben. Kein Traum.

Er stand auf, stieg in seine Boxershorts und schlurfte zur Küche. Nathalie stand mit dem Schlaf-T-Shirt, das kaum über ihren Hintern reichte, am Herd und machte Rührei. Mikey war auch schon auf. In Shorts und Unterhemd und mit einer Zigarettenkippe im Mundwinkel schnitt er am Küchentisch eine Zwiebel klein. Beide hatten gute Laune, das sah Marius sofort, sie schäkerten herum und lachten. Wie eine richtige Familie.

Marius blieb im Türrahmen stehen. Er spürte einen Stachel. Die beiden wirkten vertraut wie ein Paar. Er fragte sich: Wäre Mikey nicht im Grunde der bessere Partner für Nathalie? Er war selbstbewusst, unabhängig, kreativ. Genau wie sie. Ganz anders als Marius. Nicoles Worte waren wieder in seinem Kopf. Was fand Nathalie an ihm? Was hatte er einer Frau zu bieten? Wie lange würde das zwischen ihnen dauern? Und wann würde sie ihn sitzen lassen?

»Hey! Guten Morgen, Kumpel.«

Mikey hatte ihn in der Tür entdeckt und grinste. Nathalie stellte das Gas auf kleine Flamme und wandte sich vom Herd ab. Sie strahlte, zog Marius heran und küsste ihn.

»Guten Morgen«, flüsterte sie. »Kaffee für dich?«

»Nein, ich geh erst duschen.«

»Brauchst du jemanden, der dir den Rücken einseift?«

»Leute, hier sind noch anständige Personen im Raum«, mischte sich Mikey an.

Nathalie lachte. »Ach, stell dich nicht so an.«

Dann gab sie Marius einen Klaps auf den Po.

»Beeil dich, das Frühstück ist gleich fertig.«

Sie küsste ihn nochmals und wandte sich wieder dem Herd zu.

Marius zwang sich, Nicoles Worte zu verscheuchen. Er wollte nicht, dass ihr Gift bei ihm wirkte. Seine Schwester hatte schließlich keine Ahnung von seinem Leben. Und für Eifersucht gab es keinen Grund.

»Mikey ist so etwas wie mein großer Bruder«, hatte Nathalie einmal gesagt. »Ich weiß nicht … Ich habe das Gefühl, er beschützt mich. Er ist ein toller Mitbewohner.«

Geschwister. Das war es, was am ehesten zutraf. Marius hatte keinen Grund, daran zu zweifeln. Nathalie würde bei ihm bleiben, egal, was Nicole dachte.

Nach dem Frühstück packte er seine Sachen. Nathalie, die immer noch im Schlaf-T-Shirt am Tisch hockte und rauchte, stand auf und schmiegte sich an ihn. Der Duft ihres Körpers nahm ihn gefangen. Am liebsten hätte er sie ins Schlafzimmer getragen und geliebt.

»Willst du wirklich schon gehen?«, fragte sie.

Er befreite sich aus ihrer Umarmung.

»Es geht nicht anders«, sagte er. »Ich muss in die Firma.

Da sind Großkunden aus Österreich. Vater will, dass die mich kennenlernen.«

»Aber wir sind in einer Woche weg. Warum willst du dir das jetzt noch antun? Das hat doch keinen Sinn.«

»So lange ich hier bin, spiele ich das Spiel mit. Und heute Abend bin ich wieder da.«

Sie wirkte enttäuscht, und er konnte es verstehen. Dieser wunderschöne Sommertag war wie für sie geschaffen. Ein Tag für Verliebte. Und er ließ sie allein und fuhr ins Unternehmen.

»Bitte, Nathalie. Ich weiß, es ist blöd. Aber ich muss das auf meine Weise tun.«

Sie lächelte resigniert, strich ihm über die Wange und gab ihm einen Kuss. Sie war einverstanden.

»Halte das Bett für mich warm«, sagte er. »Ich beeile mich.«

Mikey schlurfte in die Küche, schon wieder eine Kippe im Mundwinkel. Er war kurz in seinem Zimmer verschwunden, offenbar um etwas zu holen. Ein unförmiges, in Zeitungspapier eingewickeltes Paket. Marius zog verwundert die Augenbrauen zusammen.

»Das ist für euch«, sagte er und grinste. Er übergab Nathalie das Paket. »Ein Geschenk für die neue Wohnung.«

»Ein Geschenk? Was kann das sein?«

Nathalie stellte es auf den Küchentisch und riss das Zeitungspapier auf. Ein Hirschgeweih in grellen Neonfarben kam zum Vorschein. Eine riesige, leuchtend bunte Scheußlichkeit.

»Ich dachte, das ist perfekt für euer Klo«, sagte er.

Dann trat Mikey auf Marius zu und legte den Arm um seine Schultern.

»Ich wünsch euch viel Glück. Pass gut auf mein Mädchen auf.«

Er umarmte ihn und boxte Marius freundlich in die Rippen. Eine Geste voller Herzlichkeit. Marius schämte sich für seine Eifersucht. Er hätte Nicoles Worten niemals so viel Raum geben dürfen.

Unten auf der Straße warf er seine Tasche auf den Beifahrersitz des Mercedes und schwang sich hinters Steuer. Auf der anderen Straßenseite ein Schatten, der in einem Hauseingang verschwand. Er hielt inne. Der Mann mit den Aknenarben. Marius hatte ihn nur für den Bruchteil einer Sekunde gesehen, dennoch hätte er schwören können, das war der Typ aus dem Regionalzug, der da in dem Hauseingang verschwunden war. Mit gerunzelter Stirn starrte er hinüber. Doch nichts. Alles blieb unbewegt. Schließlich schüttelte er den Kopf und startete den Motor. Wahrscheinlich bildete er sich alles nur ein.

Berlin. Am Wochenende waren er und Nathalie dort gewesen und hatten sich die Wohnung angesehen, die Mikey ihnen besorgt hatte. Er hatte seine Kontakte genutzt und tatsächlich etwas organisiert, was preislich in einem Rahmen war, den sie sich leisten konnten. Eine Altbauwohnung in Neukölln. Zwei Zimmer, Küche, Bad. Hohe Decken, enge Räume, wenig Licht. Vor den Fenstern ein schmaler Hinterhof, bei dem Marius das Gefühl hatte, zu den Nachbarwohnungen hinübergreifen zu können. Alles in allem nicht unbedingt der Traum einer eigenen Wohnung.

Doch Nathalie war ganz begeistert gewesen. Als wäre es keine düstere Mietskaserne, die sie da besichtigt hatten, sondern ein helles Barockschloss. Da war ein Funkeln in ihren Augen gewesen, das Marius bereits kannte: Freiheit.

Das war es, was diese dunkle enge Wohnung für sie bedeutete. Freiheit.

Marius wollte sich so gern anstecken lassen. Er hätte es liebend gern mit ihren Augen gesehen. Aber er sah nur den Dreck im Hausflur, die Graffitis an den Briefkästen und die vielen Schimmelflecken an den Wänden. Der Innenhof war voller Müll und Hundekot gewesen. Schmutziger, aufgesprungener Asphalt, nirgendwo Grün und mittendrin ein rostiger ausgeschlachteter Golf, wie in einer Geisterstadt. Und in der Wohnung überlegte er unentwegt und wie unter Zwang, welche Krankheitserreger dort wohl umherschweben mochten.

»Diese Wand hier streichen wir gelb«, meinte Nathalie begeistert. »Das wird unser Wohnzimmer. Und die Dielen ziehen wir ab. Warte nur, Marius, das wird großartig aussehen.«

»Und was ist mit dem Bad? Den Armaturen?«

Die sahen nämlich grauenhaft aus. Verrostet, verkalkt und halb aus der Wand gerissen.

Nathalie lachte. »Die putzen wir. Keine Angst, Schatz, wir machen es uns richtig hübsch hier.«

Putzen. Als wenn das etwas an dem maroden Zustand der Wohnung ändern würde.

»Ich weiß nicht, Nathalie. Vielleicht sehen wir uns doch lieber nach etwas anderem um. Wir müssen ja nicht gleich das erstbeste Angebot nehmen.«

»Die Wohnung ist ein absolutes Schnäppchen. Wenn wir bei dem Mietpreis bleiben wollen, können wir uns nur verschlechtern. Und mehr Geld haben wir nicht.«

Marius sagte nichts. Natürlich hatte sie recht. Mehr Geld hatten sie nicht.

»Außerdem wird die Wohnung total schön werden«, beharrte sie. »Ein bisschen Phantasie, Marius. Abgezogene Dielen, gestrichene Wände ... Das wird schon.«

Ein bisschen Phantasie. Er wollte sich bemühen. Nathalies Wohnung in Münster war ebenfalls klein und eng. Trotzdem hatte sie alles hübsch hergerichtet. Sie hatte ein Händchen für so etwas.

Er willigte also schließlich ein, und sie unterschrieben den Mietvertrag. Hauptsache war ja auch, dass sie zusammen waren. Dass er seine Familie hinter sich ließ.

Er fuhr in Münster-Nord auf die Autobahn und beschleunigte. Der Motor schnurrte wie eine Katze, und der Wagen schoss über den Asphalt. Das vertraute Freiheitsgefühl stellte sich ein. Er fragte sich, ob sich das vergleichen ließ. Fühlte Nathalie in einer billigen heruntergekommenen Altbauwohnung in Neukölln etwa das Gleiche, was er in seinem Sportwagen auf der Autobahn fühlte?

Er wünschte, er könnte wenigstens seinen Wagen mitnehmen in ihr neues Leben. Vielleicht, wenn er mit seinem Vater redete. Aber nein, das war unmöglich. Besser, er verabschiedete sich von dem Mercedes. Es würde auch ohne ihn gehen.

Als die Ausfahrt in sein Blickfeld rückte, hinter der bereits die Gebäude der Firma zu erahnen waren, hätte er am liebsten aufs Gas gedrückt. Wäre einfach weitergefahren. Bis ins Ruhrgebiet, dann einen kleinen Schlenker über die A2 nach Gladbeck und über die A52 wieder zurück. Hauptsache, er saß noch eine Weile in seinem Mercedes.

Aber dann sagte er sich, je eher er den Besuch im Unternehmen abgehakt hätte, desto früher wäre er wieder in Münster bei Nathalie. Also setzte er den Blinker, nahm die

Ausfahrt und fuhr wenig später aufs Firmengelände. Er war versucht, den Wagen einfach vorm Verwaltungsgebäude zu parken. Aber er wollte seinen Vater nicht unnötig reizen.

Hinterm Empfang saß wieder Frau Gärtner, die ihn mit einem strahlenden Lächeln begrüßte, als er eintrat.

»Gehen Sie einfach durch zum Büro Ihres Vaters. Er wartet auf Sie.«

»Sind die Kunden denn schon da?«, fragte er.

Sie schien überrascht.

»Sie wissen schon, die Österreicher«, sagte er.

»Ach so … Am besten gehen Sie einfach hoch.«

Sie wandte sich ab und begann, Unterlagen auf dem Schreibtisch zu sortieren. Er runzelte die Stirn. Dann ging er zum Treppenhaus. Nicoles Büro war verwaist. Hinter der gläsernen Wand war niemand zu sehen. Doch der Computer lief, und auf dem Schreibtisch stapelten sich Unterlagen. Er ging weiter, vorbei an üppigen Grünpflanzen und Springbrunnen.

Das Büro seines Vaters befand sich am Ende des Flurs. Ein kleiner schlichter Raum, kaum größer als das Büro von Nicole. Alles Protzige war seinem Vater verhasst. Keiner käme auf die Idee, dass in diesem Raum der Chef residierte. Trotzdem führte er das Unternehmen unerbittlich und mit harter Hand. Seine Autorität funktionierte auch ohne die Zurschaustellung seiner Macht.

Marius klopfte an die Tür und streckte den Kopf hinein. Sein Vater saß am Schreibtisch über eine Dokumentenmappe gebeugt. Er sah kurz auf und wandte sich dann wieder den Dokumenten zu.

»Komm rein und setz dich«, sagte er.

Marius schloss die Tür und nahm auf dem Besucherstuhl Platz. Er wartete. Sein Vater setzte mit einem Füller Unterschriften. Er ließ sich Zeit damit.

Marius sah sich um. Der Raum war schmucklos, die Wände kahl und weiß. Es gab nirgends Gemälde oder Skulpturen. Nur einen verschlossenen Aktenschrank aus Nussholz und den wuchtigen Schreibtisch mitten im Raum. Miniaturmodelle seiner Lkw standen darauf und ein gerahmtes Bild der Familie. Mehr Persönliches war nicht zu finden.

»Du hast also eine Freundin«, stellte sein Vater in einem Tonfall fest, als spräche er übers Wetter.

Marius fuhr zusammen. Er starrte seinen Vater an, dessen gesamte Aufmerksamkeit der Dokumentenmappe zu gelten schien.

Nicole. Sie hatte ihm also doch von Nathalie erzählt. Aber warum ausgerechnet jetzt? Was hatte sie vor?

Sein Vater sah auf. »Eine Schwarze?«, fragte er spöttisch. »Was soll *das* denn?«

»Sie … ich …«

Marius hatte ja gewusst, wie sein Vater auf diesen Umstand reagieren würde. Er sah Nathalie lediglich als exotische Frucht an. Trotzdem spürte Marius, wie er wütend wurde.

»Ich …«, stotterte er weiter.

Ein strenger Blick seines Vaters reichte aus, um ihn zum Schweigen zu bringen. Marius' Gesicht lief rot an, sein ganzer Kopf war glühend heiß. Er musste sich doch wehren. Das konnte er nicht auf sich sitzen lassen.

»Ist das ein soziales Projekt oder so etwas?«, fragte sein Vater.

»Ein … was?«

»Du weißt genau, was ich meine.«

Nicole musste von Nathalies Fachbereich erzählt haben. Sie studierte Geisteswissenschaften. Außerdem kam sie aus einem Angestelltenhaushalt. In den Augen seines Vaters war sie damit nur knapp oberhalb der Unterschicht.

»Ihr Vater arbeitet als Ingenieur«, verteidigte er sich schwach. »Sie kommt doch aus keinem Ghetto.«

Das schien ihn nicht zu beeindrucken. Nathalie war anders, das stand außer Frage. Schließlich war Marius bisher nur mit Frauen aus seinem Fachbereich zusammen gewesen. Mit seinesgleichen: höhere Töchterchen, ausnahmslos aus gutem Hause.

Sein Vater schob die Dokumentenmappe beiseite und legte die Handflächen auf den Tisch. Jetzt galt seine ungetrübte Aufmerksamkeit Marius.

»Ich kann dich ja verstehen«, sagte er. »Du bist jung. Du willst Abenteuer erleben. Mal was anderes sehen. Das ist ja auch in Ordnung. Du kannst ruhig deine kleinen Geheimnisse haben. Aber du weißt dabei hoffentlich, dass diese Dinge vorübergehen?«

Es war weniger eine Frage als eine Feststellung. Marius begann zu blinzeln. Er wollte sich das nicht gefallen lassen. Er wollte für seinen Standpunkt kämpfen. Doch sein Kopf war wie leer gefegt.

»Besser, du verrennst dich da nicht«, sagte sein Vater.

Dann verschränkte er die Arme und fixierte ihn.

»Warst du bei dieser Frau, Marius?«

»Ich weiß nicht, was du meinst.«

»In den letzten Wochen, in denen du ständig nach Münster gefahren bist, um mit deinen Kollegen zu lernen.

Warst du da bei ihr? Ich schätze mal, ihr habt die Betten kaum verlassen.«

Ein neuer Hitzeschub erreichte seinen Kopf. Marius ärgerte sich furchtbar, doch er konnte nichts dagegen tun. Er lief knallrot an.

»Ich gehe also davon aus, dass dieses Semester verloren ist«, fuhr sein Vater fort. »Egal, dann holst du die verpassten Prüfungen eben im Wintersemester nach. Auf ein halbes Jahr kommt es nicht an.«

Er beugte sich über den Tisch. »Hauptsache, du bist in der nächsten Woche, wenn die Semesterferien losgehen, hier im Unternehmen. Du musst mehr Präsenz zeigen. Dich in die neuen Sachen einarbeiten. Du hast in letzter Zeit gefehlt. Nicole versucht, dir die Butter vom Brot zu nehmen. Das willst du dir doch wohl nicht gefallen lassen? Dass deine Schwester dich an die Wand spielt?«

Marius war noch immer völlig durcheinander.

»Ich … Hat Nicole dir das gesagt mit Nathalie?«

Eine blöde Frage, schließlich war das offensichtlich. Sein Vater machte sich nicht die Mühe, darauf zu antworten.

»Also, ab nächster Woche bist du in der Firma. Wenn du diese kleine Affäre weiterlaufen lassen willst, bitte. Aber bring dieses Mädchen nicht mit nach Hause. Deine Mutter, du weißt schon. Wir haben uns verstanden?«

In Marius' Kopf war nur Rauschen. Darauf war er nicht vorbereitet gewesen. Dabei war es ganz einfach. Er musste es nur sagen: Ich gehe nach Berlin, mit Nathalie. Wir fangen ein neues Leben an. Ich verlasse die Firma.

Er brauchte keine Angst davor zu haben. Ihm konnte schließlich nichts mehr passieren. Was sollte sein Vater schon dagegen ausrichten? Er konnte ihn lediglich enterben. Davonjagen. Verfluchen. Mehr nicht. Wovor ängstigte er sich? Sein Vater hatte doch gar keine Macht mehr über ihn. Jetzt, wo er bereit war, alles hinter sich zu lassen.

»Also sehe ich dich Montagmorgen im Unternehmen«, stellte sein Vater fest. »Und dann gehen wir zusammen alles durch.«

Marius schaffte es einfach nicht, den Rücken durchzustrecken und die Wahrheit zu sagen. Es war unmöglich.

Schweigen legte sich über den Raum. Sein Vater lehnte sich in seinem Sessel zurück. Er sah jetzt von oben auf Marius herab. Seine Stimme war kaum zu hören.

»Oder bist du nächsten Montag gar nicht mehr hier?«

Es war wie ein Schlag ins Gesicht. Marius bekam keine Luft mehr. Sein Vater wusste Bescheid. Er kannte ihre Pläne. Marius hatte keine Ahnung, wie er es herausgefunden hatte, doch das spielte auch keine Rolle. Er kannte die Wahrheit.

»Sitzt du dann vielleicht in einer stinkenden, asozialen Wohnung? Mitten in einem sozialen Brennpunkt in Berlin, weil du denkst, dass das Leben da besser ist?«

Marius war immer noch starr vor Schreck. Sein Vater ließ das Gesagte nachhallen. Er lachte bitter.

»Du bist erbärmlicher, als ich gedacht habe. Du willst hier also alles hinwerfen, um in so einem stinkenden Loch zu leben?«

Mikey. Sein Vater musste mit Mikey gesprochen haben. Vielleicht hatte er ihm Geld gegeben. Mikey war chronisch pleite, das war seine Schwachstelle. So musste es gewesen sein. Ein paar Scheinchen, und Mikey hatte ihm alles erzählt.

Sein Vater wurde laut. »Beantworte meine Frage!«

»Es … es tut mir leid, Vater. Ich …«

»Es tut mir leid«, äffte er ihn nach. »Du sollst meine Frage beantworten, verflucht noch mal. Willst du tatsächlich alles hinwerfen, um in so einem Loch zu leben?«

Marius wusste nicht, was er sagen sollte.

»Wir … wir sind noch auf der Suche. Eigentlich wollen wir eine andere Wohnung.«

Sein Vater schnaubte verächtlich. »Eine andere Wohnung … Du hast keine Ahnung von Mietpreisen. Ihr habt kein Geld, wenn ich das richtig sehe. Wo wollt ihr denn da eine Wohnung mieten? Wedding oder Neukölln kämen preislich infrage, das stimmt. Heruntergekommene Arbeiterbezirke, wo ein paar hippe Galerien aufgemacht haben und die Preise langsam anziehen. Aber selbst da sind die Mieten im Grunde schon zu hoch für euch. Reine Glückssache. Berlin ist im Kommen. Wahrscheinlich müsst ihr am Ende in eine Plattenbausiedlung an den Stadtrand ausweichen. Bei dem, was ihr zahlen könnt, ist nur eins sicher: Es geht in jedem Fall mitten rein in die Unterschicht. Obdachlose, Alkoholiker, Junkies, Dealer. Und mein Herr Sohnemann. Na, das wird ein Spaß.«

Marius starrte seinen Vater an. Er war im Begriff, sein Erbe auszuschlagen. Ein unglaublicher Affront. Und sein Vater saß da und diskutierte mit ihm über seine zukünftige Wohnsituation. Das war doch absurd.

Sein Vater stieß ein trockenes Lachen aus. »Mach dir doch nichts vor, Marius: Du bist nicht aus so einem Holz geschnitzt. Wenn schon Berlin, dann wärst du in Zehlendorf besser aufgehoben. In einer hübschen repräsentativen

Bürgerwohnung. Mit Tiefgarage und Wachschutz und einem Tennisplatz um die Ecke. Denkst du nicht auch?«

Marius wollte mit seinem Vater nicht über Berliner Stadtbezirke reden. Er wollte ihm lieber erklären, warum er das überhaupt tat. Weshalb er sich unwohl fühlte als Unternehmenserbe. Was ihn ritt, mit Nathalie durchzubrennen. Darüber sollten sie doch jetzt reden.

Aber das war unmöglich. Sein Vater zwang ihn allein mit seinen Blicken, sich seinem Willen zu fügen. Marius musste bei diesem Theater mitspielen.

»Es wird schon gehen«, sagte er mit erstickter Stimme. »Ich werde mich daran gewöhnen. Ich bin nicht allein.«

»Es wird schon gehen, denkst du also. Na, da bin ich gespannt. Ich würde gerne dabei zusehen. Jeden Morgen der Spießrutenlauf zur U-Bahn, vorbei an den ganzen Asozialen, die an den Straßenecken herumstehen. Ein Bild für die Götter. Ich frage mich, ob du vorhast, Einweghandschuhe zu tragen und einen Mundschutz.« Er lachte laut, aber es war ein böses und aggressives Lachen.

Dann fixierte er Marius mit kalten Augen. »Die Leute da riechen sofort, woher du kommst. Das ist dir hoffentlich klar? Sie spüren, was du über sie denkst. Wer du bist. Und vor allem merken sie, dass du schwach bist. Dafür haben sie nämlich einen hervorragenden Instinkt. Die warten nur auf einen wie dich, an dem sie ihren Frust ablassen können. Ein perfektes Opfer, auf das sie sich stürzen können. Sie werden dir das Leben zur Hölle machen.«

Marius schluckte. Er wollte das nicht hören. Er wollte weg von hier. Doch sein Vater war noch nicht fertig, und er wagte es nicht, in seiner Gegenwart aufzubegehren. Immer noch nicht.

»Was willst du tun, Marius? Dich wehren?« Er lachte. »Wie soll das funktionieren? Du bist feige, mein Junge. Du kannst dich nicht prügeln, dazu hast du kein Talent. Überhaupt kannst du dich nicht mit körperlicher Gewalt durchsetzen. Das habt ihr nämlich im Debattierklub nicht gelernt. Aber das ist die einzige Sprache, die diese Menschen da verstehen. Das Leben dort folgt anderen Regeln. Regeln, die du nicht kennst. Und du wirst sie auch nicht schnell genug lernen. Weil du nämlich ein Hasenfuß bist. Ich sag dir was: Du hast keine Chance.«

Marius kämpfte dagegen an, doch tief in seinem Herzen wusste er: Sein Vater hatte recht. Mit allem, was er sagte.

»Denkst du, deine schwarze Freundin wird dich beschützen?«, fuhr er mit unerbittlicher Härte fort. »Ich traue ihr das sogar zu. Aber was, wenn sie mal nicht dabei ist? Sie kann dich ja nicht Tag und Nacht beschützen. Und überhaupt: Willst du einer sein, der sich am Rockzipfel seiner Freundin festhalten muss?«

Marius starrte schweigend auf die Tischplatte.

»Du weißt, du wirst das nicht schaffen, Marius. Eine hübsche romantische Idee. Aber die Realität sieht anders aus. Du wirst dich vor dem Dreck ekeln und auch vor den Menschen. Du wirst keine gemeinsame Sprache mit ihnen finden. Sie werden dich nicht willkommen heißen. Du wirst grandios untergehen.«

Marius war kurz davor, in Tränen auszubrechen. Er wollte diesen Traum nicht aufgeben. Ein gemeinsames Leben mit Nathalie. Ein Leben, auf das seine Familie keinen Einfluss ausüben konnte.

Sein Vater sah, dass er zweifelte und mit sich kämpfte. Offenbar war es genau das, was er erreichen wollte, denn jetzt lehnte er sich zurück und stieß geräuschvoll die Luft aus. Eine typische Geste, mit der er Besprechungen zu beenden pflegte.

»Geh«, sagte er knapp. »Verschwinde von hier.«

Marius war perplex. Was passierte denn jetzt?

»Ich will dich nie wiedersehen.«

»Aber … ich verstehe nicht …«

»Ich habe deine Konten sperren lassen, du weißt ja, dass ich die Vollmacht habe. Deine anderen Vermögenswerte laufen ohnehin über die Firma, da kommst du nicht mehr ran. Der Mercedes bleibt auf dem Hof. Du kannst zu Fuß gehen oder den Bus nehmen, mir egal. Gewöhn dich schon mal daran. Und jetzt raus mit dir.«

Marius blieb schreckensstarr sitzen. Er fühlte sich wie nach einer Achterbahnfahrt.

Sein Vater donnerte mit der Faust auf den Tisch.

»Raus mit dir!«, brüllte er.

Sein Gesicht war zu einer Fratze verzerrt. In seinem Blick loderten Wut und Hass.

»Raus – oder ich vergesse mich!«

Wie ferngesteuert erhob Marius sich und stakste aus dem Zimmer. Völlig benommen schloss er die Tür hinter sich und taumelte zum Treppenhaus. Er konnte nichts denken und nichts fühlen. Frau Gärtner, die im Erdgeschoss hinterm Empfang saß, sah ihn kommen. Bestürzung trat in ihr Gesicht. Er achtete nicht auf sie und steuerte die Tür an. Raus ins Freie.

Erst als er das Gelände verlassen hatte und sich nach der Bushaltestelle umsah, drang zu ihm durch, was gerade passiert war. Es war vorbei. Sein Vater konnte ihm nichts mehr antun. Er hatte es überstanden.

Aus seiner Benommenheit formte sich ein einzelner klarer Gedanke heraus. Eine Frage. Marius blinzelte gegen die Sonne und atmete die Sommerluft ein. Er fragte sich: Bin ich jetzt frei?

21

Hambrock warf die Autotür ins Schloss und überquerte die Straße. Vor ihm ein typischer Mehrzweckbau aus den Siebzigern. Betonfassade, Flachdach, schmucklose Fensterreihen. Ein großer, hässlicher Kasten. Zur Straßenseite prangten riesige Graffiti an den Wänden, die Fensterrahmen waren bunt angemalt, und über dem Eingang hing ein selbstgebasteltes Schild: Jugendzentrum Gertenbeck am See.

Nie im Leben hätte er damit gerechnet, einen Filius der Familie Baar in seiner Freizeit hier anzutreffen. Aber vielleicht wussten die Eltern ja auch gar nichts davon, dass ihr jüngster Sohn nach der Schule gern hierherging. Das war ihm damals schon aufgefallen, als sie nach dem Tod von Marius die Familie näher kennengelernt hatten: Die Aufmerksamkeit von Klaus Baar und seiner Frau schien sich nur auf Marius und Nicole zu richten. Die beiden jüngeren Kinder genossen dagegen weitestgehend Narrenfreiheit.

Hambrock drückte die gläserne Eingangstür auf. Sofort schlugen ihm Lärm und Geschrei entgegen. In der Halle waren ein paar Kicker aufgebaut, umringt von aufgeregten, sich gegenseitig anfeuernden Kindern. An der Wand dahinter standen alte Sofas, auf denen herumgesprungen und geturnt wurde. Und in der Ecke befand sich ein blinkender Flipper, vor dem ein Sozialarbeiter mit Glatze und Jeansjacke und einem Fußball unterm Arm ein paar Jugendliche ermahnte, vorsichtig mit dem Gerät umzugehen.

Hambrock trat in den Vorraum. Keiner nahm Notiz von ihm. Am anderen Ende der Halle entdeckte er eine Glaswand, hinter dem der Computerraum lag. Und Nils, der mit anderen Jungs vor einem Rechner hockte, auf den Gesichtern der Widerschein des Monitors. Hambrock blickte sich um, dann steuerte er den Computerraum an.

»Bernhard Hambrock!« Eine Frauenstimme hinter ihm. »Das ist ja eine Überraschung.«

Eine kleine Frau um die fünfzig trat aus einem Büro. Sie hatte kurzgeschnittenes Haar, weiche mütterliche Züge und trug ein langes Wollkleid. Mechtild Bruns, eine ehemalige Jugendamtsmitarbeiterin aus Münster, die das Jugendzentrum leitete. Hambrock kannte sie noch von seiner Arbeit bei der Sitte. Damals hatte er häufig mit dem Jugendamt zu tun gehabt.

Sie wechselten ein paar freundliche Worte, bevor Mechtild Bruns die Arme verschränkte und sagte: »Was führt dich hierher? Ich schätze mal, dass du nicht gekommen bist, um mich zu besuchen, oder?«

Er lächelte. »Das hätte ich längst mal tun sollen. Aber du hast natürlich recht. Ehrlich gesagt bin ich wegen eines Schützlings von dir hier.«

Ihr Lächeln konnte nicht verbergen, dass sie innerlich in Kampfbereitschaft ging. Es war das alte Spiel: Sozialarbeiter glaubten immer, sie müssten ihre Klientel vor der bösen Polizei in Schutz nehmen. Vor den herzlosen und schonungslos vorgehenden Beamten. In ihren Augen waren die sozial Schwächeren nicht nur in der Regel unschuldig. Sie waren zudem noch der Polizei hilflos ausgeliefert. Als wenn es den Beamten darum gegangen wäre, Leute zu drangsalieren, die sich nicht wehren konnten. Mechtild Bruns musste es eigentlich besser wissen. Zumindest was Hambrock betraf. Aber auch sie machte keine großen Unterschiede: Polizist war Polizist.

Hambrock begriff, dass es keine gute Idee gewesen war, hierherzukommen. Sie würde ihn nicht mit Nils reden lassen.

»Hat denn einer hier etwas angestellt?«, fragte sie.

»Nein, darum geht es nicht.«

»Es muss was Ernstes sein«, fuhr sie unbeirrt fort. »Sonst würdest du nicht persönlich auftauchen. Du bist doch jetzt bei den Kapitalverbrechen, nicht wahr?«

»Schon. Aber wir verdächtigen keinen der Jugendlichen. Ich bin nur gekommen, weil ich sowieso in Gertenbeck war. Euer Zentrum lag sozusagen auf meinem Heimweg.«

Hambrock war zuvor in Nils' Schule gewesen. Der Junge war das einzige Kind der Baars, das in Gertenbeck zur Schule ging. Offenbar reichte es bei ihm nicht fürs Gymnasium: Er besuchte hier die Gesamtschule. Die Klassenlehrerin hatte kurz mit Hambrock gesprochen und ihm gesagt, wo er Nils finden konnte.

»Es geht um den Baar-Fall«, sagte er. »Du kannst dich sicher noch daran erinnern.«

»Natürlich. Marius Baar. Das war im letzten Sommer.«

Ihr Blick wanderte durch die gläserne Wand in den Computerraum.

»Wirklich eine schreckliche Geschichte«, sagte sie. »Ich habe gehört, die Verhandlung ist unterbrochen worden. Wegen neuer Indizien oder so. Bist du deshalb hier?«

Sie machte einen Seitwärtsschritt und stellte sich zwischen Hambrock und den Computerraum. Er hätte es wirklich vorher wissen müssen. Sie würde den Jungen beschützen wie eine Löwin ihr Junges.

»Für die Familie wäre es besser gewesen, die Sache endlich abzuschließen«, sagte sie. »Wenn du mit ihm reden willst, Bernhard, musst du seine Eltern fragen, das weißt du. Er ist noch ein Kind.«

»Kennst du ihn näher?«, fragte er.

»Nein. Er ist sehr verschlossen. Außerdem kommt er nur selten her. Wenn du mich fragst, bekommt er zu Hause zu wenig Nestwärme. Er wirkt bedürftig. Ein paar seiner Schulfreunde kommen regelmäßig hierher, und manchmal schließt er sich ihnen an. Das ist eine offene Einrichtung, hier darf jeder kommen, der sich an die Hausordnung hält.«

»Ich würde gern mit ihm über seinen Bruder sprechen.«

»Noch mal, Bernhard: Da musst du mit den Eltern reden.«

»Und wenn du dabei wärst? Du kannst mich jederzeit vor die Tür setzen. Alles würde in deiner Hand liegen.«

»Nein, kommt nicht infrage.« Sie kaschierte ihre Entschlossenheit mit einem freundlichen Lächeln.

»Hast du mit ihm gesprochen?«, fragte er. »Weißt du, wie er über das Verbrechen denkt?«

»Im letzten Sommer, als das alles passiert ist, habe ich ein paar Mal versucht, mit ihm ins Gespräch zu kommen. Aber wie gesagt, er ist sehr veschlossen. Er hat mal gemeint, dass das mit Marius ja passieren musste. Wie hätte die Geschichte auch sonst ausgehen sollen? Marius hätte niemals planen dürfen, nach Berlin zu gehen, hat Nils gesagt. Ich fand diese Einstellung sehr fatalistisch. Das eine hatte mit dem anderen nun wirklich nichts zu tun.«

Hambrock glaubte sich verhört zu haben. »Marius Baar wollte nach Berlin?«

Mechtild wirkte erstaunt. »Das wusstest du nicht?«

Er fragte sich langsam, ob sie damals überhaupt etwas gewusst hatten. Schon wieder eine Neuigkeit, die ihn kalt erwischte.

»Marius Baar wollte nach Berlin ziehen?«, wiederholte er ungläubig. »Er war doch jede freie Minute im Unternehmen. Sein Vater hat ihn darauf vorbereitet, den Laden zu übernehmen. Was wollte er da in Berlin? Bist du sicher, dass es kein Missverständnis ist?«

Sie wirkte unsicher. »Das war ein offenes Geheimnis. Marius hatte eine Freundin, und mit der wollte er durchbrennen. Doch dazu ist es nie gekommen.«

»Er wollte durchbrennen? Mit Nathalie Brüggenthies?«

»Ich weiß nicht, wie diese Freundin hieß. Aber ja, er wollte wohl abhauen. Keine Ahnung, ob ihm das wirklich Ernst war. Vielleicht wollte er auch nur gegen seinen Vater rebellieren. Ich möchte nicht zu viel auf Gerüchte geben. Ich fand einfach nur erschreckend, wie Nils über den gewaltsamen Tod seines Bruders dachte. Als ob Marius selbst schuld wäre, als ob die Todesstrafe darauf stünde, sich mit dem eigenen Vater anzulegen. Das ist doch furchtbar. Was muss das für ein Klima bei denen zu Hause sein?«

Hambrocks Gedanken rasten. Erst die Sache mit der Taube und jetzt dies. Er musste mit Nathalie reden. Es gab einiges, was sie ihm zu erklären hatte. Die Geschichte wurde immer verworrener. Außerdem fragte er sich, warum Roland nichts davon gesagt hatte. Diese Tatsache warf auch auf dessen Rolle ein neues Licht. Sein Bruder wollte mit einer Mulattin durchbrennen. Ausgerechnet für eine dunkelhäutige Frau wollte er die Familie und das Unternehmen hinter sich lassen. Das musste ihn rasend gemacht haben.

»Danke für den Hinweis, Mechtild«, sagte er. »Du hast recht, ich sollte wohl zuerst mit den Eltern sprechen, bevor ich mir Nils vornehme.«

»Ich bin ganz durcheinander, Bernhard. Ich dachte, ihr wusstet das. Gibt es denn neue Erkenntnisse in dem Fall? Hat das vielleicht was damit zu tun? Wir dachten ja alle, das wäre eine Affekttat gewesen, für die es kein wirkliches Motiv gab. Waren das denn gar nicht die drei Schläger, die Marius getötet haben?«

Jetzt war es Hambrock, der sie mit einem freundlichen Lächeln abspeiste. Mechtild begriff, was passierte. Sie konnte sich ein trockenes Lachen nicht verkneifen.

»Ich verstehe«, sagte sie. »Da muss ich mich wohl an die Pressestelle der Polizei wenden.«

»Trotzdem danke für den Hinweis, Mechtild. Du hast was bei mir gut. Ich muss jetzt weiter. Wenn ich das nächste Mal komme, bringe ich etwas mehr Zeit mit. Dann können wir einen Kaffee trinken und über alte Zeiten plaudern.«

»Das machen wir, Bernhard. Grüß deine Frau von mir.«

Er wandte sich zum Gehen, als ihm noch etwas einfiel.

»Ach, Mechtild … Noch eine ganz andere Sache. Du kennst dich doch aus in den Einrichtungen der Jugendhilfe in Münster, nicht wahr?«

»Natürlich. Wieso fragst du?«

»Na ja. Es gibt da einen Jungen, für den ich mich verantwortlich fühle. Seine Mutter ist vor Kurzem ermordet worden, und sein Vater sitzt deswegen im Knast. Das war mein Fall. Er lebt jetzt bei seiner Oma, aber da kann er nicht bleiben. Alkoholikerin, du weißt schon. Da muss was passieren.«

»Sieh an, sieh an. Der Kommissar hat ein Herz.«

»Jetzt hör schon auf mit dem Unsinn. Gib mir lieber einen Tipp. Es gibt doch Einrichtungen für Betreutes Wohnen. Wie mach ich das am besten? Kannst du da eine empfehlen?«

»Die sind alle in Ordnung. Was glaubst du denn? Schalte einfach das Jugendamt ein. Die kümmern sich schon.«

»Komm schon, Mechtild, wir sind doch unter uns. Er soll gut aufgehoben sein. Mir liegt was an dem Jungen.«

»Es gibt da einen Bauernhof in Mecklenbeck, da arbeitet eine Freundin von mir. Eine schöne Einrichtung, ganz klein und intim. Das sind gute Leute, die da arbeiten. Wenn ich mich nicht irre, haben die gerade einen freien Platz. Ich hör mich mal um.«

»Das wäre schön. Rufst du mich an?«

»Das mach ich.« Ein nachdenkliches Lächeln trat in ihr Gesicht. »Ein Junge, sagst du? Wie alt ist er?«

Mechtild wusste von seinem unerfüllten Kinderwunsch. Er ahnte, was ihr durch den Kopf ging. Doch darauf wollte er nicht eingehen. Das war ihm zu privat.

»Er ist vierzehn«, sagte er knapp. »Er soll einfach gut untergebracht werden, damit ich den Fall endlich abschließen kann.«

»Natürlich, Bernhard.« Doch das Lächeln blieb. »Ich rufe dich an.«

Er bedankte sich eilig und verließ das Gebäude. Draußen ärgerte er sich über seine Reaktion. Damit hatte er nur ihren Verdacht bestätigt.

Er wollte nicht länger darüber nachdenken. Schließlich hatte er wichtige Informationen bekommen. Er würde nach Münster fahren und Nathalie Brüggenthies befragen. Das hatte jetzt Priorität.

Im Wagen merkte er, dass ihm zwei Anrufe entgangen waren. Beide Male war es Guido Gratczek gewesen. Bevor er den Motor anließ, drückte er die Rückruftaste. Sein Kollege war sofort am Apparat.

»Interessante Neuigkeiten, Hambrock.«

»Ach ja? Lass hören.«

»Der Typ auf dem Foto, das Michael geschossen hat. Wir wissen jetzt, wer das ist. Jens Bentrup, ein gebürtiger Gertenbecker. Und jetzt halt dich fest: Dieser Bentrup hat sich vor zwei Jahren als Privatdetektiv selbstständig gemacht. Hier in Münster. Untreue Ehemänner aufspüren und so ein Zeug. Läuft aber wohl nicht so gut, seine Detektei.«

»Das ist tatsächlich interessant. Habt ihr mit ihm gesprochen?«

»Ja, natürlich. Aber der streitet alles ab. Mit Marius habe das alles nichts zu tun gehabt. Er sei eben häufig im Zug gewesen, weil er seine Eltern in Gertenbeck besucht habe.«

»Na ja, so abwegig ist das ja auch nicht.«

»Das ist aber noch nicht alles. Ich hab ein bisschen nachgeforscht. Und jetzt pass auf: Der Typ war zusammen mit Nicole Baar in der Schule. Die beiden waren Klassenkameraden. Nach dem Ende der Schulzeit hat es wohl lange keinen Kontakt gegeben. Doch dann war da ein Ehemaligentreffen, wo sie miteinander ins Gespräch gekommen sind, drei Monate vor Marius' Tod. Ungefähr zu der Zeit, als Bentrup laut Michael häufiger im Regionalzug aufgetaucht ist. Und was hat Michael noch gesagt? Dass er den Eindruck hatte, dieser Typ beobachtet Marius.«

Bevor Hambrock etwas sagen konnte, schob Gratczek hinterher: »Und jetzt sag noch mal, für wie abwegig du das Ganze hältst.«

22

»Du bist mit dem Taxi gekommen?«, fragte Nathalie irritiert. »Den ganzen Weg von Gertenbeck hierher?«

Marius zuckte mit den Schultern. Es war zufällig eins vorbeigekommen, als er das Firmengelände verlassen hatte. Er hatte eben so schnell wie möglich nach Münster gewollt. Als er das Taxi herangewinkt hatte, war ihm lediglich durch den Kopf gegangen: Bis ich erst zum Bahnhof zurückgelaufen bin ... Und weiß der Himmel, wann der nächste Zug fährt.

Sie machte große Augen. »Was hat das denn gekostet?«

Er schwieg. Ihm wurde bewusst, dass er gerade unnötig Geld ausgegeben hatte. Das musste er sich abgewöhnen. Jetzt, wo er keinen Zugang mehr zu seinen Konten hatte, blieb ihm nur noch das Geld, das er bei sich trug. Nach der Taxifahrt waren das noch knapp zweihundert Euro. Er musste sich etwas einfallen lassen.

Marius skizzierte mit wenigen Worten, was in der Firma passiert war. Nathalie lauschte mit offenem Mund.

»Dein Vater weiß also Bescheid?«, fragte sie.

»Ja. Es ist vorbei. Er hat mich rausgeschmissen.«

Sie betrachtete ihn. Ein Lächeln breitete sich in ihrem Gesicht aus. Dann trat sie näher und strich ihm eine Strähne aus der Stirn.

»Und wie geht es dir jetzt?«

»Okay. Durcheinander. Das wird schon.« Er zog eine Grimasse. »Ich kann jetzt nur nicht mehr nach Hause.«

»Du bleibst natürlich hier. In einer Woche geht es eh nach Berlin.«

»Ich … ich habe auch kein Geld mehr. Mein Vater hat meine Konten sperren lassen. Ich hätte sie vorher leer räumen sollen, aber dafür ist es jetzt zu spät.«

»Mach dir keine Sorgen deshalb.« Sie umarmte ihn. »Wir sind zusammen. Das werden wir hinkriegen.«

Dann zog sie ihn in die Wohnung. »Komm rein. Ich koch uns erst mal einen Kaffee.«

Drinnen herrschte Chaos. Überall standen Umzugskisten herum. Stapelweise Zeitungspapier, ein auseinandergebauter Schrank, Wandfarbe, Putzeimer, Wischlappen. Marius sah sich um. Ihm wurde bewusst, dass ihre neue Wohnung ausschließlich mit Nathalies Hausstand eingerichtet werden würde. Nicht einmal eine Kaffeetasse steuerte er für den gemeinsamen Haushalt bei.

Er dachte an das, was sein Vater gesagt hatte. Dass er am Rockzipfel seiner Freundin hängen und ohne ihre Hilfe nicht klarkommen würde. Mühsam verdrängte er den Gedanken wieder.

Sie setzten sich an den Küchentisch, tranken Kaffee und rauchten eine Zigarette. Nathalie war zunehmend aufgekratzt wegen der Geschehnisse, und langsam änderte sich auch Marius' Stimmung. Erst jetzt begriff er, was passiert war. Er hatte sich tatsächlich von seiner Familie befreit. Einer gemeinsamen Zukunft mit Nathalie stand nun nichts mehr im Wege. Sie hatten es geschafft.

Kurz darauf kam Mikey nach Hause. Auch er schien sich aufrichtig zu freuen. Er beglückwünschte Marius zu der Aussprache mit seinem Vater, und auch was sein Geldproblem anging, hatte er gleich eine Idee.

»Du kannst auf dem Stadtfest aushelfen«, schlug er vor. »Du weißt schon, das Spektakel in der Innenstadt. Wir suchen noch jemanden für den Weinstand am Erbdrostenhof.«

»Du meinst, ich soll als Kellner arbeiten?«, fragte Marius. Eine ungewohnte Vorstellung.

»So schwer ist das nicht. Es geht hauptsächlich darum, schnell zu arbeiten. Und freundlich zu sein. Da wird ziemlich was los sein.«

»Das traust du mir zu?«

»Na klar, warum denn nicht? Morgen Abend geht's los. Die Schicht dauert sechs Stunden. Du verdienst acht Euro die Stunde.«

Marius war überrascht. Das bedeutete, er würde achtundvierzig Euro am Abend verdienen. Er dachte daran, was er gerade dem Taxifahrer gezahlt hatte. War das normal, zwei Abende zu knechten, nur um eine Taxifahrt zu begleichen?

»Es ist ja nur, um ein bisschen Bargeld zu haben«, sagte Nathalie. Offenbar ahnte sie, was ihm durch den Kopf ging. »Wenn wir in Berlin sind, suchst du dir einen Job, bei dem du besser verdienst. Als BWLer hast du bestimmt andere Möglichkeiten als zu kellnern, oder?«

Marius sagte nichts. Er hatte bislang noch nicht darüber nachgedacht. Der Gedanke, sich von seinem Vater und dem Unternehmen zu trennen, hatte alles andere beiseitegedrängt. Doch jetzt fragte er sich: Welche Art Job würde er überhaupt machen können? Er kannte keinen Kommilitonen, der neben dem Studium für seinen Lebensunterhalt arbeiten musste. Die meisten stammten wie er aus finanzkräftigen Familien. Natürlich arbeiteten sie alle zwischendurch mal irgendwo. Aber meist waren das prestigeträchtige Auslandspraktika, oder sie jobbten als Hospitanten in namhaften Unternehmen. Alles Mögliche, um den Lebenslauf zu verschönern, aber nichts, womit man wirklich Geld verdiente.

»Ich habe auch ein bisschen gespart«, fügte Nathalie hinzu. »Für den Anfang reicht es allemal. Das wird schon.«

Mikey schien Gefallen an der Vorstellung zu finden, Marius eine Kellnerschürze umzubinden. Er grinste.

»Du bist also dabei?«, fragte er.

Marius gab sich geschlagen.

»Also gut. Ich bin dabei.«

Am nächsten Morgen war Marius allein in der Wohnung. Nathalie war in aller Herrgottsfrühe zur Uni gefahren, und auch Mikey hatte kurz darauf die Wohnung verlassen, um auf dem Stadtfest Weinzelte aufzubauen. Marius ließ sich Zeit mit dem Aufstehen. Er kuschelte sich an Nathalies Kissen und atmete ihren Duft ein. Aber schließlich schlug auch er die Decke zur Seite und stand auf. Er bahnte sich einen Weg zwischen herumstehenden Umzugskisten und brühte sich als Erstes einen Kaffee auf. Dann setzte er sich ans Fenster und blickte hinaus. Die Sonne schimmerte über den Dächern der Stadt. Alles war in warmes und helles Licht getaucht.

Er fühlte sich seltsam heimatlos. Dabei hatte er endlich erreicht, was er wollte. Er hatte seine Familie hinter sich gelassen und war bei Nathalie. Doch ein Gefühl von Freiheit stellte sich nicht ein.

Er dachte an die dunkle, schmutzige Hinterhofwohnung in Berlin. Da lauerte etwas in ihm, das jedes Freiheitsgefühl überdeckte. Es war Angst. Zukunftsangst.

Seine Flucht würde fürs Erste mit einem sozialen Abstieg einhergehen, das war ihm klar gewesen. Er würde kein Geld haben und viel weniger Platz als bisher. Den Skiurlaub konnte er sich abschminken und ein eigenes Auto wohl auch.

Alles kein Problem, hatte er sich gesagt. Das wird schon irgendwie gehen. Ist ja auch nur vorübergehend.

Doch jetzt, wo es so weit war und es kein Zurück gab, drängte sich ihm die Frage auf: Was ist eigentlich, wenn dieser soziale Abstieg nicht vorübergehend ist?

Er wusste nicht, wie die wirkliche Welt aussah. Das reale Leben jenseits der Villa seiner Eltern. Vielleicht hatte er ja außerhalb des Unternehmens gar keine Chance auf einen gut bezahlten Job. Bisher war er nie in die Verlegenheit gekommen, für Geld arbeiten zu müssen.

Was, wenn diese Wohnung in Neukölln nicht Übergang, sondern Endstation wäre? Würde er sich in einem solchen Leben überhaupt einrichten können? Und würde die Beziehung zu Nathalie das überleben?

Es war nicht gut, diesen Gedanken nachzuhängen. Doch in der Stille der verlassenen Wohnung war es wie ein Zwang. Stundenlang hockte er da, starrte aus dem Fenster und versank in seinen Ängsten.

Irgendwann kam Mikey nach Hause und brachte Marius auf andere Gedanken. Sie saßen gemeinsam am Küchentisch, rauchten, tranken Kaffee und quatschten. Später kochte Mikey Spaghetti Bolognese, und danach gingen sie hinunter in den Park, legten sich in die Sonne. So schlenderte der Tag an ihnen vorbei, ohne dass die Zukunftsängste allzu übermächtig wurden.

Später gingen Mikey und er zu Fuß in die Innenstadt.

Es war ein riesiger Rummel, der sich durch die engen Altstadtstraßen zog. Sie mieden die Hauptwege und das Gewühl zwischen den Ständen und kletterten schließlich von hinten in das Weinzelt.

Marius bekam ein weißes Hemd ausgehändigt, eine Schürze und ein Kellnerportemonnaie. Es fühlte sich wie Karneval an. Sein Chef, ein grobschlächtiger, übergewichtiger Machertyp, war deutlich jünger als er. Eine Tatsache, die Marius irritierte. Außerdem wirkte der Typ ziemlich ungebildet. Eigentlich sollte jemand wie er für Marius arbeiten und nicht umgekehrt. Doch er wollte keinen Ärger. Also blieb er freundlich und kooperativ und fügte sich in seine Rolle.

Im Weinzelt und in seiner Kellnerkleidung fühlte sich Marius bald völlig fehl am Platz. Die Gäste behandelten ihn, als gehörte er zum Personal. Was natürlich zutraf. Dennoch. Er war doch keiner, der andere bediente. Das würde sich nie ändern.

Irgendwann bummelten zwei Studienkollegen am Weinstand vorbei. Betriebswirtschaftler aus seinem Fachbereich. Sie beäugten die Karte und schienen zu überlegen, ob sie sich an einen der Tische setzen sollten. Doch dann stieß einer dem anderen in die Seite und deutete unauffällig zum Tresen, wo Marius Flaschen entkorkte und so tat, als hätte er sie nicht bemerkt. Sie flüsterten miteinander, nickten sich zu und schlenderten schließlich unauffällig weiter. Offenbar wollten sie sich und Marius in keine peinliche Situation bringen. Er war ihnen unendlich dankbar dafür.

»Und? Wie läuft's?« Mikey war neben ihm aufgetaucht.

In der Kellnertracht sah er direkt seriös aus, trotz der

Tätowierung, die am Hals unter dem weißen Kragen hervorlugte.

»Klappt doch ganz gut, die Arbeit. Oder nicht?«

Marius verzog das Gesicht. »Kaum zu glauben, dass ich erst vierundzwanzig Euro verdient habe. Nach einer gefühlten Ewigkeit. Mir tun schon die Beine weh.«

Mikey lachte. »Willkommen im Proletariat.«

Er nahm ein Tablett und kehrte zurück zu den Tischen.

Marius spürte die Blicke seines Chefs. Er schien zu spüren, dass Marius nicht hierherzugehören glaubte. Und wohl auch, was er über ihn dachte. Denn sein Gesicht war finster und voller Verachtung. Wenn Marius nicht aufpasste, würde er es auf einen Machtkampf ankommen lassen, den Marius in seiner Position natürlich nur verlieren konnte. Doch diese Genugtuung würde er dem Fettsack nicht gönnen. Also nahm er sein Tablett, begrüßte mit übertriebener Freundlichkeit eintreffende Gäste und teilte Weinkarten aus. Und nach einer Weile verlor sein Chef tatsächlich das Interesse an ihm.

Marius arbeitete schnell und konzentriert. Auch dieser Abend ist irgendwann zu Ende, sagte er sich. Noch ein paar Stunden, dann wäre er wieder bei Nathalie.

Die Dämmerung legte sich über die Stadt, und die Gassen zwischen den Ständen leerten sich zunehmend. Von einer Bühne drang Rockmusik. Marius fiel irgendwann auf, dass Mikey gar nicht mehr hinterm Tresen stand. Er blickte sich um. Doch nichts. Er trat aus dem Zelt und suchte die Umgebung ab. Schließlich entdeckte er Mikey ein Stück entfernt an einer Häuserwand, umgeben von seltsamen Leuten, die nicht aussahen, als wären sie Freunde von ihm. Blasse und langweilig wirkende Typen mit Poloshirts und ordentlichen Frisuren. Einer trug eine Bomberjacke und Schnürstiefel.

Marius überkam ein Verdacht. Er trat ein paar Schritte näher. Die jungen Männer hatten finstere Gesichter aufgelegt. Sie umkreisten Mikey. Steckte er etwa in Schwierigkeiten? Brauchte er Hilfe? Hatten diese Typen womöglich etwas mit Roland zu tun?

Es waren kaum noch Gäste im Weinzelt. Marius legte die Kellnerschürze beiseite und steuerte auf die Gruppe zu. Er würde Mikey mit diesen Idioten nicht alleine lassen. Wenn das Kumpel von Roland waren, konnten sie sich auf was gefasst machen. Er hatte endgültig die Nase voll.

An der Rückseite des Weinzelts rollte hinter einer Absperrung ein dunkler Mercedes der S-Klasse heran. Das gleiche Modell, das sein Vater fuhr. Doch Marius achtete nicht weiter darauf. Der Wagen gehörte sicher zu jemandem, der hier einen Stand betrieb. Er kletterte über eine Absperrung und ging auf die Gruppe zu.

Der Mercedes rollte an ihm vorbei und blieb stehen. Das verspiegelte Seitenfenster glitt herunter. Marius traute seinen Augen nicht. Da saß sein Vater.

Sein erster Gedanke war: Ein Glück, dass ich die Kellnerschürze abgelegt habe. Danach stürzten zahllose Fragen auf ihn ein. Was machte sein Vater hier? Suchte er ihn etwa? Wozu das Ganze? Er hatte Marius doch fortgejagt. Da war er unerbittlich gewesen. Es gab kein Zurück mehr. Keine Versöhnung. Was hatte er vor?

Marius suchte nach Worten. Doch dieses Wiedersehen traf ihn unvorbereitet, und bevor er irgendetwas sagen konnte, streckte sein Vater den Kopf heraus und befahl: »Steig ein. Beeil dich.«

23

Nicole Baar war anstandslos ins Präsidium gekommen. Sie trug ein Kostüm von Chanel, war perfekt geschminkt, und in ihrem Haar steckte eine Sonnenbrille von Dior. Als sie in Hambrocks Büro trat, wirkte sie ein wenig wie eine Gutsherrin, die gezwungen war, sich zum Personal an den Tisch zu setzen. Hambrock rechnete damit, dass sie sich zuallererst über die Arbeit der Polizei beschwerte. Doch das Gegenteil war der Fall. Offenbar war ihr bewusst, was sie herausgefunden hatten. Sie schien diese Schmach mit Würde tragen zu wollen.

Keller betrat ebenfalls das Büro. Er stellte sich vor und bot Nicole Baar einen Kaffee an. Sie lehnte ab.

»Sie wissen, weshalb wir Sie eingeladen haben?«, fragte Hambrock.

»Ich kann es mir denken.«

»Sie haben Jens Bentrup beauftragt, Ihren kleinen Bruder zu beschatten«, sagte er. »Wir haben Beweise dafür.«

Das war vielleicht ein bisschen übertrieben, denn bestenfalls gab es Indizien. Doch Nicole Baar schien sich nicht mit solchen Spitzfindigkeiten aufhalten zu wollen. Sie war aufgeflogen, das war ihr klar. Also nahm sie diese Niederlage mit Haltung hin.

»Ich bin nicht stolz darauf«, sagte sie. »Aber ich kann es auch nicht leugnen. Jetzt wissen Sie das also. Wie auch immer. Ich glaube nicht, dass ich mich damit strafbar gemacht habe.«

»*Damit* nicht«, warf Keller ein.

Sie bedachte ihn mit einem kühlen Blick. »Wollen Sie mir etwas unterstellen?«

»Wir möchten Sie bitten«, sagte Hambrock, »uns die Gründe dafür zu nennen. Es ist doch recht ungewöhnlich, einen Privatdetektiv auf seinen Bruder anzusetzen. Weshalb haben Sie Marius nachspioniert?«

Sie schwieg. Es wurde still im Büro.

»Frau Baar …«

Sie zupfte das Kostüm zurecht.

»Um mehr über ihn herauszufinden«, sagte sie. »Das war mir damals wichtig.«

»Aber weshalb? Was wollten Sie erreichen?«

»Ich wollte erreichen, dass er das Unternehmen verlässt«, sagte sie mit fester Stimme. »Das kommt Ihnen sicher kalt und egoistisch vor. Aber es ging nicht anders. Er war unfähig. Er war keine Leitungspersönlichkeit. Ihm fehlte die Autorität. Die Disziplin. Er besaß nicht mal das nötige Fachwissen. Das Unternehmen wäre den Bach runtergegangen, sobald er die Führung übernommen hätte. Das wollte ich verhindern.«

»Und weshalb Jens Bentrup? Welche Erkenntnisse haben Sie sich von seiner Arbeit erhofft? Was sollte der Ihnen liefern?«

»Mein Vater … Manchmal frage ich mich, ob er absichtlich vor der Wahrheit die Augen verschließt. Es war doch ganz klar, dass Marius überfordert war. Jeder konnte das sehen: Mein Bruder, Gott hab ihn selig, war ein Schwächling und ein Versager. Niemals wäre aus ihm ein würdiger Firmenchef geworden. Trotzdem. Mein Vater wollte ihn mit aller Kraft zu seinem Nachfolger umerziehen. Mein Vater kann verdammt stur sein, müssen Sie wissen. Was er sich einmal in den Kopf gesetzt hat, das zieht er gegen alle Widerstände durch. Damit hat er die Firma groß gemacht. Aber hier …« Sie schüttelte den Kopf. »Es fällt mir schwer, seine Motive in aller Breite nachzuvollziehen. Ich glaube, als er damals die Firma gegründet hat, als junger Mann, da war es schon sein Traum gewesen, eines Tages alles seinem ältesten Sohn zu übergeben. Eine fixe Idee, von der es kein Abrücken gab. Ich denke, irgendwo tief in ihm drin, war bis zum Schluss die Überzeugung, er könnte Marius noch zurechtbiegen. Es irgendwie noch schaffen, aus ihm einen ordentlichen Unternehmer zu machen.«

»Aber diese Überzeugung teilten Sie nicht«, stellte Hambrock fest.

»Ach, Unsinn. Es lag in Marius' Charakter. Er war schwach. Und faul und dumm. Da gab es nichts zu erziehen. Das hat einfach seine Persönlichkeit ausgemacht. Ich wusste immer, wenn Marius ans Ruder kommt, ist es vorbei mit der Firma.«

Hambrock lächelte. »Und Sie wären die Richtige gewesen, um das Unternehmen zu führen?«

»Auf jeden Fall eher als Marius. Er kannte die Materie nicht. Er dachte, er könnte sich mit einem bisschen Betriebswirtschaft durchlavieren. Weder hatte er Ahnung von Agrarwirtschaft, noch brannte er fürs Unternehmen.« Sie blickte kühl auf Hambrock herab. »Ich habe das Zeug, die Firma zu leiten. Ich habe das Wissen, die Leidenschaft und die Durchsetzungsstärke. Insgeheim wusste mein Vater das auch. Aber er hatte mich von Anfang an als Nummer zwei im Unternehmen vorgesehen. Die Leitung sollte sein Sohn haben. Sein erstgeborener Sohn, so bescheuert sich das auch anhört.«

»Und deshalb wollten Sie, dass Marius geht«, sagte Hambrock.

»Richtig. Vater ist nicht beeinflussbar. Marius aber sehr wohl. Bei ihm wollte ich ansetzen.«

»Was genau war Ihr Plan?«, fragte Keller.

»Ich wollte zuerst mehr über ihn herausfinden, deshalb der Detektiv. Ich wollte eine Schwachstelle finden, mit der ich etwas anfangen konnte. Ich brauchte eine Strategie. Auf die Idee bin ich gekommen, als eine Freundin von mir Marius im Zug gesehen hatte, gemeinsam mit dieser Frau. Dieser Mulattin. Marius war verknallt, das habe ich sofort gespürt. Bis über beide Ohren. Mir war klar, hier bot sich eine Chance. Deshalb habe ich Jens Bentrup beauftragt.«

»Sie wollten alles über die Beziehung zwischen Marius und seiner neuen Freundin erfahren.«

»Genau. Ich wollte wissen, wer diese Mulattin ist. Wo sie wohnt, wie sie tickt, wer ihre Freunde sind. Mir war schnell klar, dass Marius sie niemals mit nach Hause bringen würde. Er kannte unsere Eltern gut genug. Diese Nathalie ist unabhängig. Sie liebt ihre Freiheit. Und sie hätte sich von unseren Eltern nicht einschüchtern lassen. Meine Mutter hätte sie gehasst. Mein Vater sicher auch. Die beiden hätten sie niemals als Freundin, womöglich sogar als Schwiegertochter, akzeptiert. Marius wusste das. Und noch etwas anderes wusste er: Marius selbst hätte dabei auch kein gutes Bild abgegeben. Diese Nathalie hätte in unserer Familie gesehen, wie sehr er sich von seinen Eltern bevormunden lässt. Wie erbärmlich er im Grunde ist. Alle seine Schwächen wären sofort sichtbar geworden. Er musste Nathalie von der Familie fernhalten. Das hätte die Beziehung kaum überlebt. Also hatte Marius beschlossen, diese Frau vor uns geheim zu halten. Und damit hatte ich ein Druckmittel gegen ihn in der Hand. Ich habe angefangen, ein bisschen an den Schrauben zu drehen.«

»Was genau müssen wir darunter verstehen?«

»Zum Beispiel habe ich Roland von Nathalie erzählt. Sie haben sicher schon mitbekommen, dass mein minderbemittelter Bruder sehr offen für rechte Parolen ist. Das war ein großes Thema bei uns in der Familie. Mein Vater verbietet ihm jeglichen Kontakt mit der Szene. Klaus Baar kann eine Menge erreichen, wenn er will. Aber auch wenn Roland sich scheinbar gefügt hatte, seine Gedanken konnte selbst unser Vater nicht kontrollieren. Roland hätte es nie gewagt, sich in der Familie offen zu äußern. Aber ich wusste, wenn ich Roland von Nathalie erzähle, dreht der durch. Das würde er nicht auf sich sitzen lassen. Und so war es dann auch. Ich habe ihm Nathalies Adresse in Münster gegeben. Ich wusste ja, Roland würde ihr nichts tun. Er ist nicht wirklich gefährlich. Aber irgendeine hässliche Szene würde er sich bestimmt einfallen lassen, davon war ich überzeugt.«

»Er hat ihr eine tote Taube vor die Haustür gelegt. Als Warnung.«

Nicole nickte. »Eine Taube also. Etwas in der Art habe ich mir gedacht. Es war ein Schachzug. Ich finde das nicht so schlimm. Keiner ist körperlich zu Schaden gekommen.«

Hambrock wollte das lieber nicht kommentieren. Aber er begriff allmählich die Zusammenhänge.

»Wussten Sie zu diesem Zeitpunkt schon, dass Marius mit Nathalie durchbrennen wollte?«, fragte er.

»Ja.« Ein kühles Lächeln trat in ihr Gesicht. »Jens ist ein grauenhaft schlechter Detektiv. Aber so viel hat er herausgefunden: Die beiden planten, nach Berlin zu gehen, um dort neu anzufangen. Keiner durfte das wissen. Marius spielte mit dem Gedanken, sein Erbe auszuschlagen. Es war perfekt. Ich musste ihm nur noch einen kleinen Stoß geben, damit er keinen Rückzieher macht. So habe ich eben angefangen, meine Karten nach und nach auszuspielen.«

Sie blickte von einem zum anderen. »Das muss sich für Sie herzlos anhören. Aber ich denke, es wäre auch für Marius das Beste gewesen. Ich weiß nicht, wo sein Platz im Leben gewesen wäre. Aber im Unternehmen sicherlich nicht. Dort wäre er nie glücklich geworden.«

»Was ist aus der Idee geworden, nach Berlin durchzubrennen? Hatten die beiden nur herumphantasiert, oder hatte der Plan konkrete Züge angenommen?«

»Sehr konkrete Züge sogar. Es gab schon eine Wohnung. Die Umzugskisten waren gepackt. Alles war bereit, es sollte eigentlich losgehen. Aber dann … nun, das wissen Sie ja.«

»Wusste ihr Vater denn Bescheid?«

»Ich habe es ihm gesagt.« Sie streckte den Rücken durch. »Als ich den Moment für gekommen hielt.«

Hambrock und Keller wechselten einen Blick.

»Er wird nicht erfreut gewesen sein«, meinte Hambrock.

»Nein. Er war außer sich. Sein Leben lang hatte er alles für Marius getan, zumindest nach seiner Lesart. Und dann so etwas. Er hat Marius rausgeworfen. Seine Konten gesperrt, die Firmenschlüssel einkassiert, den Sportwagen behalten. Und ihn fortgejagt. Marius sollte die denkbar schlechtesten Voraussetzungen für einen Neustart haben. Kein Geld, keinerlei Unterstützung.«

Das war Hambrock allerdings neu. »Er hat seinen Sohn vor die Tür gesetzt? Wann war das denn?«

»Ein paar Tage vor seinem Tod. Marius hat danach bei Nathalie gewohnt.«

»Aber in der Tatnacht war Marius auf dem Weg nach Gertenbeck gewesen. Weshalb, wenn er dort nicht mehr erwünscht war?«

»Ich glaube, die beiden haben später noch miteinander gesprochen. Ob es so etwas wie eine Versöhnung gab, weiß ich nicht. Mein Vater hat kein Wort mehr über Marius verloren. Aber sein Entschluss war unumkehrbar. Marius war enterbt, und dabei wäre es auch geblieben, ganz egal, ob Marius wieder zu Hause aufgetaucht wäre oder nicht.«

Hambrock nickte. Er wollte an dieser Stelle vorerst nicht weiter nachhaken. Sollte es aber tatsächlich eine Versöhnung gegeben haben, hätte Nicole plötzlich ein starkes Motiv gehabt. Er würde später darauf zurückkommen.

»Sie haben erreicht, was Sie wollten«, stellte er fest. »Marius war raus, und Sie standen als Nachfolge zur Verfügung.«

»Ich bin nicht stolz darauf, Herr Hambrock. Aber es war das Beste. Fürs Unternehmen, für meinen Vater und letztlich auch für Marius.«

»Wo waren Sie eigentlich in der Tatnacht, Frau Baar?«, fragte Keller.

»Bei einer Freundin in Münster.«

»Die kann Ihren Besuch sicher bestätigen.«

»Natürlich. Ich schreibe Ihnen die Adresse auf.« Sie bedachte Keller mit einem verächtlichen Blick. »Ich glaube, Sie haben gemerkt, dass ich Ihnen gegenüber völlig offen war. Die Geschichte wirft kein gutes Licht auf mich, aber ich werde mich nicht verstecken. Ich habe nichts beschönigt und nichts verschwiegen. Mit dem Tod meines Bruders habe ich aber nichts zu tun. Dafür bin ich nicht verantwortlich. Da müssen Sie schon jemand anderes finden.«

Sie zückte einen Bleistift und kritzelte einen Namen und eine Adresse auf ein Stück Papier, das sie Hambrock reichte. Dann erhob sie sich.

»Falls Sie noch Fragen haben, stehe ich Ihnen gerne zur Verfügung«, sagte sie. Es klang, als spräche sie mit einem Mitarbeiter des Unternehmens. »Jetzt habe ich einen wichtigen Termin. Wenn Sie mich bitte entschuldigen würden.«

Hambrock sah, wie sich Kellers Widerstandsgeist regte. Er wollte ihr offenbar diese Art nicht durchgehen lassen. Hambrock bedeutete ihm mit einer Geste, sich zurückzuhalten.

»Selbstverständlich, Frau Baar«, sagte er. »Danke, dass Sie hergekommen sind. Und vielen Dank für Ihre Offenheit.«

Draußen im Flur saß die nächste Zeugin bereits auf einer Bank und wartete: Nathalie Brüggenthies. Nicole Baar blieb verwundert stehen. Dann grüßte sie Nathalie mit so viel Herablassung, wie es überhaupt nur möglich war, schob die Sonnenbrille im Haar zurecht und stöckelte davon. Nathalies Mundwinkel sackten herab. Düster blickte sie der Unternehmerstochter hinterher, dann stand sie auf und reichte Hambrock die Hand.

»Frau Brüggenthies. Vielen Dank, dass Sie hergekommen sind. Treten Sie doch ein. Wir haben noch ein paar Fragen an Sie, es wird nicht lange dauern.«

Im Gegensatz zu Nicole Baar nahm sie das Angebot, einen Kaffee zu trinken, dankend an. Keller reichte ihr eine Tasse, und sie setzten sich gemeinsam an den Besuchertisch.

»Wir haben ja schon damals nach der Gewalttat ein längeres Gespräch geführt«, begann Hambrock. »Über Sie und Marius, über Ihre Beziehung, die Familie Baar und den Abend, an dem sich der Übergriff ereignet hat.«

Sie nickte und betrachtete Hambrock wachsam. Offenbar ahnte auch sie, dass die Polizei inzwischen mehr über die Hintergründe erfahren hatte.

»Umso überraschter waren wir zu erfahren, dass Sie und Marius geplant hatten, nach Berlin durchzubrennen. Marius war daraufhin von seiner Familie vor die Tür gesetzt worden. Wenn ich richtig informiert bin, waren die Umzugskartons schon gepackt.«

»Ja, es tut mir leid. Das hätte ich wohl damals erwähnen sollen.«

»Also stimmt es? Sie wollten gemeinsam nach Berlin ziehen?«

»Ja, das stimmt. Es war alles geplant. Aber irgendwie war ich bis zum Schluss unsicher. Ich habe immer geglaubt, das wird nichts. Da kommt noch was dazwischen. Als hätte ich es geahnt.«

Sie fiel in Schweigen. Hambrock wartete.

»Marius hatte etwas Windiges an sich«, sagte sie. »Nach außen wirkte er immer sehr selbstsicher, manchmal sogar überheblich. Er war der gutaussehende Unternehmersohn. Er hatte Geld, alles schien ihm zuzufliegen. Dazu diese stechend blauen Augen, die beim Reden immer leuchteten. Die tollen Haare, seine leicht schlaksige Statur und dann ein Gang wie ein Matrose. Ich kenne keine Frau, die nicht zweimal hingesehen hätte. Aber das war nur ein Teil seiner Persönlichkeit. Er war nämlich im Grunde ziemlich unsicher, wissen Sie. Er sehnte sich danach, geliebt zu werden. Das war wohl etwas, das es in seiner Familie nie gegeben hat. Ich weiß nicht … Natürlich war mir klar, dass er unzuverlässig ist. Und schwach. Aber ich wäre bereit gewesen, mit ihm zu verschwinden. Ich hätte alles hinter mir gelassen.«

»Frau Brüggenthies, wieso haben Sie uns damals nichts davon gesagt?«

»Was hätte das denn geändert? Das war unsere Geschichte, Marius und meine. Ich wollte das nicht öffentlich machen. Das sollte nicht in den Dreck gezogen werden. Seine Familie ging das alles nichts an. Es sollte unser Geheimnis bleiben.«

»Marius ist ermordet worden. Und Sie haben der Polizei wichtige Details verschwiegen.«

»Das waren doch diese Jugendlichen! Es gab einen Streit, und dann wurde Marius totgeprügelt. Der Fall war aufgeklärt, gelöst. Die Täter waren gefasst. Damit war alles beendet. Weshalb hätte ich da noch unsere Geheimnisse ans Licht zerren sollen?«

»Marius wurde von seinem Vater vor die Tür gesetzt. Er ist danach zu Ihnen gegangen. Ist das richtig?«

»Ja. Er hat in den letzten Tagen bei mir gewohnt. Diese Familie war Gift für ihn. Es war gut, dass er da weg war. Sein Vater hat ihn manipuliert, seine Schwester war eine Intrigantin. Ich fand es gut, dass er rausgeworfen worden war. Wenn Sie mich fragen, hatte er nur eine Chance, um glücklich zu werden. Er musste diese Familie hinter sich lassen.«

»Am Tatabend ist er dann aber doch nach Gertenbeck gefahren. Was wollte er da?«

Sie stieß einen schweren Seufzer aus. »Mit seinem Vater reden. Keine Ahnung, was die noch miteinander zu besprechen hatten. Der Mann hatte großen Einfluss auf Marius. Ich weiß nicht, ob er noch irgendetwas aushandeln wollte. Und Marius sehnte sich nach einer Versöhnung. So war er nun mal. Ich dachte, ich muss ihn gehen lassen. Da musste er alleine durch.«

»Sie haben neulich gesagt, Sie hätten keinen Kontakt zu anderen Familienmitgliedern gehabt. Roland zum Beispiel kannten Sie nur dem Namen nach.«

»Ja, das stimmt. Marius hat nicht gut über ihn gesprochen.«

»Aber er war bei Ihnen. Er hat eine tote Taube vor Ihre Tür gelegt.«

Sie wirkte überrascht. Damit hatte sie offenbar nicht gerechnet. »Sie wissen das mit der Taube?«

»Ja, das wäre dann wohl noch etwas, das Sie uns verschwiegen haben.«

»Aber war das denn wichtig? Ich dachte, das wären Nachbarskinder gewesen, die sich einen Spaß erlauben wollten.«

»Nachbarskinder, dachten Sie das wirklich?«

»Natürlich war da auch der Verdacht, das könnte Roland gewesen sein. Ich wollte gar nicht weiter drüber nachdenken.« Sie wich seinem Blick aus. »Am besten ist es, so etwas zu ignorieren. Diese Familie … Sie wissen schon.

Wir wollten nach Berlin. Dann wäre das alles vorbei gewesen. Warum hätte ich diesem Verdacht noch nachgehen sollen?«

Hambrock fixierte sie. Sie zupfte nervös an ihren Ärmeln herum. Er war beinahe sicher: Sie log. Es war kein Verdacht gewesen. Sie wusste genau, dass Roland hinter der Sache steckte.

»An dem Tatabend, als Marius nach Gertenbeck gefahren ist … Sie sagten, er müsse da alleine durch. Hatten Sie denn keine Angst, dass er es sich vielleicht anders überlegt, wenn er mit seinem Vater spricht? So manipulativ, wie Sie die Familie geschildert haben?«

»Ich war mir sicher, er würde sich für uns entscheiden. Marius liebte mich. Er wäre nicht zu denen zurückgegangen. Mehr kann ich dazu nicht sagen.«

Das war's. Mehr erfuhren sie nicht von ihr. Nachdem Nathalie gegangen war, schenkte Keller Kaffee nach. Hambrock ließ sich auf den Besucherstuhl fallen.

»Was hältst du von der ganzen Sache?«, fragte er.

»Nicole war es sicher nicht, davon bin ich ziemlich überzeugt. Sie hätte ihren Bruder nicht ermorden lassen. Mit solchen Mitteln arbeitet sie nicht. Da hätte sie sich was anderes einfallen lassen.«

»Das denke ich auch. Und Nathalie?«

»Sie sagt nicht die ganze Wahrheit. Sie verschweigt uns etwas, das war deutlich zu erkennen. Hast du das bemerkt? Sie konnte dich plötzlich nicht mehr ansehen. Wer weiß, ob Marius es sich am Ende nicht doch anders überlegt hat. Vielleicht hat er sich für die Familie und gegen Nathalie entschieden. Dann hätte sie ein starkes Motiv.«

»Und sie wäre nicht die Einzige«, meinte Hambrock.

»Klaus Baar ist nicht unbedingt der Versöhnertyp, wenn du mich fragst. Also: Marius schmeißt sein Erbe hin. Offenbar das größte Verbrechen in seinen Augen. Der Unternehmersohn verschmäht das Vermächtnis des Patriarchen. Ein Affront, der alles andere unwichtig macht. Vielleicht hat er Marius ja nach Gertenbeck gelockt, um sich zu rächen.«

Keller nickte. »Also reden wir mit Klaus Baar?«

»Genau das machen wir.«

24

Es war ein seltsames Gefühl, sich zu seinem Vater ins Auto zu setzen. Wahrscheinlich beging er einen Fehler. Marius hatte seine Familie hinter sich gelassen. Eine gemeinsame Zukunft mit Nathalie stand ihm bevor. Trotzdem schaffte er es nicht, sich seinem Vater zu verweigern. Die Verwunderung darüber, dass er ihm nachlief, war zu groß. Da war ein Teil in ihm, der auf Versöhnung hoffte. Darauf, dass sein Vater ihn liebte, auch wenn er das nie gezeigt hatte.

Er hätte es besser wissen müssen.

Die Tür fiel mit einem dumpfen Laut ins Schloss. Die Geräusche des Stadtfestes waren ausgesperrt. Er war mit seinem Vater allein.

»Ich will eigentlich nicht mit dir reden«, sagte Marius. Seine Stimme zitterte, und er hasste sich dafür.

»Du bist wütend auf mich«, sagte sein Vater. »Und ich bin wütend auf dich. Wir haben wohl beide guten Grund dazu.«

Dann dieser Blick, den Marius nur zu gut kannte. Streng, entschlossen und machtvoll. Allein mit diesem Blick schaffte er es für gewöhnlich, seinen Sohn in die Knie zu zwingen. Marius spürte, wie sich Schweiß in seinen Handflächen bildete. Er musste jetzt kämpfen. Sein Vater durfte keine Macht mehr über ihn haben.

»Sag schon: Was willst du von mir?«, fragte er.

Sein Vater fixierte ihn. Er schien zu bemerken, dass sich das Machtgefüge verschob. Marius wollte sich nicht mehr herumkommandieren lassen.

»Ich bin hier, um mich zu entschuldigen«, sagte er schließlich.

Schweigen. Von draußen war jetzt gedämpft Rockmusik zu hören.

»Komm zurück, Marius.«

Marius antwortete nicht, doch sein Herz schlug ihm plötzlich bis zum Hals. Sein Vater fuhr fort: »Ich war sehr erschrocken, als ich von deinen Plänen gehört habe. Und ich war wütend, das kannst du dir sicher denken. Aber nachdem du gestern … nachdem du fort warst, habe ich nachgedacht. Ich habe mich gefragt, wie es überhaupt so weit kommen konnte. Es muss viel schiefgelaufen sein in letzter Zeit. Ich hatte immer gedacht, du brennst darauf, in meine Fußstapfen zu treten. Und dann erfahre ich, das Gegenteil ist der Fall.«

»Papa … bitte. Ich wollte nicht …«

»Du wolltest einfach abhauen. Alles hinschmeißen. Und mit mir wolltest du nicht einmal darüber reden. Ich sollte vor vollendete Tatsachen gestellt werden.«

Marius fühlte sich schuldig. Gleichzeitig war er jedoch aufgeregt. Sein Vater redete mit ihm wie mit einem Gleichberechtigten. Das hatte er noch nie getan. Normalerweise gab es da nur diesen Befehlston, und Marius hatte zu tun, was gesagt wurde. Sein Vater hatte mit ihm immer wie mit einem Kind gesprochen. Und jetzt das. Was für ein Unterschied.

»Du musst mir die Chance geben, mit dir zu reden«, sagte sein Vater. »Wir finden bestimmt eine Lösung. Ich mache mir Vorwürfe, weil du das offenbar nicht erkannt hast. Wir gehören doch zusammen.«

Marius schluckte. Wir gehören zusammen. Das waren

die Worte, nach denen er sich ein Leben lang gesehnt hatte. Aber er durfte Nathalie nicht vergessen. Ihre gemeinsame Zukunft.

»Komm mit nach Hause«, sagte sein Vater. »Und dann reden wir. Komm zurück.«

»Ich … kann das nicht.«

»Doch, das kannst du.«

Marius schloss die Augen.

»Ich brauche dich für das Unternehmen. Für *unser* Unternehmen.«

»Du brauchst mich nicht. Du hast doch Nicole. Sie könnte meinen Platz einnehmen.«

»Nein, das könnte sie niemals. Du bist mein Sohn.«

Sein Vater legte ihm die Hand auf die Schulter.

»Komm zurück.«

Marius schüttelte den Kopf. Nathalie. Sie war das Wichtigste in seinem Leben. Das durfte er nicht vergessen.

Er nahm seine ganze Kraft zusammen. Holte tief Luft. Und dann sagte er es: »Nein.«

Plötzlich fühlte er sich leichter.

»Nein, Vater. Ich habe mich entschieden zu gehen. Es tut mir leid, aber ich kann nicht anders.«

Sein Vater schwieg. Marius blickte ihm in die Augen. Er wirkte beinahe verletzt. Hatte er etwa die Macht, ihn zu verletzen? Niemals hätte er mit so etwas gerechnet. Sein Herz raste. Doch er wollte standhaft bleiben. Er hatte es fast geschafft.

»Lebwohl, Vater«, sagte er und öffnete die Tür. Der Lärm des Stadtfestes schlug ihm entgegen. »Es tut mir leid.«

Mit diesen Worten ließ er ihn zurück.

Marius fühlte sich wie nach einem Boxkampf. Dabei

hatten sie nicht einmal miteinander gestritten. Im Gegenteil. Trotzdem hatte das kurze Gespräch enorme Kraft gekostet.

Im Weinzelt waren kaum noch Tische besetzt. In wenigen Minuten würde das Stadtfest enden. Die Theke war voller leerer Flaschen und Gläser, auf dem Boden dahinter stapelten sich leere Weinkartons. Ein Schlachtfeld.

»Da bist du ja!« Sein Chef tauchte mit hochrotem Kopf auf. »Verdammt, wollt ihr mich verarschen? Wo wart ihr denn auf einmal? Ihr könnt doch nicht einfach beide abhauen.«

Er sah aus, als würde er gleich explodieren. Marius blickte sich um. Von Mikey keine Spur. Auch nicht an der Hauswand, wo er ihn zuletzt gesehen hatte.

»Was denkt ihr, wer ihr seid! Die Tische sieben und neun wollen zahlen. Und danach beseitigst du gefälligst das Chaos hinterm Tresen. Um zehn Uhr müssen wir alles dichtgemacht haben, sonst gibt's Ärger mit dem Ordnungsamt.« Er stach Marius mit dem Finger in die Brust. »Und danach reden wir noch miteinander, das schwör ich dir.«

Dann schnaufte er, drehte sich um und verschwand. Marius war völlig durcheinander. Die Begegnung mit seinem Vater hatte ihn aus dem Takt gebracht. Und dazu war jetzt auch noch Mikey verschwunden. Er band sich hastig die Schürze um, nahm sein Portemonnaie und kassierte die letzten Tische ab. Dann kehrte er zur Theke zurück und begann, die Gläser zu spülen. Dabei blickte er sich immer wieder suchend um. Mikey würde bestimmt gleich wieder auftauchen. Vielleicht war er nur auf eine Zigarette verschwunden.

Nachdem die letzten Gäste gegangen waren, räumte Marius die Gläser ab, schnappte sich einen Wischlappen und reinigte die Tische. Er hatte seinen Vater gar nicht kommen sehen. Wie aus dem Nichts stand er plötzlich hinter ihm.

Marius erstarrte in der Bewegung. Er sieht dich mit Kellnerschürze und Wischlappen, dachte er. Was wird er dazu sagen, dass du den Dreck anderer Leute wegräumst?

Doch seine Stimme war ganz sanft. Er lächelte.

»Ist es das, was du willst?«, fragte er. »Tische abputzen und Gläser spülen?«

»In Berlin suche ich mir einen richtigen Job. Das hier ist nur für heute.«

Ein paar Betrunkene zogen vorbei und lugten neugierig herein, offenbar in der Hoffnung, noch etwas bestellen zu können.

»Wir machen Feierabend«, rief Marius. »Tut mir leid.«

Proteste wurden gemurmelt, dann verschwanden sie wieder.

»Aber wie willst du das machen?«, fragte sein Vater freundlich. »Was für ein Job soll das sein?«

»Ich weiß nicht. Mir wird etwas einfallen.«

»Du hast doch noch nie gearbeitet, Marius. Jedenfalls nicht draußen in der wirklichen Welt. Du hast kein Netzwerk in den Unternehmen. Nicht einmal ein Studentennetzwerk hast du. In Berlin kennst du keinen Menschen. Wie willst du da einen guten Job finden?«

Marius wusste natürlich, wie das lief. Interessante Stellen bekam der, dessen Vater den Chef kannte. Mit normaler Qualifikation und ohne Kontakte wurde es jedoch schwer. Und seine Noten waren nicht einmal Durchschnitt.

Sein Vater lächelte traurig. »Ich kann dir kein Zeugnis geben, das musst du verstehen.« Sein Bedauern wirkte aufrichtig. »Du musst das ohne meine Hilfe machen.«

Marius stand einfach da, mit dem Lappen in der Hand, und sah hinaus in den Gang. Gegenüber wurden Stände dichtgemacht und Wege gefegt.

»Und was käme sonst infrage?« Die Stimme wurde flüsternd. »Vielleicht würdest du gern an der Uni arbeiten. Als wissenschaftlicher Mitarbeiter. Das ist zwar nicht wie in der freien Wirtschaft, aber immerhin. Doch das wird auch nicht funktionieren. Nur die mit den besten Noten werden als studentische Hilfskraft beschäftigt. Deine Noten werden dafür niemals ausreichen.«

»Irgendeine Firma wird mich schon nehmen«, sagte Marius.

»Ohne Kontakte? Ohne abgeschlossenes Studium? Das bezweifle ich.« Er lächelte. »Du hättest mit dem Schwerpunkt Marketing studieren sollen, so wie Nicole. Dann könntest du wenigstens in der Werbung arbeiten. Aber so …«

Marius hätte gern widersprochen. Aber sein Vater sprach nur aus, was Marius im Grunde bereits wusste.

»Ich fürchte, etwas anderes als das hier wird nicht funktionieren«, sagte sein Vater und deutete mit einer ausladenden Bewegung auf das Weinzelt. »Kneipenjobs. Vielleicht ein Copyshop. Aber nichts, wo man Geld verdienen kann. Es bleibt nur der Niedriglohnsektor. Was willst du machen, Marius? Was wird aus dir?«

Marius drehte sich weg. Nahm den Lappen und

schrubbte über die Tischplatte. Sein Vater sollte aufhören. Er wollte das nicht hören.

»Das war's dann! Wir machen zu!«, rief sein Chef.

Er trat von hinten ins Zelt und nahm die Kasse unter den Arm. Er tat, als wären sie allein. Marius drehte sich um. Sein Vater war fort. Als wäre er gar nicht da gewesen.

»Deinem Kumpel ziehe ich zwei Stunden vom Lohn ab. Kannst ihm einen schönen Gruß bestellen.«

Was wird aus dir?

Marius spürte Tränen aufsteigen. Er dachte an Nathalie. Da war diese Sehnsucht nach ihr. Er brauchte sie. Wäre sie jetzt nur hier. Sie würde das Richtige sagen.

Beinahe grimmig machte er sich daran, die Tische zu säubern. Räumte alles auf, fegte die Gasse vorm Zelt, löschte das Licht. Schließlich ließ er sich seinen Lohn auszahlen und hörte sich die unvermeidliche Standpauke an. Dann trat er ins Freie.

Was wird aus dir?

Er zündete sich eine Zigarette an. Mikey war immer noch nicht aufgetaucht. Marius verstand nicht, was mit ihm los war. Bestimmt war er längst zu Hause in der WG. Gleich würde er erfahren, was mit ihm los war.

Auch Nathalie würde um diese Uhrzeit wieder zu Hause sein. Er musste dringend mit ihr reden. Er wollte von der Begegnung mit seinem Vater erzählen. Ordnung in seinem Gefühlschaos schaffen.

Das, was sein Vater gesagt hatte, arbeitete in ihm. Ohne einen gut bezahlten Nebenjob würden sie eine ganze Weile in dieser Wohnung in Neukölln bleiben müssen. Er fragte sich, wie lange er brauchen würde, um sein Studium zu beenden. Bislang hatte er nicht einmal einen Platz an der

Berliner Uni. Dazu war völlig offen, welche Scheine dort anerkannt werden würden. Vielleicht würde er einiges wiederholen müssen, weil die Anforderungen andere waren. Dann hatte er in den letzten Wochen die Semesterklausuren geschwänzt, das machte es auch nicht gerade besser. Zwei Jahre würde sein Studium mindestens noch dauern.

Er bog auf die Promenade, die grüne Fahrradstraße entlang der ehemaligen Stadtmauer. Es waren kaum Menschen unterwegs. Er atmete die warme, duftende Luft ein.

Vor ihm eine Querstraße. Auf dem Kopfsteinpflaster stand ein einzelnes Auto, mitten im Halteverbot. Im Lichtkegel einer Laterne konnte Marius erkennen, dass jemand am Steuer saß. Er näherte sich dem Wagen. Es war ein Mercedes der S-Klasse. Sein Vater. Offenbar wartete er auf ihn. Marius' Herzschlag beschleunigte sich. Hörte das denn niemals auf?

Der Mann hinterm Steuer sah ihn kommen. Die Fahrertür öffnete sich, und er stieg aus. Tatsächlich. Es war sein Vater. Er blieb am Wagen stehen und wartete auf Marius.

Der ging mit schnellen Schritten auf ihn zu. Stopfte demonstrativ die Hände in die Hosentaschen.

Sein Vater lächelte schief. »Dein alter Herr geht dir heute ganz schön auf die Nerven, oder?«

»Was willst du denn noch?«, fragte Marius.

Das sollte genervt klingen, klang dann aber vielmehr erwartungsvoll. Denn Marius konnte nicht glauben, was da passierte. Sein Vater kämpfte um ihn. Auch wenn er es sich nur ungern zugestand, war es genau das, was er sich ersehnt hatte.

»Ich wollte nach Hause fahren«, sagte sein Vater. »Aber

ich konnte einfach nicht. Ich will dich nicht so gehen lassen.«

»Bitte nicht, Papa. Ich bin müde.«

»Ich brauche dich, Marius.«

»Nein, hör zu …«

»Wir können noch mal von vorne anfangen. Nur wir zwei. Ein Versuch, um mehr bitte ich dich nicht. Gib mir eine Chance.«

Der kleine Junge in ihm wollte sich am liebsten an seinen Hals werfen. Doch Marius zwang sich, diese Gefühle beiseitezuschieben.

»Ich ziehe in ein paar Tagen nach Berlin. Es ist alles vorbereitet.«

»Gib mir ein paar Wochen Zeit. Ich will versuchen, alles wiedergutzumachen. Danach kannst du immer noch nach Berlin.«

»Es ist alles geplant. Der Umzug, die Renovierung. Ich kann das nicht einfach so über den Haufen werfen.«

»Ein paar Wochen nur. Ist das wirklich zu viel verlangt?«

Marius schwieg.

»Es ist ein Fehler, Marius. Das weißt du. Berlin und das alles. Aus diesem Holz bist du nicht geschnitzt. Ein Arbeiterbezirk, billige Wohnungen. Vergiss mal die Sozialromantik. Es geht hier nicht darum, auf deinen Skiurlaub zu verzichten. Diese Welt da draußen ist gnadenlos. Du wirst untergehen.«

Er sagte das ruhig, beinahe mitfühlend. Marius spürte, wie sein Widerstand schwand. Er betrachtete seinen Vater. Plötzlich wurde ihm klar, was hier vor sich ging. Die Freundlichkeit, der ungewohnte Tonfall. Sein Vater kannte ihn gut genug, um seine Schwächen zu erspüren. Er ahnte offenbar, wie sehr sich Marius nach seiner Anerkennung sehnte. Diesen Kampf konnte er nur mit Liebe gewinnen, also gab sein Vater vor, ihn zu lieben. Es war alles Scharade. Eine neue Angriffswelle mit verbesserten Waffen.

»Es ist ein Fehler, Marius, und das weißt du«, sagte er voller Wärme. »Warum gibst du mir keine Chance, mich zu ändern? Wir gehören doch zusammen.«

Eine Scharade. Doch diese Erkenntnis beschwor keinen neuen Kampfgeist. Im Gegenteil. Er fühlte sich mit einem Mal unendlich erschöpft.

»Du kannst dieses Leben da draußen nicht leben, Marius. Dazu bist du zu schwach. Hörst du? Du bist zu schwach.«

Alles war nur ein Traum. Berlin. Eine Zukunft außerhalb der Firma. Nichts davon würde wahr werden.

Nathalie. Was würde aus ihrer Liebe werden?

»Ist es wegen dem Mädchen?«, fragte sein Vater. »Liebst du sie?«

»Ja«, sagte er heiser. »Das tue ich.«

»Dann ist es okay. Bring sie mit.«

»Wie bitte?«

»Du hast schon richtig gehört. Ich werde dafür sorgen, dass sie von allen respektiert wird. Wir werden sie behandeln wie die Schwiegertochter, die wir uns eigentlich gewünscht hätten. Das verspreche ich dir.«

Marius begriff, dass er verloren hatte. Gegen dieses Angebot konnte er sich nicht wehren.

»Ich freue mich, sie kennenzulernen, Marius. Wenn du glaubst, dass sie die Richtige ist, werde ich sie wie eine Tochter aufnehmen.«

Schweigen. Sein Vater betrachtete ihn.

»Sind wir uns einig?«, fragte er.

»Ja«, sagte Marius.

Ihm war zum Heulen zumute. Sein Vater trat näher und nahm ihn in den Arm. Obwohl ein Teil von ihm wusste, wie vergiftet diese Geste war, klammerte er sich dennoch an ihn. So sehr hatte er sich Nähe zwischen ihnen gewünscht.

Als sie sich schließlich voneinander lösten, ging Marius zur Beifahrertür und öffnete sie. Es kam ihm ganz natürlich vor, mit seinem Vater nach Hause zu fahren.

»Nein, Marius. Ich fahre allein. Geh zu ihr.«

»Wie bitte?«

»Zu deiner Freundin. Das wolltest du doch.«

»Ach so.«

Er schämte sich dafür, Nathalie vergessen zu haben. Zögernd warf er die Tür wieder zu. Blieb etwas verloren auf dem Bürgersteig stehen.

»Wir sehen uns im Unternehmen«, sagte sein Vater.

Dann lächelte er, und in diesem Lächeln lag wieder die vertraute Kühle. Er hatte gewonnen. Marius würde zu ihm zurückkehren.

»Bis bald«, sagte er und stieg in den Wagen.

25

Keine zwanzig Meter vom Bahnhof entfernt fand sich eine Parklücke. Ein Glückstreffer. Hambrock sah auf die Uhr. Es war erst kurz nach acht, doch die dunklen Regenwolken, die über der Stadt hingen, hatten es frühzeitig dunkeln lassen. Regen prasselte auf das Wagendach. Er hatte keinen Schirm dabei, also schlug er lediglich den Kragen hoch, sprang mit einem Satz aus dem Wagen und hastete zum Bahnhof hinüber, wo noch ein Lebensmittelladen geöffnet hatte.

Erlend hatte ihn gebeten, auf dem Heimweg einen Becher Crème fraîche zu besorgen. Sie kochte offenbar, wollte aber noch nicht verraten, was. »Wir machen uns bei dem Regenwetter einen gemütlichen Abend zu zweit, Bernhard, was hältst du davon?« Er hielt eine Menge davon, schließlich war aus den freien Tagen nichts geworden, in denen sie viel Zeit miteinander verbringen wollten. So ließ sich wenigstens ein bisschen davon nachholen.

Der Bahnhof war bereits seit Monaten eine Baustelle. Herausgebrochene Wände, aufgerissene Gehwege, Unterführungen, Umleitungen, notdürftig angebrachte Sperrholzbretter. Wasser plätscherte in die Gänge hinein, ein kalter Wind fuhr durch die Gänge. Die Leute eilten mit griesgrämigen Gesichtern und hochgezogenen Schultern an ihm vorbei. Unter einem Baugerüst saß ein junger Obdachloser mit einer Flasche Bier in der Hand. Das Marihuana, das er rauchte, war weithin zu riechen. Offenbar hatte er sich die Ecke als Schlafplatz auserkoren, denn neben ihm lagen Zeitungen und ein zusammengerollter Schlafsack. Hambrock wollte sich bereits abwenden, als er den jungen Mann erkannte, der dort hockte. Es war Fabio.

Hambrock ging auf ihn zu. Als Fabio ihn bemerkte, warf er eilig den Joint weg. Er machte Augen wie ein Schuljunge, der beim Schummeln erwischt wurde.

»Fabio? Was machst du denn hier? Willst du hier etwa schlafen?« Hambrock spürte Ärger in sich aufsteigen. »Was soll das eigentlich? Wo warst du überhaupt in den letzten Tagen? Bei deiner Oma jedenfalls nicht. Und in dem Verweigererprojekt hat dich auch keiner mehr gesehen.«

Fabio sah schuldbewusst zu Boden. Da war ein großer Bluterguss an seiner Stirn. Er sah aus, als wäre er in eine Schlägerei geraten.

»Was denkst du dir nur dabei? Wo soll das hinführen? Willst du ein Penner werden oder was?«

»Ich … nein, das will ich nicht.«

»Wo hast du in den letzten Tagen geschlafen? Auf der Straße?«

»Nein, hab ich nicht. Jedenfalls nicht nur.«

»Und wo warst du dann? Wieso bist du überhaupt abgehauen?«

Fabio schwieg. Hambrock ließ den Becher Crème fraîche in seine Manteltasche gleiten und packte Fabio am Arm.

»Komm schon«, sagte er ruppig. »Du kommst mit zu mir. Und dann duschst du erst mal.«

Er zog den Jungen hoch und stieß ihn den ganzen Weg bis zum Auto vor sich her. Als sie sich schließlich in die

Sitze fallen ließen, waren sie beide klatschnass. Hambrock startete den Wagen.

»Du kannst dich nicht so gehen lassen«, sagte er. »Du musst auf dich achtgeben, Fabio. Verstehst du? Wenn du nicht auf dich aufpasst, dann tut es keiner. So ist das nun mal.«

Fabio schwieg. Er betrachtete die regennassen Straßen.

»Heute Nacht bleibst du erst mal bei mir«, sagte Hambrock. »Und dann überlegen wir uns in Ruhe, wie's weitergeht. Aber du musst dich zusammenreißen, verdammt.«

»Hat Ihre Frau denn nichts dagegen, wenn ich bei Ihnen übernachte?«

»Elli? Nein, natürlich nicht. Wie kommst du darauf?«

Fabio warf ihm einen skeptischen Blick zu. Hambrock fragte sich, ob er etwas von dem Streit mitbekommen hatte. Erlend hatte in seiner Gegenwart kein kritisches Wort gesagt, aber Fabio schien dennoch zu wissen, was sie über ihn dachte.

»Außerdem braucht dich das nicht zu kümmern«, schob er hinterher. »Du bist schließlich mein Gast und nicht der meiner Frau.«

Fabio sagte nichts dazu, doch Hambrock hatte das Gefühl, dass ihm das Ganze Kopfzerbrechen bereitete.

Als sie kurz darauf in die Wohnung traten und Erlend erkannte, wen er da im Schlepptau hatte, gefror ihr Lächeln ein wenig. Sie hatte sich aber gut genug unter Kontrolle, um auch dieses Mal nicht in Gegenwart von Fabio einen Streit anzufangen. Das würde sie sich für später aufheben, wenn sie alleine waren.

Was geschah, als Fabio eine Viertelstunde später unter der Dusche stand.

»Wo hast du den denn aufgelesen, Bernhard? Etwa am Bahnhof?«

»Was hätte ich denn machen sollen? Einfach weitergehen? Der Junge hat Furchtbares erlebt. Er hat seine Eltern verloren. Und jetzt ist er ganz allein.«

»Es ist nicht dein Job, dich um solche Jungen zu kümmern. Was soll denn als Nächstes passieren? Soll der hier einziehen? Damit du endlich das Kind …« Sie stockte.

Damit du endlich das Kind bekommst, das du dir immer gewünscht hast, hatte sie sagen wollen. Hambrock spürte den Stich.

»Tut mir leid, Bernhard.«

»Es ist nur für heute Nacht«, sagte er. »Und eventuell für morgen Nacht. Versprochen. Danach ist er weg.«

»Dann muss ich wohl aufpassen, dass kein Geld herumliegt und meine Kreditkarte sicher ist?«

»So einer ist er nicht.«

»Er ist ein vierzehnjähriger Straßenjunge, der offensichtlich Drogen nimmt. Das konnte man deutlich sehen.«

»Elli, ich bitte dich. Du bist Holländerin. Er hat einen Joint geraucht. Meine Güte.«

»Na gut. Du hast gewonnen. Ich muss morgen sehr früh raus, dann hast du Zeit, dich um ihn zu kümmern. Es gibt Kriseneinrichtungen für solche Jugendlichen. Die wissen wahrscheinlich besser als du, was zu tun ist.«

»Er kann also bleiben?«

»Natürlich. Macht euch einen schönen Abend. Ich werde nach dem Essen nach nebenan gehen und ein Buch lesen.«

Hambrock zog seinen nassen Mantel aus. Er spürte einen Gegenstand in der Tasche. Den Becher Crème fraîche. Vorsichtig stellte er ihn auf die Anrichte. Erlend hatte Spargel gekocht, den ersten dieser Saison.

»Das war's dann wohl mit dem gemütlichen Abend«, stellte sie fest und verließ den Raum.

Nach dem Abendessen zog sie sich wie angekündigt ins Schlafzimmer zurück. Fabio blieb mit Hambrock allein im Wohnzimmer. Der Junge spürte offenbar die angespannte Atmosphäre. Es fiel ihm sichtbar schwer, sich zu entspannen. Hambrock hantierte an seiner Stereoanlage herum.

»Was für Musik magst du denn?«, fragte er und überblickte seine CD-Sammlung. »David Bowie? Oder vielleicht New Order? Wie wär's mit Joe Jackson?«

»Keine Ahnung. Machen Sie einfach irgendwas.«

»Ich hab hier richtig guten alten Synthie Pop. Als das noch ganz revolutionär war und lange bevor Modern Talking auf der Welle mitgeschwommen ist.«

»Wer ist denn Modern Talking?«, fragte Fabio.

Hambrock sah ihn ungläubig an. Im Hintergrund die ersten Takte eines David-Bowie-Songs aus den späten Siebzigern.

»Das muss dir alles uralt vorkommen«, meinte Hambrock.

»Nee, ist cool. Echt.«

Hambrock lächelte, dann nahm er auf dem Sessel Platz. Eine Weile lauschten sie der Musik, bis Fabio fragte: »Denken Sie, es war jemand anderes?«

»Was meinst du?«

»Die Sache mit Lennard und den anderen. Der Mord an diesem Unternehmersohn. War das ein anderer, der ihn ermordet hat? Gar nicht die drei Angeklagten?«

»Gut möglich. Wir ermitteln noch. Wieso fragst du?«

»Vielleicht war es ja ein Nazi. Einer, der mit Lennard befreundet ist.«

»Wie kommst du denn darauf?«

»Keine Ahnung. Nur so eine Idee.«

»Nein, es war kein Nazi. Vielleicht jemand aus seiner Familie. Oder auch ein ganz anderer. Genauso gut kann es sein, dass es die drei Angeklagten waren, so wie von Anfang an vermutet. Hätte sich dieser Zeuge nicht gemeldet, dann wären die drei längst verurteilt.«

Sie fielen wieder in Schweigen. Hambrock lauschte der Musik und hing seinen Gedanken nach. Die Vorstellung, ein anderer hätte diesen Mord begangen, hatte für ihn etwas Tröstliches. Am Ergebnis änderte das natürlich wenig. Marius würde nicht wieder lebendig werden. Aber wenn sein Mörder ein handfestes Motiv hatte, wirkte das alles nicht so sinnlos. Es war diese Beliebigkeit mancher Verbrechen, die ihm mit zunehmendem Alter zusetzte. Früher war er da nicht so sensibel gewesen.

»Ihre Frau mag mich nicht, oder?«, fragte Fabio.

»Nein, das ist es nicht. Sie findet nur, ich arbeite zu viel.«

»Ich möchte Ihnen nicht zur Last fallen.«

»Das tust du nicht, Fabio. Ich mache mir nur Sorgen um dich. Du sollst nicht so enden, mit einem Schlafsack am Bahnhof. Ich möchte dir ein bisschen helfen, bis du wieder alleine klarkommst. Das wird sie schon verstehen.«

»Sie sind sehr nett.«

Er machte eine wegwerfende Handbewegung. »Ach was.«

Dann lehnte er sich in den Sessel zurück und lauschte der Musik. Da war ein Synthesizer-Solo, er wusste nicht einmal, zu welchem Stück das gehörte. Im Bewusstsein der heutigen Möglichkeiten elektronischer Musik wirkte es jedoch mehr als lahm. Beinahe schämte er sich ein bisschen.

»Die Musik ist tatsächlich sehr alt, fürchte ich.«

»Nein«, sagte Fabio und grinste breit. »Die ist cool, wirklich.«

Hambrock lachte. Für diese dreiste Lüge hätte er den Jungen am liebsten umarmt.

Als Hambrock am nächsten Morgen aufstand, war Erlend bereits fort. Er duschte ausgiebig, machte sich Kaffee und Eier und räumte anschließend die Küche auf. Als es Zeit wurde zu gehen, schlief Fabio immer noch. Hambrock brachte es nicht übers Herz, ihn zu wecken. Er wusste, Erlend würde nicht wollen, dass er ihn allein in der Wohnung zurückließ. Doch Hambrock vertraute dem Jungen. Er würde es darauf ankommen lassen. Also schrieb er eine kurze Notiz, legte sie auf den Küchentisch und machte sich auf den Weg.

Es war noch früh, der Berufsverkehr hatte noch nicht eingesetzt. Hambrock kam gut durch die Stadt. Er holte Keller aus dessen Wohnung im Südviertel ab, und gemeinsam machten sie sich auf den Weg nach Gertenbeck. Klaus Baar erwartete sie um acht Uhr, er wollte das Gespräch offenbar hinter sich bringen, bevor er in die Firma fuhr. Pünktlich erreichten sie die Familienvilla der Baars, ein kühler weiß getünchter Bau aus den Siebzigerjahren. Als er die Klingel drückte, erklang ein tiefer Gong aus dem Innern des Hauses. Die Tür öffnete sich, und Nils Baar stand vor ihnen.

»Sie sind die Polizisten, die sich angemeldet haben«,

stellte er gelangweilt fest. »Gut, dass Sie pünktlich sind. Mein Vater wartet schon auf Sie.«

Er fixierte Hambrock. »Sie waren doch gestern im Jugendzentrum«, sagte er. »Ich hab Sie da gesehen.«

»Die Leiterin ist eine Freundin von mir«, sagte Hambrock. »Bist du heute gar nicht in der Schule?«

»Nein, wozu auch. Ist eh langweilig. Ich hab meinen Eltern gesagt, die erste Stunde fällt aus. Dann muss ich nicht so früh aufstehen.«

Hambrock runzelte die Stirn. Ein seltsames Geständnis. Er glaubte kaum, dass der Junge es wagte, seinem Vater gegenüber solche Äußerungen zu machen.

»Was sagen deine Eltern denn zu so etwas?«, fragte er.

»Die interessiert das eh nicht. Die erste Stunde fällt nie aus, das müssten die eigentlich wissen. Aber denen ist völlig egal, was ich mache. Wen stört's also?«

Hambrock und Keller wechselten einen Blick.

»Kommen Sie rein«, sagte Nils. »Mein Vater ist im Esszimmer. Gehen Sie einfach durch.«

Dann schlurfte er davon, ohne sich weiter um den Besuch zu kümmern. Die beiden Kommissare traten ein und schlossen die Tür. Hambrock erinnerte sich an das, was Mechtild Bruns gesagt hatte: Nils wirke auf sie bedürftig und bekomme zu Hause offenbar wenig Nestwärme. Er überlegte, ob er das Ehepaar Baar damit konfrontieren sollte, dass Nils die Schule schwänzte. Doch dann verwarf er den Gedanken wieder.

Die Hausherrin tauchte in der Vorhalle auf. Sie bemerkte die Kommissare, die in ihr Haus gekommen waren und alleine in der Halle herumstanden. Verwundert blieb sie stehen.

»Hat Nils Sie etwa einfach stehen lassen?«, fragte sie. Ihr Gesicht verdüsterte sich. »Der Junge weiß wirklich nicht, was sich gehört. Ich muss mich vielmals entschuldigen.«

Dann führte sie die beiden ins Esszimmer, wo Klaus Baar mit der Zeitung am Tisch saß und Kaffee trank. Als er sie eintreten sah, legte er die Zeitung beiseite, erhob sich und gab ihnen die Hand.

»Setzen Sie sich, meine Herren. Darf ich Ihnen eine Tasse Kaffee anbieten?«

Sie lehnten dankend ab und nahmen Platz. Brigitte Baar entschuldigte sich mit einem gezwungenen Lächeln. Sie müsse kurz nach Nils sehen, meinte sie. An ihrem Gesichtsausdruck war zu erkennen, dass dem Jungen eine ordentliche Standpauke blühte.

»Ich möchte mich für die Unannehmlichkeiten entschuldigen«, begann Hambrock. »Sicher hätten Sie sich gewünscht, mit der Sache abschließen zu können.«

»Ich weiß nicht, was Sie hier wollen. Dieser Junge lügt«, stellte Klaus Baar fest. »Dieser kleine Rotzbengel kommt einen Tag vor der Urteilsverkündung mit seiner Phantasiegeschichte um die Ecke. Das ist doch nicht zu glauben. Ich bezahle meinen Anwälten ein Vermögen, nur damit so ein minderbemittelter Versager daherkommt und die ganze Anklage zusammenstürzen lässt. Unglaublich.«

»Ich kann Ihre Wut verstehen, Herr Baar. Dennoch müssen wir diesen Hinweisen nachgehen.«

»Ach, Unfug. Dieser Bengel bräuchte eine ordentliche Tracht Prügel, wenn Sie mich fragen. Jetzt sitzt er zu Hause in seinem albernen Aufzug, zündet sich ein Räucherstäbchen an und genießt es, einmal im Leben beachtet zu werden. Und die ganze Exekutive tanzt um ihn herum und macht den Diener und kostet dabei den Steuerzahler ein Vermögen. Anstatt dass man den Jungen einfach in eine Besserungsanstalt steckt und ihm die Flausen aus dem Kopf prügelt.«

»Leider ist es nicht unser Job, so etwas zu bewerten«, sagte Hambrock. »Wir sind nur angehalten, den Wahrheitsgehalt der Zeugenaussage zu prüfen.«

»Sie können nichts dafür, natürlich«, sagte er missmutig. »Das war wohl eher diese Richterin mit ihrem gottverfluchten SPD-Parteibuch, die sich von dem Lümmel hat beeindrucken lassen.«

»Sie scheinen sich ja ziemlich sicher zu sein, dass dieser Zeuge ein Lügner ist, Herr Baar. Woher nehmen Sie diese Überzeugung?«

»Es waren diese drei Jugendlichen. Ich kenne deren Familien. Die haben ihre Blagen verhätschelt und verzogen, immer mit dem goldenen Löffel gefüttert, und jetzt, wo sie ins wirkliche Leben sollen und merken, dass ihnen da nicht überall der Hintern nachgetragen wird, da kommt der Hass auf die Welt auf. Wenn sie nicht mehr wie Prinzen behandelt werden, antworten sie eben mit Gewalt. Dann schlagen sie einfach drauflos und kennen kein Erbarmen. Und irgend so eine dahergelaufene Richterin faselt dann was von guter sozialer Einbindung und positiven Resozialisierungsaussichten, und das Einzige, was diese Rotzbengel daraus lernen, ist, dass sie machen können, was sie wollen, ohne ernsthafte Konsequenzen befürchten zu müssen.«

Er beugte sich vor und starrte die Kommissare mit seinen wasserblauen Augen an. »Diese Burschen haben meinen Sohn auf dem Gewissen. Damit dürfen sie nicht durchkommen.«

»Wir haben keinen Einfluss auf die Rechtsprechung, Herr Baar. Aber wir tun alles, was in unserer Macht steht, um die wahren Täter einem Urteil zuzuführen.«

»Die wahren Täter!« Er schnaubte verächtlich.

»Dann setzen wir uns doch am besten mit den Vorwürfen auseinander, um sie zu entkräften«, schlug Hambrock in der Hoffnung vor, ihn auf diesem Wege zugänglicher zu machen. »Sprechen wir noch einmal über die Tatnacht. Ihr Sohn ist mit dem letzten Nachtzug nach Gertenbeck gefahren. Was wollte er eigentlich hier?«

»Was ist das denn für eine Frage? Was soll er schon gewollt haben? Er ist nach Hause gefahren. Er wohnt hier!«

»Aber hat er denn zu diesem Zeitpunkt tatsächlich noch hier gewohnt?«, fragte Keller.

Das Gesicht des Patriarchen verdunkelte sich.

»Es tut uns sehr leid, aber wir müssen diese Fragen stellen«, lenkte Hambrock ein. »Wir wissen, dass Sie und Ihr Sohn einen Streit hatten. Marius wollte mit seiner Freundin nach Berlin ziehen. Sie haben ihn daraufhin vor die Tür gesetzt.«

»Das waren doch alles Kindereien«, sagte Klaus Baar. »Marius wollte ein bisschen rebellieren, das ist ganz normal in dem Alter. Ja, ich habe ihn vor die Tür gesetzt, aber nur, um ihm eine Lektion zu erteilen.«

»Soweit wir wissen, wollte Marius das allerdings durchziehen. Es gab schon eine Wohnung, und die Umzugskisten waren gepackt.«

»Nein, das sehen Sie falsch. Marius hat am Ende eingelenkt. Weshalb hätte er sonst hierherfahren sollen? Er ist wieder bei uns eingezogen. Er hat die Sache mit Berlin abgehakt.«

Klaus Baar bemerkte die ungläubigen Gesichter der Kommissare.

»Wir haben miteinander gesprochen«, sagte er. »Marius und ich haben uns ausgesöhnt. Ich habe bei ihm sicherlich ein paar Fehler gemacht. Vielleicht habe ich ihn manchmal zu hart rangenommen. Aber er war bereit, zurückzukommen. Er hat es sich noch einmal überlegt.«

»Weiß Nathalie Brüggenthies das auch?«, fragte Keller.

»Seine Freundin? Sicher, davon gehe ich aus. Ich habe Marius gesagt, wir werden dieses Mädchen bei uns willkommen heißen. Wenn sie die Frau ist, die er liebt, dann werde ich mich nicht querstellen, habe ich gesagt. Das bringt ja auch nichts. Sicher, ich hätte mir eine andere Schwiegertochter gewünscht, da bin ich ganz ehrlich. Aber ich habe eingesehen, dass ich ihm da keine Vorschriften machen kann.«

»Frau Brüggenthies hat unserer Kenntnis nach bis zum Schluss geglaubt, dass sie und Marius nach Berlin gehen würden«, sagte Hambrock.

»Tatsächlich? Dann hat er ihr wohl doch nichts davon gesagt. Vielleicht hatte er es noch vor. Ich wollte mich da nicht einmischen. Das war seine Angelegenheit.«

»Kann irgendjemand bezeugen, dass Marius es sich anders überlegt hat? Ich muss gestehen, wir hören zum ersten Mal davon.«

»Fragen Sie meine Frau. Zwei Tage vor seinem Tod ist er hier wieder aufgetaucht. Er ist zurückgekommen. Und wollte bleiben.«

»Um das Unternehmen eines Tages zu übernehmen.«

»Ganz richtig. Hier ist sein Platz im Leben. Das hat er schließlich begriffen. Insofern dachte ich, die ganze Sache hätte auch ihr Gutes. Marius hat endgültig eine Entscheidung getroffen. Er hat sich für das Unternehmen entschieden.«

Nach der Befragung verabschiedeten sie sich. Als sie in die Vorhalle traten, warf Hambrock einen Blick zu der Tür, hinter der Nils verschwunden war.

»Ist Ihr Sohn Nils noch da? Dürften wir vielleicht kurz mit ihm sprechen?«

Die Hausherrin tauchte hinter ihnen auf.

»Er ist zur Schule gegangen«, sagte sie. »Die zweite Stunde fängt gleich an, da hat er Mathematik.«

»Was wollen Sie denn von Nils?«, fragte Klaus Baar und legte einen drohenden Tonfall in seine Stimme.

»Nichts Wichtiges. Wie auch immer. Falls Ihnen noch etwas einfällt, Herr Baar, rufen Sie uns bitte an. Jeder Hinweis kann nützlich sein.«

»Ach, Unfug!«, sagte Klaus Baar. »Sorgen Sie einfach dafür, dass sich diese drei Schläger nicht aus der Sache rauswinden können. Mehr verlange ich gar nicht.«

Draußen stiegen Hambrock und Keller wieder ins Auto. Die Unternehmervilla stand kalt und abweisend im grauen Morgenlicht. Keller ließ den Motor an.

»Irgendjemand hält uns hier gewaltig zum Narren«, sagte er.

»Ja«, meinte Hambrock. »Die Frage ist nur, wer.«

»Also nehmen wir uns noch mal Nathalie vor. Aber diesmal fassen wir sie nicht mit Samthandschuhen an.«

Keller fuhr von der Auffahrt und setzte den Blinker.

»Fahr doch bitte am Bahnhof vorbei«, sagte Hambrock. »Ich möchte den Ort noch mal auf mich wirken lassen.«

»Wenn du meinst.«

Keller änderte die Richtung, und sie steuerten den nur wenige hundert Meter entfernten Bahnhof an. Das Gelände lag wie ausgestorben da. Keine Menschenseele war zu sehen. Die Züge fuhren stündlich, offenbar dauerte es noch eine Weile bis zur nächsten Abfahrt.

Keller parkte neben der Radstation. Gerade wollte Hambrock die Tür öffnen, als er eine einzelne verlorene Gestalt auf dem Bahnsteig entdeckte. Es war Nils.

»Sieh an«, meinte Keller. »Der Matheunterricht muss also ohne ihn stattfinden.«

»Was hat er wohl vor? Will er den ganzen Tag schwänzen und nach Münster fahren?«

Nils hatte sie nicht bemerkt. Er schlenderte gedankenverloren über das Gleis. Schließlich trat er unter dem Holzdach hervor und ging zu der Stelle, an der Marius getötet worden war. Er hockte sich hin und fuhr mit der Hand über das Pflaster.

»Vielleicht sollten wir die Gelegenheit nutzen und ein paar Worte mit ihm wechseln«, meinte Keller.

»Ja, das denke ich auch. Auf die Gefahr hin, dass Klaus Baar uns die Hölle heißmacht.«

»Ich werde das Gefühl nicht los, dass der Junge etwas über die Sache weiß. Es würde mich nicht wundern, wenn er uns sagen kann, was tatsächlich in der Tatnacht passiert ist.«

Sie stiegen aus dem Wagen ins Freie. In diesem Moment entdeckte Nils sie. Er sprang auf, stopfte die Hände in seine Hosentaschen, wandte sich ab und lief eilig davon.

»Er will abhauen«, sagte Keller. »Sollen wir ihn uns schnappen?«

Hambrock wusste nicht, ob das eine gute Idee war. Schließlich war der Junge minderjährig. Und Klaus Baar würde es nicht einfach auf sich sitzen lassen, wenn sie ihn ohne sein Wissen befragten. Bevor er sich zu einer Entscheidung durchringen konnte, machte sich sein Handy bemerkbar.

»Warte kurz«, sagte er. Es war eine unbekannte Nummer mit Münsteraner Vorwahl. Mit einem Stirnrunzeln nahm er das Gespräch entgegen. Eine junge Frauenstimme meldete sich am anderen Ende.

»Hier ist Schwester Peggy von der Raphaelsklinik Münster. Spreche ich mit Bernhard Hambrock?«

»Ja. Ist etwas passiert?«

»Wir haben hier einen jungen Mann in der Notaufnahme. Keine Angst, es geht ihm gut. Er hat ein paar Prellungen und eine Schnittwunde im Gesicht. Nichts Dramatisches. Aber er muss erst mal hierbleiben. Er heißt Fabio Deiters und hat Sie als Kontaktperson angegeben. Er sagt, er hätte keine Familie. Können Sie das bestätigen?«

»Fabio? Und es geht ihm gut, sagen Sie? Was genau ist passiert?«

»Er ist wohl in eine Schlägerei geraten. Aber seine Verletzungen sind nicht schwerwiegend. Trotzdem wäre es besser, wenn Sie kommen würden. Er fragt die ganze Zeit nach Ihnen.«

»Ich mache mich sofort auf den Weg. In einer halben Stunde bin ich da.«

Er beendete das Gespräch und sah zum Bahnhof hinüber. Nils war verschwunden. Damit war ihnen die Entscheidung abgenommen worden.

»Wir müssen nach Münster«, sagte er. »Tut mir leid, Henrik, aber es geht nicht anders.«

In der Notaufnahme herrschte Hochbetrieb. Ärzte und Pfleger hasteten über die Gänge, Rettungsfahrer schoben Patienten vor sich her, und den Wartebereich bevölkerte eine illustre Ansammlung von Menschen. Die Klinik befand sich mitten in der Stadt, hierher kamen die Obdachlosen und Junkies. Alte Leute aus dem nahe gelegenen Seniorenheim, Touristen, die sich ihren Aufenthalt in der Domstadt wohl anders vorgestellt hatten, und die sozial schwachen Bewohner der Bahnhofsgegend.

Eine Schwester führte Hambrock zu Fabio. Er lag allein in einem Zweibettzimmer und wurde gerade von einer älteren Ärztin mit einem zerfurchten Gesicht untersucht.

»Herr Hambrock«, sagte Fabio strahlend, als er eintrat. »Sie sind gekommen.«

»Natürlich. Was ist denn passiert?«

»Der junge Mann ist von Rechtsradikalen angegriffen worden«, sagte die Ärztin. »Ein Wunder, dass nicht mehr passiert ist.«

»Von Rechtsradikalen?« Er fixierte Fabio, der schuldbewusst zu Boden sah. »Wieso denn das?«

»Ein paar Prellungen und Stauchungen, aber kein Bruch«, fuhr die Ärztin fort. »Und die Schnittwunde war nur oberflächlich. Wir haben sie mit ein paar Stichen genäht.« Mit einer mütterlichen Geste strich sie Fabio die Haare aus der Stirn. »Du solltest unbedingt Anzeige erstatten.«

»Ich bin Polizist«, sagte Hambrock. »Glauben Sie mir, ich werde mich darum kümmern.«

Nachdem die Ärztin gegangen war, setzte er sich an Fabios Bettkante.

»Wieso haben die dich angegriffen? Was ist denn passiert? Wo war das? Am Bahnhof?«

»Nein, das war … ich …«

Plötzlich begriff Hambrock. Fabio hatte am Vorabend seltsame Andeutungen gemacht, ein paar Rechte könnten Marius getötet haben. Jetzt verstand er: Dieser Verdacht kam nicht von ungefähr. Ebenso die Tatsache, dass der Junge in den letzten Tagen abgetaucht war und keiner wusste, wo er sich aufgehalten hatte.

»Fabio, was hast du getan? Warst du bei Lennards Freunden? Hast du versucht, auf eigene Faust etwas herauszufinden?«

Der schuldbewusste Blick war Antwort genug.

»Fabio! Bist du noch zu retten? Was hast du dir dabei gedacht? Bist du von allen guten Geistern verlassen?«

»Es tut mir leid. Die haben gemerkt, was ich vorhatte, deshalb bin ich hier.«

»Die haben …?« Hambrock glaubte, sich verhört zu haben. »Mein Gott, Junge! Wolltest du James Bond spielen oder was? Du kannst dich doch nicht in solche Gefahr begeben. Das hätte weitaus böser ausgehen können.«

»Ich wollte Ihnen nur einen Gefallen tun. Weil Sie doch … Ich dachte, ich kann Ihnen damit helfen.«

Hambrocks Ärger war mit einem Mal verpufft. Er betrachtete das lädierte Gesicht des Jungen.

»Was machst du nur für einen Unsinn. Du hättest dabei draufgehen können. Wenn du doch nur mit mir darüber geredet hättest.«

Fabio sah ihn mit unschuldigen Augen an. »Aber ich

habe etwas herausgefunden. Keine Ahnung, ob einer von denen am Bahnhof in Gertenbeck war. Aber die Freundin von dem Toten, die war offenbar schwarz. Das wusste Lennard von Marius' Bruder. Die beiden haben miteinander gechattet und sich wohl furchtbar aufgeregt. Das hat sich dann irgendwie verselbstständigt. Und dann haben ein paar Freunde von Lennard gedacht, sie könnten da mal ein Beispiel setzen. Die wollten sich die Frau vornehmen, aber das hat wohl nicht funktioniert. Dann haben sie sich stattdessen ihren Mitbewohner geschnappt. Eine linke Zecke, wie es hieß. Die haben den auf dem Stadtfest zusammengeschlagen. Als Warnung für die Freundin.«

Hambrock brauchte nur wenige Sekunden, um die Information zu verarbeiten. Er packte Fabio am Arm.

»Mach so etwas nie wieder«, sagte er eindringlich. »Das ist es nicht wert. Du musst bei mir nichts wiedergutmachen. Das war Wahnsinn, was du da getan hast. Hörst du?«

Sein Handy machte sich bemerkbar. Er ließ Fabio los und zog es hervor. Auf dem Display sah er, dass Guido Gratczek am anderen Ende war.

»Ich komme gleich wieder«, sagte er zu Fabio. »Wir sind hier noch nicht fertig.«

Dann stand er auf, ging in den Flur und nahm das Gespräch entgegen.

»Hambrock, bist du noch im Krankenhaus?«

»Ja, aber nicht mehr lange. Ich komme gleich ins Präsidium.«

»Das ist gut. Es gibt nämlich Neuigkeiten. Ich habe mit einer Nachbarin von Nathalie Brüggenthies gesprochen. Einer älteren Dame, die im Erdgeschoss wohnt. Sie sagt, es hat einen Streit gegeben bei Nathalie. Zwei Tage vor Marius' Tod. Dabei ist es wohl ziemlich laut zugegangen. Sie hat beobachtet, wie Marius daraufhin aus dem Haus gestürmt ist.«

»Dann hatte Klaus Baar vielleicht doch recht«, meinte er, »und Marius wollte tatsächlich zu ihm zurückkehren. Gut möglich, dass er Nathalie da seinen Entschluss mitgeteilt hat.«

»Kann schon sein. Aber das Beste hast du noch gar nicht gehört. Als Marius aus dem Haus gestürzt ist, hat der Mitbewohner von Nathalie noch mal die Tür aufgerissen. Du weißt schon, dieser Mikey. Er hat laut geschrien: Ich bring dich um, Marius! Die Nachbarin schwört, dass er genau das gebrüllt hat. Was sagst du jetzt?«

26

Marius schleppte sich die letzten Stufen zu Nathalies Wohnung hinauf. Alles in ihm fühlte sich taub an. Das Einzige, was ihn noch aufrecht hielt, war die Aussicht, mit Nathalie über seinen Vater zu reden. Sie würde Verständnis haben. Und sie würde wissen, was zu tun war.

Er schloss die Wohnungstür auf und trat in den engen Flur. Da waren Stimmen im Badezimmer. Marius wollte auf sich aufmerksam machen, doch dann stockte er. Etwas stimmte nicht.

Er hörte Nathalies sorgenvolle Stimme. »Das sieht nicht gut aus. Du musst die Wunde nähen lassen.«

»Ach, Unsinn.« Das war Mikey. »Ist doch nur ein Kratzer.«

»Du brauchst hier nicht den Helden zu spielen, Mikey. Am besten fahren wir gleich in die Notaufnahme.«

»Ich will nicht ins Krankenhaus. Ich … Aua! Pass doch auf.«

»Sorry. Ich bin eben keine Krankenschwester. Bitte, lass uns zur Notaufnahme. Und danach musst du eine Anzeige bei der Polizei machen.«

Marius trat an die offene Badezimmertür und lugte hinein. Mikey saß auf dem Badewannenrand. Sein Gesicht sah grauenhaft aus. Er war grün und blau geschlagen, über dem linken Auge klaffte eine Platzwunde. Sein Hemd war zerrissen und voller Blut. Es sah nach einer üblen Schlägerei aus. Nathalie stand über ihm. Vorsichtig reinigte sie sein Gesicht mit einem feuchten Tuch.

»Was ist denn hier passiert?«, fragte Marius.

Die beiden drehten sich um. Mikeys Gesicht verdunkelte sich, als er Marius sah. Nathalie dagegen blickte eher wie ein verwundetes Waldtier. Sie senkte den Kopf, wandte sich ab und hantierte an einem Jodfläschchen herum.

Marius hielt die Luft an. Natürlich konnte er sich die Antwort darauf, was passiert war, selbst geben. Roland. Das waren tatsächlich seine Freunde gewesen, die Mikey hinterm Weinzelt umzingelt hatten.

»Wer will, dass Nathalie mit dir Schluss macht?«, fragte Mikey düster. »Sag mir das, Marius. Wer will, dass ihr euch trennt?«

»Ich ... ich weiß nicht, was du meinst.«

»Bist du dir sicher?«, fragte er.

»Was ist denn überhaupt passiert? Du warst auf einmal nicht mehr im Weinzelt. Es hat deswegen Ärger gegeben.«

»Da waren plötzlich so ein paar Wichser. Fünf oder sechs. Die drängen mich an die Wand und faseln was davon, dass sie eine Warnung für mich haben. Wenn uns unser Leben lieb ist, sollen wir besser tun, was sie sagen. Und ich soll ... ich soll ... also Nathalie ...« Er stockte.

»Er soll der Niggerhure sagen, sie soll ihre dreckigen Finger von dir lassen«, sagte Nathalie kühl. »Sonst landet sie in Einzelteilen auf der Müllkippe.«

Marius starrte ihn an. Er konnte nicht glauben, dass Roland tatsächlich so weit gegangen war.

»Mein Gott ... Mikey ... Nathalie ... Es tut mir so leid.«

»Weißt du denn, wer das war?«, fragte Nathalie. »Wer steckt dahinter? Das muss doch einer sein, den du kennst.«

»Das Schwein mach ich fertig!«, sagte Mikey.

»Ich ... nein, ich hab keine Ahnung.«

»Hat das dein Vater in Auftrag gegeben?«, kam es von Mikey. »Ist das die Art und Weise, wie in eurer Welt so etwas geregelt wird?«

»Mikey, hör auf«, sagte Nathalie. »Das ist doch Unsinn. Marius' Vater hat seinen Sohn längst fortgejagt. Er wird ihn enterben und fertig. Der ist durch mit der Sache. Warum sollte er das tun?«

»Keine Ahnung. Einer muss schließlich dafür verantwortlich sein.«

Marius' Gedanken rasten. Er durfte jetzt nichts Falsches sagen.

Mikey fixierte ihn.

»Du musst doch eine Ahnung haben, wer das war.«

»Ist doch egal«, sagte Nathalie. »Ein Grund mehr, nach Berlin zu gehen. Wir lassen diese ganze Scheiße einfach hinter uns. Es tut mir nur leid, dass du da mit reingezogen wurdest, Mikey.«

Er brummte grimmig und erhob sich vom Badewannenrand.

»Ich dreh mir erst mal einen Joint. Danach sieht die Welt wieder anders aus.«

»Aber solltest du nicht in die Notaufnahme?«, fragte Nathalie. »Wir begleiten dich, Mikey.«

Er machte eine wegwerfende Handbewegung, drückte sich an Marius vorbei und verschwand in seinem Zimmer. Marius sah ihm nach. Das schlechte Gewissen drückte ihn.

»Was machen wir denn jetzt, Nathalie?«

»Nichts. Was sollen wir auch machen? Das ist jetzt Vergangenheit. Wir ziehen nach Berlin. Und da fangen wir ganz neu an.«

Er schwieg. So hatte er sich die Aussprache nicht vorgestellt. Nathalie betrachtete ihn. Ein Schatten fiel über ihr Gesicht.

»Das tun wir doch, oder? Wir gehen nach Berlin.«

»Ich … ich habe mit meinem Vater gesprochen.«

»Du hast … was?«

»Hör doch erst mal zu«, sagte er eilig. »Er möchte dich kennenlernen. Er akzeptiert, dass wir zusammen sind. Ich habe ihn davon überzeugt, dass du die Richtige für mich bist.« Das war vielleicht ein bisschen übertrieben, aber so hörte es sich besser an. »Wir haben geredet, verstehst du? Er will dich wie eine Tochter aufnehmen, das hat er mir wortwörtlich so gesagt.«

Nathalie schien gar nicht richtig zuzuhören. »Marius! Du willst zu deiner Familie zurück? Wegen denen machen wir das doch alles. Damit du ein eigenes Leben führen kannst. Wir machen das für dich.« Ihre Stimme klang verzweifelt. »Ich lass mein ganzes Leben zurück. Nur für dich. Ich gebe alles auf. Damit wir in Berlin zusammen sein können.«

»Aber vielleicht ist das ja gar nicht nötig. Überleg doch mal. Ich werde keinen ordentlichen Job in Berlin bekommen. Ich wäre von dir abhängig. Wie soll das denn funktionieren?«

»Vergiss mal das Geld. Du kannst doch nicht im Ernst darüber nachdenken, zu dieser Familie zurückzugehen.«

»Du hättest meinen Vater sehen sollen! Er war wie ausgewechselt. Er nimmt mich jetzt ernst. Und dich. Es wird alles anders werden.«

»Ach, Marius … Bitte nicht.«

Im Flur rumpelte es. Mikey tauchte mit einem brennenden Joint in der Badezimmertür auf. Mit seinem geschundenen Gesicht sah er aus wie ein Zombie. Offenbar bemerkte er die angespannte Atmosphäre nicht, denn er inhalierte tief, blies den Rauch durch die Luft und wandte sich an Marius.

»Sagt dir vielleicht der Name Roland etwas?«

Erschrockene Stille im Badezimmer.

»Einer der Typen hat was von einem Roland gesagt«, fuhr er fort. »Hörte sich irgendwie so an, als hätte der was mit der Sache zu tun.«

»Roland?« Nathalie sah Marius an wie ein Gespenst. »Dein Bruder war das?«

Mikey wollte etwas sagen, doch Nathalie ließ ihn nicht zu Wort kommen.

»Dein Bruder lässt Mikey zusammenschlagen? Um mich einzuschüchtern? Was hast du nur für eine Familie! Und dahin willst du mich mitnehmen?«

»Nein, das verstehst du falsch«, sagte Marius verzweifelt. »Roland ist ein Idiot. Das wird sich klären. Er ist mein Bruder, verdammt. Er wird sich daran gewöhnen müssen. Keine Ahnung, was im Moment mit dem los ist. Er hat sich da in etwas verrannt. Aber früher haben wir uns wirklich gut verstanden. Er wird zur Besinnung kommen, das verspreche ich.«

»Aber diese Typen waren Rassisten. Nazis. Ist dein Bruder etwa auch so einer?«

»Er hat einen Knall, Nathalie! Das ist eine Phase. Er will uns damit irgendwas beweisen. Genau wie mit der toten Taube. Wenn Roland und ich mal in Ruhe miteinander reden …«

»Die Taube? Dein Bruder war das? Du wusstest die ganze Zeit, wer dahintersteckt, und hast nichts gesagt?«

Marius biss sich auf die Lippe. Doch es war zu spät, es ungesagt zu machen. Nathalie funkelte ihn wütend an. Sie wurde laut.

»Du wusstest das!«, schrie sie.

»Ja … nein. Ich habe es vermutet. Ich wollte nur … Nathalie, ich bring das in Ordnung. Mein Vater kümmert sich darum. Ich werde mit ihm reden. Er wird dafür sorgen, dass Roland zur Rechenschaft gezogen wird. Lass mich nur mit meinem Vater sprechen. Ich …«

Sie wandte ihr Gesicht ab. Egal, was er jetzt sagte, er würde es nur noch schlimmer machen.

Mikey, der ihrer Unterhaltung mit offenem Mund gefolgt war, erwachte aus seiner Starre. Er warf den Joint achtlos ins Klo, wo er zischend verlosch. Dann packte er Marius und stieß ihn in den Wohnungsflur.

»Raus hier. Aber ganz schnell. Verschwinde.«

»Aber … Nathalie! Warte doch. Ich bring das in Ordnung. Das verspreche ich.«

»Ach ja?« Mikey stieß ihn in Richtung Wohnungstür. »Dafür ist es wohl zu spät.«

»Nathalie! Bitte!«

Er stolperte zurück. Mikey beförderte ihn mit Tritten und Boxhieben zur Tür. Nathalie blieb im Badezimmer. Sie verschwand aus seinem Blickfeld. Eine Welle der Wut überspülte ihn. Dies war eine Sache zwischen ihm und seiner Freundin. Mikey sollte sich da raushalten.

»Wer hat dich überhaupt gefragt?«, brüllte er. »Geh mir aus dem Weg, du Idiot.«

Mikey verpasste ihm einen weiteren Hieb.

»Wer mich gefragt hat? Keine Ahnung. Deine Kumpel, die mir die Fresse poliert haben, jedenfalls nicht.«

»Meine Kumpel, sagst du?«

Er war jetzt blind vor Wut. Mikey wollte ihm seine Freundin wegnehmen, das war ihm von Anfang an klar gewesen. Mit einer flinken Bewegung schnippte Marius seine Finger in Mikeys Platzwunde. Das reichte aus, um ihn außer Gefecht zu setzen. Er krümmte sich wimmernd.

»Lass mich mit Nathalie allein. Geh in dein Zimmer. Das hier geht dich nichts an.«

Mikey hielt sich die Hand schützend über dem Kopf.

»Du blödes Arschloch …«, heulte er.

Marius betrachtete ihn mit bitterer Genugtuung. Dieser Typ würde ihn nicht vor die Tür setzen. Der würde ihn nicht aus Nathalies Leben befördern. Er wusste, wie er mit solchen Menschen umgehen musste. Das hatte er bei seinem Vater gelernt.

»Hau ab. Du langweilst mich. Keine Sorge, mein Vater wird dich großzügig abfinden. Er wird dir mehr Schmerzensgeld zahlen, als du mit deinen lächerlichen Kneipenjobs je verdienen wirst. Das dürfte dann wohl in Ordnung sein.«

Mikeys Faust traf ihn im Magen. Der Schmerz kam wie aus dem Nichts. Im wurde schwarz vor Augen. Jetzt war seine Wut grenzenlos. Er holte aus, um Mikeys Gesicht einen weiteren Schlag zu versetzen.

»Hört auf!«, schrie Nathalie.

Sie stand hinter ihnen im Flur. Leichenblass. Ihre Hände zitterten.

»Geh!«, sagte sie zu Marius.

»Warte, Nathalie. Lass mich …«

»Geh! Verschwinde! Sofort!«

Mikey nahm das als Stichwort, um ihn endgültig ins Treppenhaus zu befördern. Marius stolperte über eine Stufe und klammerte sich am Geländer fest.

»Wenn mein Vater …«

»Lass dich hier nie wieder blicken!«, rief Mikey. »Das gilt auch für deinen Vater und deinen Bruder. Ich schwör dir, Marius, sonst bring ich dich um!«

Als Nächstes knallte die Wohnungstür ins Schloss. Eine Nachbarin, die im Erdgeschoss wohnte, lugte neugierig herauf. Marius warf ihr einen bösen Blick zu, und sie verschwand eilig in ihrer Wohnung.

Er war allein. Mit schweren Schritten verließ er das Haus. Draußen empfing ihn die laue Sommernacht. Trotz der Laternen war ein großartiger Sternenhimmel zu sehen.

Er würde morgen mit Nathalie reden. Wenn sich die Gemüter etwas beruhigt hatten. Bestimmt ließe sich die ganze Sache noch irgendwie bereinigen. Morgen.

Er sah auf die Uhr. Noch eine halbe Stunde, dann würde der letzte Nachtzug nach Gertenbeck fahren. Denn wo sollte er sonst hin? Die Schlacht war geschlagen. Für heute hatte er verloren.

Er knöpfte seine Jacke zu und machte sich auf den Weg zum Bahnhof.

27

Mikey hockte am Tisch des Vernehmungsraums und wippte nervös auf dem Stuhl herum. Er schob sich immer wieder die Hornbrille zurecht. Er hatte Angst, das war ihm deutlich anzumerken. Sicher nicht ohne Grund. Die Schlinge zog sich enger, alle Lügengeschichten wurden nach und nach aufgedeckt. Hambrock saß ihm ruhig gegenüber und betrachtete ihn schweigend, was Mikey nur noch nervöser machte. Er wartete darauf, dass Hambrock endlich loslegte.

Die Schreibkraft, Frau Brösig, eine hochgewachsene burschikose Frau von knapp sechzig Jahren, betrachtete das Geschehen mit scheinbarer Gleichgültigkeit. Ihre Finger ruhten auf der Computertastatur, bereit, jeden Moment loszufliegen.

»Jetzt sagen Sie schon, was Sie von mir wollen, Herr Hambrock. Was hat Nathalie gesagt? Sie haben doch mit ihr gesprochen. Was hat sie gesagt?«

Nathalie war zuerst vernommen worden. Sie saß nun draußen und wartete. Hambrock unterdrückte ein Lächeln. Glaubte Mikey tatsächlich, darauf eine Antwort zu bekommen?

»Was glauben Sie denn, was Ihre Mitbewohnerin gesagt hat?«, fragte er.

»Die Wahrheit hoffentlich. Dass wir nichts mit der Sache zu tun haben. Wir haben Marius nicht getötet.«

»Bei Nathalie vermute ich das sogar. Unwahrscheinlich,

dass sie körperlich dazu in der Lage gewesen wäre. Aber sichergehen kann man da natürlich nicht.«

Das leise Klackern der Computertasten begleitete das Gespräch. Frau Brösig blickte gleichmütig auf den Bildschirm. Mikey nahm keine Notiz von ihr.

»Wir waren das nicht, das müssen Sie uns glauben.«

»Nur mit der Ruhe. Sie wussten also, dass Roland Baar hinter der Sache mit dem Übergriff stand«, sagte Hambrock. »Ihm war es zu verdanken, dass diese Schläger Sie auf dem Stadtfest überfallen haben.«

»Ja, das wusste ich. Und ich war stinksauer auf diese ganze Bagage. Die Baars und wie sie alle heißen. Diese reichen Schnösel, die zwar eine Menge Geld haben, aber nicht die Spur von Anstand. Trotzdem habe ich Marius nicht umgebracht.«

»Ihre Nachbarin, die Frau ...« Hambrock warf einen Blick auf seine Notizen. »Frau Kuhlkemper. Die will gehört haben, wie Sie Marius im Treppenhaus was nachgerufen haben.«

Mikey schwieg und starrte den Tisch an.

»Und zwar: Ich werde dich umbringen, Marius, das schwör ich dir. Entspricht das den Tatsachen?«

»In etwa. Aber das habe ich doch nur so gesagt. Ich war stocksauer auf Marius. Wenn ich das wirklich ernst gemeint hätte, dann hätte ich ihn auf der Stelle erschlagen. Aber nicht zwei Tage später. Da hatte ich mich längst wieder abreagiert.«

»So, so. Sie hätten ihn also auf der Stelle erschlagen.«

»Nein, so habe ich das nicht gemeint. Ich bin kein Mörder. Ich war das nicht. Bitte.«

»Wenn Sie das nicht waren, dann können Sie mir bestimmt sagen, was Sie zu der Tatzeit gemacht haben. Wo waren Sie an diesem Abend?«

»Zu Hause. Mit Nathalie. Wir haben in der Küche gesessen, Wein getrunken, einen Joint geraucht und über die Familie Baar gesprochen. Ich habe gesagt, es sei besser so. Sie sollte die ganze Scheiße hinter sich lassen.«

»Sie waren in Ihrer WG-Küche. Den ganzen Abend?«

»Ja doch. Um eins oder halb zwei sind wir dann ins Bett gegangen.«

»Kann das jemand bezeugen? Außer Nathalie?«

»Nein, natürlich nicht. Wer denn auch? Wir waren allein in der Wohnung.«

Hambrock betrachtete ihn schweigend. Frau Brösig tippte die letzten Worte in den Computer, dann wurde es still, und ihre Hände ruhten wieder bewegungslos auf der Tastatur. Sie blickte emotionslos auf.

»Ich war verletzt!«, rief Mikey. »Mir tat alles weh. Ich wäre gar nicht in der Lage gewesen, zum Bahnhof zu gehen und mich in den Zug zu setzen. Geschweige denn, Marius zu überfallen. Das konnte ja keiner wissen, dass die meiste Arbeit schon von diesen Jugendlichen übernommen würde. Wäre das nicht gewesen, hätte ich im Kampf gegen ihn keine Chance gehabt. Dazu war ich viel zu angeschlagen.«

»Was für ein Glück also, dass die *meiste Arbeit,* wie Sie sich ausdrücken, schon die Jugendlichen übernommen hatten.«

»Nein, hören Sie auf. Sie drehen mir das Wort im Mund um. So meine ich das nicht. Ich war zu Hause in der WG. Ich habe den Mord nicht begangen.«

»Wieso haben Sie dann der Polizei nichts gesagt? Wieso

haben Sie uns die Schlägerei, den Streit mit Marius und alles andere verschwiegen? Wir haben Sie danach gefragt, und Sie haben uns bewusst angelogen.«

Er sackte in sich zusammen. Schüttelte immer wieder den Kopf. Hambrock wartete.

»Als Nathalie und ich erfahren haben, was passiert ist, waren wir total geschockt. Wir haben abgesprochen, die ganze Geschichte für uns zu behalten. Es sollte keiner auf die Idee kommen, uns zu verdächtigen.«

»Ein seltsames Verhalten, bedenkt man, dass die Täter gefasst und geständig waren. Wer hätte Sie da noch verdächtigen sollen?«

»Ich weiß es nicht. Mein Gott, es war doch alles noch so frisch. Wir standen unter Schock. Marius war tot, ermordet. Da war noch gar nicht absehbar, wohin die Reise geht. Wir wollten einfach, dass kein Dreck aufgewühlt wird. Lass uns die Beine still halten, hab ich zu Nathalie gesagt. Bis alles vorbei ist.«

»Bis die drei vermeintlichen Mörder verurteilt wären? Von denen Sie wussten, dass sie es gar nicht waren?«

»Ich wusste das nicht!«, schrie er. »Ich war durcheinander. Total geschockt. Ich wusste doch, wenn da irgendwas nicht so war, wie es zunächst aussah, dann wäre ich der Hauptverdächtige. Also habe ich abgewartet.«

Seine Aussage deckte sich mit der von Nathalie, die Hambrock zuvor befragt hatte. Nur hatte die nicht herumgeschrien und gezetert, sondern mit Tränen in den Augen dagesessen und kaum mehr als ein Flüstern zustande gebracht. Doch auch sie hatte Mikey ein Alibi gegeben und geschworen, sie hätten alles nur verschwiegen, um keinen unnötigen Verdacht auf Mikey zu lenken.

»Dann war das falsch, was Sie gesagt haben?«, hatte Hambrock sie gefragt. »Dass Sie geschwiegen haben, um Ihre Geheimnisse mit Marius zu wahren? Um das Andenken an ihn zu schützen und Ihre Liebe nicht in die Öffentlichkeit zu zerren?«

Nathalie war leichenblass gewesen. Beinahe hatte Hambrock befürchtet, sie würde zusammenbrechen.

»Nein, das war nicht gelogen. Auch wenn sich das jetzt so anhört. Unsere Liebe war etwas Besonderes. Ich trage eine große Schuld. Marius wollte sich an diesem Tag mit mir versöhnen. Er wollte alles wiedergutmachen. Aber ich konnte nicht. Ich konnte ihm nicht verzeihen. Hätte ich ihm eine Chance gegeben, wäre er nicht in diesem Zug gewesen. Dann würde er heute noch leben.«

Eine halbe Stunde später hatte Hambrock die Befragung von Mikey beendet. Frau Brösig nickte ihm zu, speicherte die Datei und ließ ihre Finger knacken. Hambrock führte Mikey zur Tür.

»Bitte halten Sie sich zu Verfügung«, sagte er. »Und verlassen Sie die Stadt nicht.«

Der junge Mann nickte und verschwand. Draußen auf dem Flur wartete Keller bereits auf Hambrock. Als Mikey fort war, fragte er: »Und? Was kam dabei raus?«

»Nichts. Er hat das Gleiche gesagt wie Nathalie. Ihre Aussagen decken sich in allen Punkten.«

»Das muss aber nichts heißen.«

»Natürlich nicht.«

»Und was machen wir jetzt?«

»Wir haben ein Foto von Mikey. Ich will, dass wir es allen Zeugen aus dem Zug unter die Nase halten. Vielleicht hat ihn ja einer da gesehen, und dann haben wir ihn.«

Keller wandte sich bereits zum Gehen, als Hambrock sagte: »Ach, Henrik, könntet ihr das bitte ohne mich machen? Ich bin für eine Stunde weg.«

»Wieso bist du weg? Wo denn?«

»Eine dringende Angelegenheit. Privat. Sorry, aber das ließ sich nicht verschieben. In einer Stunde bin ich wieder hier, versprochen.«

Dann verabschiedete er sich und ging hinunter zum Parkplatz des Präsidiums. Unter einem Vordach stand eine kleine Frau, die sich frierend den Mantelkragen hochschlug. Es war Mechtild Bruns, die Leiterin des Jugendzentrums in Gertenbeck. Als sie ihn vor dem Eingang entdeckte, tauchte ein warmherziges Lächeln in ihrem Gesicht auf. Sie ging ihm eilig entgegen und reichte ihm die Hand. Hambrock schlug ein.

»Mechtild! Vielen Dank, dass du hergekommen bist. Das weiß ich wirklich zu schätzen.«

»Ach was, das ist doch selbstverständlich. Du hast bestimmt eine Menge zu tun im Moment?«

»Ja. Immer noch der Fall Marius Baar. Aber wir machen Fortschritte.«

»Dann gibt es einen neuen Täter? Und die drei Jugendlichen sind doch nicht für seinen Tod verantwortlich.«

Hambrock antwortete mit einer unbestimmten Kopfbewegung, was Mechtild Bruns mit einem Lachen quittierte. Er sah zur Dreifaltigkeitsschule hinüber. Fabio dribbelte seinen Ball über den Asphalt und warf dann zum Korb. Diesmal ging der Wurf daneben, der Ball prallte am Ring ab und fiel zu Boden.

»Fabio!«, rief Hambrock. »Es geht los!«

Er schnappte sich den Ball und lief ihnen entgegen.

Dabei strahlte er übers ganze Gesicht. Er erinnerte Hambrock an einen jungen Hund, der ein Stöckchen zurückbringt.

Sie stiegen ins Auto und fuhren aus der Innenstadt heraus. Der Sonnenhof lag jenseits eines Gewerbegebietes hinter einem Wäldchen verborgen. Die Nähe zur Stadt war dort kaum spürbar. Es war ein altes Münsterländer Fachwerkhaus, ein ehemaliger Bauernkotten, der vom Diakonischen Werk betrieben wurde. Richtig idyllisch wirkte das Gelände. Ein großer Garten mit einem Gemüsebeet gehörte dazu, hohe Eichen, die das Gebäude umsäumten, und dahinter gab es einen kleinen Bach und ein Rapsfeld, das gerade zu blühen begann. Hambrock sah sich zufrieden um und bemerkte dabei den Basketballkorb, der am Scheunentor hing.

Er legte Fabio den Arm um die Schulter und folgte Mechtild Bruns in die alte Tenne, die zu einem Aufenthaltsraum umgestaltet war. Eine Tischtennisplatte stand herum, alte Sofas, sogar ein Billardtisch. Mitten im Raum brannte ein Herdfeuer, das die feuchte Kälte des Frühlings vertreiben sollte, die von draußen in das alte Gemäuer zog. Eine Frau mit Cordhosen und Strickjacke hockte vor dem Feuer und rauchte eine selbstgedrehte Zigarette. Als sie die Gäste eintreten sah, stand sie auf und hieß sie herzlich willkommen.

»Du bist also Fabio«, sagte sie und lächelte den Jungen an. »Schön, dich kennenzulernen. Wir haben hier einen Bewohner, der heißt Fabian. Aber euch wird schon keiner verwechseln. Fabian hat tiefschwarzes Haar und kein blondes wie du. Du wirst ihn mögen, er spielt gerne Basketball.«

Sie kehrte zum Herdfeuer zurück und warf die Zigarettenkippe in die Flammen. »Kommt, setzt euch zu mir. Bei diesem Regenwetter kann es verflucht ungemütlich werden in dem alten Haus. Aber am Feuer lässt es sich aushalten.« Zu Fabio sagte sie: »Wir sitzen oft abends hier und erzählen uns Geschichten.« Und mit einem Lachen fügte sie hinzu: »Aber wenn dir das zu öde ist – der Heizkörper im Fernsehraum ist der beste im ganzen Haus.«

Hambrock ließ seinen Blick durch den Raum schweifen. Alles wirkte einladend. Es war ein schönes Zuhause. Fabio wäre hier gut aufgehoben.

»Dann werde ich euch mal allein lassen«, sagte er. Und an Mechtild gewandt: »Danke, du hast was bei mir gut.«

»Kein Ding. Ich regel alles und ruf dich später an.«

Fabio trat Hambrock gegenüber und lächelte scheu. Abschied lag in der Luft, das war deutlich zu spüren.

»Du passt auf dich auf, ja?«, bläute Hambrock ihm ein.

»Das mache ich. Versprochen.«

Hambrock boxte ihm in die Seite, dann umarmte er den Jungen. Fabio schien sich nach dieser Umarmung gesehnt zu haben. Er klammerte sich regelrecht an ihn. Sein Körper war viel schmaler und zerbrechlicher, als es in seinen weiten Kapuzenpullis zu ahnen war. Hambrock kämpfte gegen seine Gefühle.

»Kommen Sie mich mal besuchen?«, fragte Fabio, nachdem er sich aus der Umarmung gelöst hatte.

»Das mache ich. Davon kannst du ausgehen.«

Hambrock bemerkte die beiden versonnen lächelnden Sozialarbeiterinnen, räusperte sich und trat einen Schritt zurück.

»Und jetzt mach dich mit deinem neuen Zuhause vertraut. Ich muss leider wieder an die Arbeit.«

Er verabschiedete sich und kehrte zum Wagen zurück. Ehe er einstieg, nahm er sich die Zeit, den Blick noch mal in Ruhe über den Kotten und die Natur schweifen zu lassen.

Zurück im Präsidium ging er gemeinsam mit Keller in die Kantine, um mit ihm beim Mittagessen über den Fall zu diskutieren. Noch waren nicht alle Zeugen aus dem Zug befragt worden, doch bislang sah es so aus, als wäre Mikey nicht darin gewesen. Hambrock wusste trotzdem nicht, ob er Mikey und Nathalie Glauben schenken sollte. Irgendwie passten ihre Aussagen und die der Familie Baar nicht richtig zusammen.

Sie beschlossen, nach dem Essen nochmals nach Gertenbeck zu fahren, um sich mit Nicole Baar zu treffen. Vor allem ging es um ihre Darstellung der Versöhnung zwischen Vater und Sohn. Die unterschied sich nämlich völlig von der Darstellung ihres Vaters. Und von der Nathalies.

Nicole empfing sie am frühen Nachmittag in der Familienvilla. Sie hatte Kaffee gekocht und führte die beiden Kommissare ins Esszimmer. Es schien sonst keiner zu Hause zu sein.

»Wir hätten auch in die Firma kommen können«, sagte Keller. »Sie hätten hierfür nicht extra das Unternehmen verlassen müssen.«

»Nein, nein. Das geht schon in Ordnung«, sagte sie. »Hier haben wir mehr Ruhe. Ich hoffe, der Kaffee ist gut?«

Hambrock nippte an der Tasse. Der Schlag der alten Wanduhr war zu hören. Ansonsten herrschte Grabesruhe.

»Wir sind hergekommen, um noch einmal über die

Geschehnisse in den Tagen vor dem Übergriff zu sprechen«, sagte er. »Frau Baar, ich fürchte, Sie haben uns nicht ganz die Wahrheit gesagt.«

»Wie soll ich das denn verstehen? Natürlich habe ich Ihnen die Wahrheit gesagt.«

»Nicht, was die Versöhnung zwischen Marius und Ihrem Vater angeht. Der Bruch zwischen den beiden war nicht endgültig, wie Sie behauptet haben. Ganz im Gegenteil. Es schien sich alles zu bereinigen.«

»Das ist nicht Ihr Ernst, oder?« Sie stieß ein spöttisches Lächeln aus. »Sie glauben doch wohl nicht daran, dass diese alberne Versöhnung, oder wie man es nennen will, tatsächlich einen Wert hatte.«

»Ihr Vater hat uns gesagt, Marius hätte es sich anders überlegt. Er wollte nach Gertenbeck zurückkehren. Es gab einen Deal, dass Nathalie als Schwiegertochter akzeptiert werden würde. Daraufhin hat er die Pläne, nach Berlin zu gehen, über Bord geworfen.«

Nicole Baar warf gelangweilt den Kopf zu Seite.

»Wie gesagt, ich habe keine Ahnung, was die beiden da miteinander ausgemacht haben«, sagte sie. »Mein Vater hat mit mir nicht darüber gesprochen. Aber das war auch gar nicht wichtig. Der Fall war klar, es hatte sich im Grunde nichts geändert. Marius war verliebt. Er hätte alles getan, um diese Nathalie zu behalten. Und dieser Sprengstoff wäre früher oder später hochgegangen.«

»Trotzdem«, sagte Keller. »Sie hatten den Sieg praktisch schon in der Tasche. Und dann taucht Marius hier wieder verheult auf und übernachtet in seinem alten Zimmer.«

Sie betrachtete ihn distanziert. »Wenn Sie denken, dass mich das umgehauen hat, dann unterschätzen Sie mich.

Ich hätte ihm schon ins Gewissen geredet, davon können Sie ausgehen. Ihn darin bestärkt, dass es ohne Nathalie nicht geht. Ich wäre ihre beste Freundin geworden, wenn es nötig gewesen wäre. Aber mir war klar: Diese Frau kommt niemals nach Gertenbeck. Schon gar nicht nach dem, was passiert ist. Ich habe angenommen, dass sie Marius schon davon überzeugen wird, dass er Gertenbeck hinter sich lassen muss.«

»Aber was wäre gewesen, wenn sich Nathalie von Ihrem Bruder getrennt hätte? Die Beziehung wäre vorbei gewesen – und all Ihre Pläne hinfällig.«

»Nein, das denke ich nicht. Zum einen weiß ich durch meine Nachforschungen, dass sie ebenfalls bis über beide Ohren in Marius verliebt war, weshalb auch immer. Zum anderen: Hätte Nathalie meinen Bruder tatsächlich abgeschossen, wäre er zusammengebrochen. Da bin ich ganz sicher. Dann hätte er sich nämlich nicht länger vor seinem eigenen Versagen verstecken können. So oder so. Es war nur eine Frage der Zeit, bis sich das Thema erledigt hätte.«

Die Kommissare sahen sich an. Wahrscheinlich hatte Nicole Baar sogar recht mit ihrer Einschätzung. Trotzdem war die Nüchternheit, mit der sie über ihren toten Bruder sprach, sehr ungewöhnlich.

»Sie mögen mich für herzlos halten«, meinte Nicole, als hätte sie ihre Gedanken gelesen. »Aber ich habe nun mal an das Unternehmen gedacht. Mein Vater hat es aufgebaut. Wir sind auf Expandierungskurs, alles läuft blendend. Das sollte nicht vor die Hunde gehen.«

»Nun ja.« Hambrock schenkte ihr ein Lächeln. »Ich denke, wir haben gehört, was wir hören wollten. Vielen Dank, dass Sie sich die Zeit genommen haben.«

Sie erhob sich würdevoll. »Keine Ursache.«

Auf dem Weg in die Halle kam Hambrock eine Idee.

»Ist Nils eigentlich schon zu Hause? Oder ist der noch in der Schule?«

»Nein, er müsste zu Hause sein. Möchten Sie mit ihm sprechen?«

Das wäre eine gute Möglichkeit, den Patriarchen zu umgehen. Wenn Nicole das Gespräch erlaubte, ließ sich ihnen kein Strick daraus drehen.

»Wenn das möglich wäre, sehr gern«, sagte Hambrock.

»Ich denke, er ist in seinem Zimmer. Ich werde ihn holen.«

Obwohl sie die beiden nicht dazu aufgefordert hatte, folgten Keller und Hambrock ihr über die Treppe nach oben. Nicole Baar sollte nicht die Möglichkeit bekommen, ihrem Bruder vor dem Gespräch mit der Polizei etwas einzutrichtern. Sie schien jedoch kaum Notiz von den Kommissaren zu nehmen. An einer Zimmertür blieb sie stehen und klopfte an.

»Nils? Bist du da? Hier sind zwei Männer von der Polizei, die mit dir sprechen möchten. Es geht um Marius.«

Stille. Kein Laut drang aus dem Innern. Sie klopfte noch mal. »Nils!« Wieder nichts.

Dann öffnete sie die Tür und trat ein. Das Jugendzimmer war verwaist. Zwar war der Computer hochgefahren, und die Schreibtischlampe brannte, doch der Junge schien nicht da zu sein. Hambrock bemerkte das offene Fenster.

»Sehen Sie«, sagte er. »Ist er etwa durchs Fenster ausgestiegen?«

Nicole stieß einen verärgerten Seufzer aus. Sie trat ans Fenster und sah hinaus.

»Dieser Idiot«, schnaufte sie. »Das macht er in letzter Zeit immer häufiger. Steigt aus dem Fenster und stromert durch die Landschaft. Und alle denken, er sitzt oben und macht Hausaufgaben. Ich weiß nicht, was er damit erreichen will. Mutter und Vater sollten sich wirklich mehr um ihn kümmern.«

»Er macht das also häufiger?«, fragte Hambrock.

»Ja, leider. Ich glaube, er bekommt einfach nicht genügend Aufmerksamkeit. Deshalb denkt er sich so einen Quatsch aus. Aber es ist nicht mein Job, mich um ihn zu kümmern. Das muss er schon mit seinen Eltern ausmachen.«

Sie wandte sich vom Fenster ab. »Tut mir leid«, sagte sie. »Aus dem Gespräch wird wohl nichts.«

»Das macht nichts«, sagte Hambrock. »War ohnehin nicht so wichtig.«

Dabei blickte er an Nicole Baar vorbei durchs Fenster. Da waren der Garten und die Garage, dahinter die Zufahrtsstraße und ein Weizenfeld. Und schließlich, ein paar hundert Meter entfernt, der Bahnhof von Gertenbeck. Mit einem Fernglas ließe sich von hier aus alles beobachten. Falls Nils nicht auch in jener Nacht durchs Fenster geklettert und vielleicht noch viel näher dran gewesen war.

28

Ein seltsames Gefühl, in seinem Bett in Gertenbeck aufzuwachen. Marius hatte nicht damit gerechnet, noch einmal hierher zurückzukehren. Eigentlich wollte er bei Nathalie bleiben, bis sie nach Berlin gehen würden. Dies hier war nicht geplant gewesen.

Bisher war er noch keinem aus der Familie über den Weg gelaufen. Gestern Nacht, als er mit dem letzten Zug aus Münster gekommen war, hatten alle schon in den Betten gelegen. Aber seine Mutter hatte sicher seine Schuhe und die Jacke in der Garderobe gesehen. Sie würde längst Bescheid wissen. Bestimmt wäre sein Platz am Frühstückstisch gedeckt.

Er duschte, zog sich an und ging hinunter ins Esszimmer. Sein Vater war bereits im Unternehmen, doch alle anderen saßen am Tisch. Keiner nahm besondere Notiz von ihm. Als wäre er gar nicht weg gewesen. Nicole las in der Zeitung und trank Kaffee. Sie sah kurz auf, bedachte ihn mit einem kühlen Blick und blätterte um. Doch das war's schon. Auch seine Brüder ließen sich kaum etwas anmerken. Roland warf ihm einen finsteren Blick zu, bevor er sich wieder seinem Teller widmete. Nils dagegen lächelte und wünschte ihm einen guten Morgen. Doch dann stocherte auch er wieder in seinem Rührei herum.

Seine Mutter tauchte mit einer Karaffe Orangensaft auf.

»Da bist du ja, Marius. Setz dich doch. Möchtest du Rührei?«

Kein Wort zu seinem Verschwinden. Marius war das unheimlich. Er fragte sich, was sie eigentlich über sein Fortbleiben wussten. Über Nathalie und Berlin. Und über seinen Vater, der ihn zurückgeholt hatte.

»Ich habe keinen Hunger«, sagte er.

Im Stehen nahm er einen Schluck Kaffee zu sich. Dann stellte er die Tasse ab und nahm seine Jacke.

»Ich fahre nach Münster«, sagte er. »Zur Uni.«

Er musste mit Nathalie sprechen. Ihren Streit von gestern Nacht in Ordnung bringen.

»Bist du heute Abend zum Essen wieder da?«, fragte seine Mutter.

Er blickte sie an. Fragte sie das, weil sie fürchtete, er könnte nun doch für immer fortgehen? Von ihrem Gesicht war nichts abzulesen. Da war nur die übliche Kühle. Sie wartete.

»Ja«, sagte er. »Ich glaub schon.«

Dann wandte er sich ab und verließ das Haus. Nur raus hier.

Draußen fiel ihm ein, dass sein Mercedes noch auf dem Firmenparkplatz stand. Seit dem Streit mit seinem Vater war er nicht mehr in Gertenbeck gewesen. Er sah auf die Uhr. Der nächste Zug nach Münster ging in wenigen Minuten. Also beeilte er sich, zum Bahnhof zu gelangen.

Um diese Uhrzeit waren hauptsächlich Pendler unterwegs. Das Abteil war überfüllt, und Marius nahm auf einem Klappsitz Platz. Er spürte die Müdigkeit in den Knochen. In den letzten zwölf Stunden war viel geschehen, doch irgendwie fühlte es sich an, als wäre das alles jemand anderem passiert. Er musste mit Nathalie reden. Ihren Streit von gestern aus der Welt schaffen.

Sie hatten sich in Träumen verloren. Diese Vorstellung, einfach abzuhauen und woanders neu anzufangen, das waren pubertäre Phantasien gewesen. Marius war das jetzt klar. Er war sicher, dass auch Nathalie es verstehen würde.

Er würde eines Tages die Firma übernehmen. Was sollte er auch sonst tun im Leben? Sein Weg war immer vorgezeichnet gewesen. Daran war im Grunde auch nichts Schlechtes. Vor allem musste das ja nicht das Aus für Nathalie und ihn bedeuten!

Er blickte sich um. Im Zug war kein vertrautes Gesicht. Nur Fremde. Irgendwie schien ihm das bedeutsam zu sein – als wäre es ein Zeichen für das Heraufziehen einer neuen Zeit. Aber das war natürlich Unsinn. Er fuhr ganz einfach mit einem viel früheren Zug als üblich, deshalb dieses ungewohnte Bild.

Jetzt musste er nur noch Nathalie überzeugen. Er wollte sich auf das Gespräch mit ihr gründlich vorbereiten. Alles würde darauf ankommen, dass er den richtigen Ton traf. Er musste sie überzeugen. Schließlich war Marius immer noch derselbe Mensch, auch wenn er in der Firma bleiben würde. Wenn sie ihm die Sache mit Berlin erst einmal verziehen hatte, wäre alles möglich. Sein Vater war bereit, sie wie eine Tochter aufzunehmen. Marius würde Nathalie ein gutes Leben bieten können. Es würde ihr nichts fehlen. Sie würden eine gemeinsame Wohnung beziehen können. In Gertenbeck, vielleicht sogar in Münster. Dann würde Nathalie nicht mehr in diesem winzigen Loch leben müssen, in dem sie mit Mikey wohnte. Marius würde ihr ein besseres Leben ermöglichen, so wie es sich für einen Mann gehörte.

In Münster angekommen fühlte er sich jedoch noch

nicht bereit. Er hatte zu große Angst vor dem Gespräch. Eine Weile saß er in einem Park auf einer Bank, dann spazierte er durch die Stadt. Erst am späten Vormittag hatte er genug Mut zusammengenommen, um zu ihrer Wohnung zu gehen.

Als er das Haus erreichte und die Klingel drückte, hatte sich in den Straßenschluchten bereits die Mittagshitze ausgebreitet. Er hatte keine Ahnung, ob Nathalie überhaupt zu Hause war. Mikey arbeitete jedenfalls auf dem Stadtfest, und das war auch besser so.

Ein Knacken in der Gegensprechanlage.

»Ja?« Nathalies Stimme.

»Ich bin's. Bitte lass mich rein.«

Zögern. Doch schließlich ging der Summer.

Marius ging zur Wohnung hinauf, wo Nathalie ihn bereits erwartete. Sie sah aus, als hätte sie nicht geschlafen. Ihre Augen waren rot und geschwollen und die Haut blass. Marius blieb stehen. Er fühlte sich schuldig.

»Darf ich hereinkommen?«, fragte er.

Sie betrachtete ihn. Dann trat sie schweigend zur Seite und ging in die Küche. Marius folgte ihr durch den schmalen Wohnungsflur. Nathalie ließ sich am Küchentisch auf einen Stuhl sinken. Sie zog eine Zigarette aus der Schachtel und zündete sie an. Vor ihr stand ein überquellender Aschenbecher.

»Tut mir leid wegen Berlin«, sagte er.

Sie blickte nicht auf. »Es ist also dein Ernst.«

»Sieh doch, Nathalie …«

»Nein. Vielleicht ist es besser, wenn du jetzt …«

»Nathalie! Ich will dieses Leben nicht!«, brach es aus ihm heraus. »Berlin. Diese dreckige, dunkle Wohnung.

Das asoziale Umfeld. Kein Geld zu haben, immer bescheiden zu sein. Wozu denn auch? Alles, was ich will, bist du, Nathalie.«

Sie betrachtete ihn schweigend. Da war so viel Trauer in ihren Augen, dass es ihm beinahe das Herz brach.

»Wenn wir zusammen sein wollen«, sagte er, »dann muss das für uns doch nicht bedeuten, so ein Leben zu führen. Das geht auch anders. Wenn du meine Familie erst kennengelernt hast. So schlimm sind sie gar nicht, glaub mir.«

»Marius, bitte. Wem willst du denn jetzt was vormachen? Deine Familie ist ein Haufen durchgeknallter Irrer, dein Vater allen voran. Siehst du das denn nicht mehr?«

Er spürte plötzlichen Ärger in sich aufsteigen. »Vergreif dich bitte nicht im Ton. Immerhin ist es meine Familie.«

»Nein, Marius.« Ein erschöpftes Lächeln. »Nein. Du musst dich entscheiden. Ich oder sie.«

Das konnte unmöglich ihr Ernst sein. Er sah doch alles bereits vor sich. Ihre gemeinsame Zukunft. Sie würden das Unternehmen führen. Das konnte sie doch unmöglich gegen ein stinkendes Abrisshaus in Neukölln eintauschen wollen. Jetzt, wo es für alles eine Lösung gab.

»Wenn es wegen Roland ist, vergiss ihn. Ich werde dafür sorgen, dass …«

Härte trat in ihr Gesicht. »Nein. Ich oder deine Familie.«

»Was soll das jetzt, Nathalie?«

»Siehst du denn nicht, was los ist? Du bist wie hypnotisiert. Hat dein Vater so viel Macht über dich? Die manipulieren dich alle! Dein Vater. Deine Schwester. Und das ist nicht alles. Denk nur an die Sache mit der toten Taube vor meiner Tür. Das kannst du nicht einfach beiseitewischen. Und denk an Mikey. Dein Bruder hat ihn zusammenschlagen lassen. Sein ganzer Körper ist voller Prellungen und Blutergüssen. Hast du ihn denn nicht gesehen? Das war deine Familie!«

Sein Herz wurde zu einer Faust. Er konnte nichts dagegen tun, und obwohl er wusste, wie dumm das war, sagte er bitter: »Ach so, Mikey. Daher weht der Wind also.«

»Was willst du damit sagen?«, fragte sie drohend.

»Ich hab mir das schon gedacht, du und Mikey ...«

»Nein ... das kannst du nicht wirklich denken!«

»Wieso denn nicht? Es ist doch die Wahrheit. Er passt schließlich viel besser zu dir. Wie lange wolltet ihr mich noch zum Narren halten? Wie lange läuft das schon zwischen euch?«

»Du weißt genau, dass das nicht stimmt!«

»Ach ja? Weiß ich das?«

Nathalie erhob sich von ihrem Stuhl. Sie schritt durch die Küche und baute sich vor ihm auf. Ihre Augen glühten vor Zorn.

»Zieh uns da nicht mit rein!«, fauchte sie. »Mach nicht andere für dein Versagen verantwortlich. Du allein bist es, der hier alles zum Einsturz bringt. Weil du ein Versager bist, Marius.«

Die Worte hatten die Kraft eines Messers. Da war nur noch Schmerz. Er konnte nicht mehr denken. Der Schlafmangel, die Belastungen der letzten Tage, das ganze Durcheinander machten das unmöglich. Er schlug zu. Seine Hand landete hart auf ihrer Wange. Ihr Kopf wurde zur Seite gerissen, die Haare flogen durchs Gesicht.

Dann wurde es totenstill.

Es war vorbei.

Marius starrte sie fassungslos an. Was hatte er nur getan? Er fühlte sich wie gelähmt. War unfähig, irgendwas zu denken oder zu tun.

»Geh, Marius«, stieß sie hervor. »Geh. Ich will dich in meinem ganzen Leben nie wiedersehen.«

An das, was dann geschah, würde er sich später nicht mehr genau erinnern können. Irgendwie hatte er die Wohnung verlassen. Wie ein Zombie war er die Treppen hinabgestiegen.

Erst als er draußen vor der Tür stand, sickerte langsam zu ihm durch, was geschehen war. Die Erkenntnis traf ihn mit voller Wucht. Es war vorbei. Sein Leben war nun zu Ende.

29

Nach dem Frühstück betrat Hambrock das Arbeitszimmer, um einen neuen Notizblock aus dem Schreibtisch zu holen. Das Gästebett war noch nicht gemacht. Decke und Kissen lagen zerwühlt da, so wie Fabio es zurückgelassen hatte. Er blieb mitten im Raum stehen und betrachtete das Bett. Eine seltsame Leere erfüllte ihn.

Erlend tauchte neben ihm auf. Sie folgte seinem Blick und machte ein betretenes Gesicht.

»Es tut mir leid, Bernhard. Ich hätte ein bisschen lockerer sein sollen. Meine Vorbehalte einfach mal vergessen.«

»Nein, schon gut. Deine Vorbehalte waren ja berechtigt. Er ist ein zielloser Jugendlicher aus einer Problemfamilie. Er hat Vorstrafen wegen Ladendiebstahls. Und er ist obdachlos. Er hätte uns die Wohnung leerräumen können.«

»Nein, das hätte er wohl nie getan. Es war nämlich *deine* Wohnung. Das habe ich jetzt verstanden.«

»Ist schon gut. Er hat jetzt ein tolles Zuhause. Besser konnte es nicht laufen.«

Hambrock wollte seinen Blick losreißen, doch stattdessen blieb er einfach unbewegt stehen. Da war immer diese Sehnsucht gewesen, eigene Kinder zu haben. Schon als junger Mann hatte er davon geträumt. Doch es war nie etwas daraus geworden.

Erlend spürte offenbar, was los war. Sie umarmte ihn und legte ihren Kopf an seine Schulter.

»Weißt du, Fabio hätte allen Grund gehabt, wütend zu sein«, sagte er. »Seinen Hass auf die Welt abzulassen. Aber stattdessen waren das diese wohlerzogenen Jungen aus gutem Hause, die auf Marius losgegangen sind. Ob die ihn nun ermordet haben oder nicht, spielt keine Rolle. Im Gegensatz zu Fabio hatten die alles im Leben. Trotzdem war es nicht Fabio, der daherlief und irgendeinen Passanten ohne Grund zu Boden prügelte.«

»Nein, alles hatten die sicher nicht. Was Fabio nämlich hat, ist ein gutes Herz.« Erlend drückte sich ganz fest an ihn. »Es tut mir leid«, wiederholte sie.

Nachdem er sich aus der Umarmung gelöst hatte, nahm er den Notizblock und machte sich auf den Weg ins Präsidium. Irene Böhm hatte ihren freien Tag, stattdessen saß ein junger Mann, den Hambrock nicht kannte, an der Pforte. Oben auf dem Flur kam ihm Henrik Keller entgegen.

»Hambrock, da bist du ja. Ein bisschen spät, oder?«

»Kann schon sein. Fangen wir gleich mit der Morgenbesprechung an.«

»Na ja. Vielleicht warten wir noch ein bisschen damit. Wir haben nämlich Besuch. Der Baar-Filius ist hier aufgetaucht. Er will mit uns reden.«

»Nils? Ohne einen Erziehungsberechtigten?«

»Nein. Es ist nicht Nils, sondern Roland.«

Damit hatte Hambrock nicht gerechnet.

»Er sitzt in meinem Büro«, sagte Keller. »Willst du erst mal in Ruhe ankommen? Sollen wir ihn noch ein bisschen warten lassen?«

»Nein, nein. Schon gut. Ich bring nur schnell meinen Mantel weg.«

Hambrock verschwand kurz in seinem Büro und folgte dann Keller ins Nachbarzimmer. Roland Baar hockte am Besuchertisch und blickte finster drein. Neben dem Stuhl stand seine Schultasche, offenbar war er auf dem Weg zum Paulinum vorbeigekommen. Hambrock sah zur Wanduhr, die über Kellers Schreibtisch hing. Die erste Stunde hatte bereits begonnen.

»Guten Morgen, Roland«, sagte Hambrock. »Was verschafft uns die Ehre?«

»Nils ist weg«, sagte er düster.

»Wie bitte?«

»Er ist abgehauen. Seit gestern Mittag hat ihn keiner mehr gesehen.«

Hambrock war perplex. Nils war während ihres Besuchs in Gertenbeck durchs Fenster verschwunden. Und jetzt gab es seitdem kein Lebenszeichen von ihm. Er fragte sich, was das zu bedeuten hatte.

»Ich glaube, er weiß was«, sagte Roland.

Hambrock zog den Stuhl zurück und setzte sich ihm gegenüber. Er fixierte den Jungen. Roland sah übernächtigt aus. Offenbar hatte er in der letzten Nacht nicht viel Schlaf bekommen.

»Du meinst, er weiß etwas über die Tatnacht?«

»Ja. Ich glaube, er hat was gesehen. Nils macht das ständig: Nachts durchs Fenster abhauen und in der Gegend herumstromern. Und seit der Sache mit Marius redet er kaum noch mit mir. Seit dieser Nacht ist er ganz seltsam. Nie zu Hause. Verschlossen. Abweisend. Ich kann mir das nur so erklären, dass er etwas weiß.«

»Hast du das auch deinen Eltern gesagt?«, fragte Hambrock.

»Nein. Die wissen nicht mal, dass ich hier bin. Sie wollen die Polizei nicht einschalten. Mein Vater sagt, Nils taucht schon wieder auf, wenn er Hunger hat. Da brauchen wir keine Polizei. Aber ich denke, Sie sollten ihn finden. Das könnte wichtig sein.«

Hambrock betrachtete ihn nachdenklich. Bei ihrer letzten Befragung auf dem Schulhof des Paulinums hatte sich ihnen noch ein völlig anderes Bild geboten.

»Hast du gar keine Angst vor dem, was passiert, wenn dein Vater herausfindet, dass du hier warst?«

»Ich mache das wegen Marius. Vielleicht redet Nils ja mit Ihnen, wenn Sie ihn auf diese Nacht am Bahnhof ansprechen. Mit mir redet der sicher nicht.«

»Also ist dir egal, was dein Vater dazu sagt?«

»Das mit Marius und mir ... Früher war das anders. Er war mein großer Bruder, ich wollte unbedingt so werden wie er. Wir waren richtige Freunde. Das war, als wir noch Kinder waren. Mir tut das alles so leid. Das mit Lennard und was ich dem gesagt habe. Ich wusste ja nicht, dass diese Sache so eine Eigendynamik bekommt und dass später dieser Mikey dran glauben muss. Auch das mit der Taube tut mir leid. Überhaupt wünschte ich, wir hätten uns in den letzten Jahren besser verstanden, Marius und ich. So wie es früher mal gewesen war.«

Hambrock beugte sich vor.

»Was denkst *du,* was in der Nacht passiert ist, Roland? Wer war noch am Bahnhof?«

»Ich weiß es nicht.« Er blickte Hambrock zögernd an. Natürlich hatte er einen Verdacht, doch den wollte er nicht laut aussprechen.

»Was es jemand aus deiner Familie?«

Schweigen. Roland senkte den Blick.

»Vielleicht Nicole?«, warf Keller ein.

Roland schüttelte den Kopf. »Ich würde ihr das sofort zutrauen. Aber sie hätte Marius wohl eher vergiftet. Wenn nicht mit Worten, dann mit Arsen.«

Hambrock fasste ihn an den Schultern. »Sag uns, was du denkst? Wer hat deiner Meinung nach Marius getötet?«

»Was ich denke? Das war mein Vater, um sich zu rächen. Das denke ich.« Nun hob er den Kopf und blickte Hambrock mit eisblauen Augen an. »Und Nils hat es gesehen.«

»Das sind schwere Anschuldigungen.«

»Ich traue meinem Vater alles zu. Wissen Sie, als sein Sohn hat man zu tun, was er sagt. Und wehe, man weigert sich. Marius hatte doch vor, die Firma fallen zu lassen. Etwas Schlimmeres gibt es für meinen Vater nicht. Und ob ich mir vorstellen kann, dass er Marius dafür bestraft hat!«

Nachdem Roland gegangen war, blieben Hambrock und Keller allein im Büro zurück.

»Was meinst du?«, fragte Keller. »Wollte der uns verarschen? Das war der doch selber, der seinen Bruder am Bahnhof getötet hat, oder? Ein Motiv hat er jedenfalls, auch wenn er jetzt auf weinerlich macht.«

»Ich weiß auch nicht, schon möglich. Aber in einem stimme ich mit Roland überein. Wir müssen mit Nils sprechen.«

Sie machten sich also daran, nach dem Jungen zu suchen. Die Familie Baar musste einräumen, dass Nils seit dem Vortag verschwunden war. In der Schule war er nicht aufgetaucht, und auch bei seinen Freunden fand sich keine Spur von ihm.

Erst am späten Nachmittag meldete sich Mechtild Bruns vom Gertenbecker Jugendzentrum, um Hambrock zu sagen, der Junge sei wieder aufgetaucht. Sie hatte keine Ahnung, wo er in der vergangenen Nacht gewesen war, doch jetzt saß er offenbar mit ein paar anderen Jungs im Computerraum.

Hambrock wollte sich gleich auf den Weg machen, doch Mechtild Bruns meinte: »Ich habe natürlich auch die Eltern verständigt. Die sind jeden Moment hier und holen ihn ab. Wenn du mit dem Jungen sprechen möchtest, dann fährst du am besten direkt zu den Baars.«

»Also gut. Dank dir für den Anruf, Mechtild.«

Er beendete das Gespräch und blickte zu Keller auf, der ihn erwartungsvoll ansah.

»Nils ist wieder in der Familienvilla«, erklärte Hambrock.

»Also los. Dann werden wir denen mal einen Besuch abstatten«, meinte Keller. »Wenigstens haben wir sie dann alle auf einem Haufen. Die ganze Bagage.« Er kratzte sich am Kinn. »Ob Nils mit uns sprechen wird, wenn seine Eltern dabei sind? Oder Roland? Vielleicht wagen sie es nicht, in deren Gegenwart etwas zu sagen. Aber egal. Versuchen können wir es ja. Außerdem bin ich mehr und mehr überzeugt, dass es ein Familienmitglied war, das Marius ermordet hat. Mal sehen, was passiert, wenn wir sie damit konfrontieren.«

Erst jetzt bemerkte er, dass Hambrock seinem Monolog gar nicht gefolgt war. »Hörst du mir gar nicht zu?«

Hambrock blickte auf. »Oh, Entschuldigung. Ich habe noch mal über Roland nachgedacht. Über das, was er uns gesagt hat.«

»Und? Was denkst du darüber?«

»Ich glaube, ich weiß langsam, was passiert ist.«

Keller runzelte die Stirn. »Ach ja? Dann lass mal hören.«

Hambrock stand auf und nahm seinen Mantel.

»Komm, fahren wir nach Gertenbeck«, meinte er. »Ich erzähl's dir unterwegs.«

Eine halbe Stunde später stand Hambrock wieder vor der weiß getünchten Villa der Baars. Er drückte die Klingel, und ein tiefer Gong ertönte im Innern. Brigitte Baar erschien in der Tür und betrachtete Hambrock mit offenkundigem Missfallen.

Er wollte ihr gleich den Wind aus den Segeln nehmen. Mit einem verbindlichen Lächeln sagte er: »Danke, dass Sie sich telefonisch bereiterklärt haben, noch mal mit mir zu reden. Es wird auch nicht lange dauern, versprochen.«

»Mein Mann ist aber nicht sehr erfreut darüber«, stellte sie fest.

»Aber er ist doch anwesend, oder?«

»Ja, das ist er. Trotzdem.«

»Wie gesagt, es wird nicht lange dauern. Dürfte ich …?«, fragte er und deutete auf die Tür.

Sie trat einen Schritt zurück und ließ ihn ins Haus. In der Eingangshalle herrschte Stille, ganz so, als wäre die Villa in einen Dornröschenschlaf gefallen. Kaum zu glauben, dachte er, dass die gesamte Familie anwesend war.

»Wenn Sie mir ins Esszimmer folgen würden«, sagte Frau Baar und ging voran.

Klaus Baar saß am Tisch und las in der Zeitung. Als er Hambrock eintreten sah, faltete er sie mit entschlossenen Bewegungen zusammen und warf sie auf die Tischdecke.

»Ich muss mich doch sehr über Sie wundern, Herr Hambrock«, polterte er los. »Das kann unmöglich Ihr Ernst sein, unsere Familie in irgendeiner Form zu verdächtigen. Das ist grotesk. Ich sage es Ihnen ganz offen: Ich überlege, mich über Sie zu beschweren. Wir wollen die Polizei gerne unterstützen. Aber solche Unverfrorenheiten müssen wir uns doch wohl nicht gefallen lassen.«

»Es tut mir leid, Sie zu verärgern«, sagte Hambrock. »Aber das gehört nun mal zu meinem Job. Ich muss diese Fragen stellen. Es wird nicht lange dauern, versprochen.« An seine Frau gewandt, fuhr er fort: »Frau Baar, würden Sie bitte Ihre Kinder dazuholen?«

Sie wechselte einen Blick mit ihrem Mann, dann wandte sie sich ohne ein weiteres Wort ab und verließ den Raum.

»Es wird nicht lange dauern«, moserte Klaus Baar. »Das ist also alles, was Ihnen dazu einfällt?«

»Ich kann mich nur wiederholen. Leider muss ich diese Fragen stellen. Es geht nicht anders.«

Nicole Baar kam herein. Sie war offenbar nicht vorgewarnt worden, denn Hambrocks Auftauchen schien sie ziemlich zu erstaunen. Sie warf ihrem Vater einen fragenden Blick zu, dann nahm sie Haltung an.

»Was ist hier los?«, fragte sie. »Gibt es etwa Neuigkeiten?«

»Neuigkeiten!«, spuckte ihr Vater aus. »Wenn's nur so wäre. Der Mann will mit der ganzen Familie sprechen. Er möchte uns zu der Tatnacht befragen. Weil er wohl einen von uns verdächtigt. Vielleicht sollten wir unsere Anwälte anrufen und die mal fragen, was sie von diesem Manöver halten.«

»Es steht Ihnen natürlich frei, Ihre Anwälte einzuschalten«, sagte Hambrock freundlich. »Dann werden wir das Gespräch in Münster im Präsidium führen.«

Klaus Baar stieß verächtlich die Luft aus.

»Nur ein paar Minuten, Herr Baar«, sagte Hambrock, »dann bin ich wieder weg. Ich bitte Sie. Sie wissen ja: Ich mache nur meine Arbeit.«

»Genau das bezweifle ich gerade«, brummte Klaus Baar.

»Vater, lass gut sein«, sagte Nicole. »Was macht das denn für einen Eindruck? Wenn das die Presse rauskriegt! Unternehmer verweigert Aussage im Mordfall seines Sohnes. Ich bitte dich! Soll er doch seine Fragen stellen. Wir haben schließlich nichts zu verbergen.«

Klaus Baar warf ihr zwar einen vorwurfsvollen Blick zu, gab sich danach jedoch mit einem Seufzer geschlagen.

»Hören wir also zu, was er zu sagen hat«, sagte Nicole Baar und setzte sich zu ihrem Vater an den Esstisch.

Die beiden sahen Hambrock an, als warteten sie darauf, dass er endlich begänne. Doch er deutete zur Tür.

»Warten wir noch auf Ihre Frau und Ihre Söhne«, sagte er.

»Ist das denn wirklich nötig?«, fragte Klaus Baar.

»Ich möchte Sie zur Tatnacht befragen. Genau rekonstruieren, was Sie an diesem Abend getan haben. Dafür brauche ich nicht nur Sie, sondern auch Ihre Kinder. Damit ich das Puzzle zusammensetzen kann.«

»Was sie gemacht haben! In den Betten waren sie! Wo sollten sie sonst gewesen sein? Wir waren alle in den Betten! Außer Nicole natürlich, die war in Münster. Ich weiß wirklich nicht, was das soll!«

»Lass gut sein, Vater«, meinte Nicole wieder. »Bringen wir es einfach hinter uns.«

Die Tür öffnete sich, und Roland tauchte auf. Er betrachtete Hambrock wie einen Verräter. Offenbar ging er davon aus, dass der Kommissar gleich verkünden würde, was Roland ihm gesagt hatte. Mit düsterem Gesicht ging er zu einem Sessel, setzte sich auf die Lehne und verschränkte die Arme.

»Roland, du kannst wenigstens Guten Tag sagen«, kam es von Nicole.

Dann schaltete sich Klaus Baar ein. »Der Mann will wissen, wo du in der Tatnacht warst, Junge! Sag ihm, dass du im Bett warst und geschlafen hast. Sag ihm das.«

Hambrock verzog leicht genervt das Gesicht. Roland sah ihn unsicher an. »Ich hab geschlafen«, sagte er.

»Sehen Sie!«, rief Klaus Baar. »Haben Sie nun Ihre Antwort?«

»Vater, bitte«, kam es von Nicole.

»Ich möchte die genauen Zeiträume erfassen«, sagte Hambrock. »Haben Sie bitte einen Moment Geduld. Wenn alle da sind, fange ich an.«

Alle fielen in Schweigen. Sie warteten. Schließlich stand Klaus Baar grimmig auf. Er riss die Tür zur Vorhalle auf.

»Brigitte! Nils! Wo bleibt ihr denn?«

Im oberen Stockwerk war die Stimme der Hausherrin zu hören.

»Nils! Jetzt mach endlich auf! Ich warne dich!«

Klaus Baar trat entschlossen hinaus. Die anderen folgten ihm, einschließlich Hambrock. Sie traten in die Halle und blickten die Treppe hinauf. Brigitte Baar erschien an der Balustrade.

»Er hat sich eingesperrt«, sagte sie.

»Nils!«, rief Klaus Baar. »Komm sofort runter!«

Nichts passierte. Roland und Nicole wechselten unsichere Blicke. Klaus Baar stürmte nun die Treppe hinauf, wütend wie ein Stier in der Arena. Seine Kinder hielten den Atem an. Es war ganz offensichtlich nicht üblich, dem Patriarch die Stirn zu bieten. Nils konnte sich auf was gefasst machen.

Klaus Baar verschwand in dem Flur, der zu den Kinderzimmern führte. Hambrock hörte, wie er abwechselnd eine Türklinke malträtierte und dann gegen das Türblatt schlug.

»Nils, verdammt! Wirst du wohl die Tür aufschließen!«

Der Rest der Familie folgte ihm lautlos nach oben. Auch Hambrock schloss sich dem Tross an. Vor Nils' Zimmertür blieben sie stehen. Aus dem Innern war nichts zu hören.

»Nils!«, rief Klaus Baar. »Ich warne dich ein letztes Mal!«

Keine Reaktion. Klaus Baar schob seine Frau zur Seite und trat ein paar Schritte zurück. Dann trat er mit aller Kraft gegen die Tür. Er wirkte wie ein gealterter Schaukämpfer, der es noch einmal wissen will. Holz splitterte, doch die Tür hielt stand. Brigitte Baar schrie auf. Doch der Patriarch ließ sich nicht davon beeindrucken. Wild entschlossen nahm er wieder Anlauf. Und trat nochmals zu, mit Mord in den Augen. Es gab einen lauten Knall, und dann sprang die Tür auf.

Klaus Baar betrat den Raum. Die anderen versuchten, einen Blick in das Kinderzimmer zu erhaschen. Doch von Nils keine Spur. Hambrock reichte ein Blick auf das Fenster, das einen Spalt weit offen stand.

Der Patriarch tauchte wieder im Flur auf.

»Er ist verschwunden«, sagte er. »Na warte, der kann was erleben, wenn er wiederkommt.«

Dann fiel sein Blick auf Hambrock. »Es tut mir leid, was hier passiert. Sie bekommen einen völlig falschen Eindruck von unserer Familie. Glauben Sie mir, ich werde Nils zur Rechenschaft ziehen. Er wird sich kein zweites Mal so verhalten.«

Er kämpfte sichtbar gegen seine innere Erregung. Atmete zweimal durch und strich sich die Haare glatt. Dann ging er an seiner Familie vorbei zur Treppe.

»Gehen wir zurück ins Esszimmer«, sagte er. »Der Kommissar möchte uns ein paar Fragen stellen.«

Der Tross setzte sich in Bewegung und ging über die Treppe nach unten. Da ertönte der tiefe Gong in der Halle. Jemand war an der Tür. Hambrock sah, wie Brigitte Baar zur Tür ging.

Draußen stand Henrik Keller, der Nils am Kragen hielt. Er hatte sich im Garten unter dem Fenster in den Büschen versteckt, um Nils aufzugreifen, falls der wieder versuchen würde zu fliehen. Das hatten sie im Wagen vereinbart.

»Guten Tag«, sagte er und stieß Nils in die Halle. »Ich glaube, Sie haben jemanden verloren.«

Klaus Baar sah verwundert von Keller zu Hambrock, dann packte er seinen Sohn an den Schultern.

»Was fällt dir nur ein! Du hast doch deine Mutter gehört! Wie kannst du da einfach abhauen?«

Nils antwortete nicht. Er befreite sich aus dem Griff seines Vaters, trat einen Schritt zurück und sah stur zu Boden.

Klaus Baar schien verunsichert zu sein. »Nils, ich erwarte eine Antwort.«

Es wurde still in der Halle. Keiner sagte etwas.

»Willst du deinem Vater nicht sagen, weshalb du durchs

Fenster geflohen bist?«, fragte Hambrock. »Oder weshalb du mit uns nicht über die Tatnacht sprechen willst?«

Er antwortete nicht. Stattdessen senkte er den Kopf und ballte die Hände zu Fäusten.

Klaus Baar starrte seinen Sohn an. »Nils!«

»Was ist?«, fuhr Hambrock fort. »Willst du es ihnen nicht sagen? Weshalb du Marius getötet hast?«

Erschrockene Stille. Klaus Baar blieb der Mund offen stehen. Alle warteten, alle starrten Nils an.

Der hob langsam den Blick und betrachtete seine Familie voller Abscheu. Dann drehte er sich zu Keller, der immer noch hinter ihm in der offenen Tür stand. Seine Stimme klang erwachsen und abgeklärt, als er sagte: »Nehmen Sie mich mit. Ich bin bereit.«

30

In der Bahnhofskneipe, ein enges und schummrig beleuchtetes Lokal, war das Rauchen erlaubt. Eine Handvoll alter und kettenrauchender Männer hockte um den Tresen, blies Rauchwolken in die Luft und diskutierte über die Spiele der Bundesliga. Mittendrin der Wirt, der Gläser polierte und von Zeit zu Zeit einen Kommentar abgab. Es war eine Atmosphäre wie an einem Dorfstammtisch.

Marius saß abseits an einem Ecktischchen. Er wollte allein sein. Sich betrinken. Er wollte sich betäuben, bis nichts mehr zu spüren war von seinen Schmerzen. Doch das Gefühl des Versagens ließ sich so leicht nicht überdecken. Es war stärker.

Alles war ruiniert. Sein ganzes Leben. Er hatte Nathalie geschlagen. Es war ihm unbegreiflich, wie das passieren konnte. Das ließ sich nicht wiedergutmachen. Niemals.

Es war vorbei, endgültig. Nathalie würde ihm das nicht verzeihen. Er fragte sich, was ihm jetzt noch blieb. Das Unternehmen. Sein Vater. Die Familie. Eben alles das, was er hinter sich hatte lassen wollen.

Es war eine Fata Morgana gewesen. Die Ereignisse der letzten Wochen hatten ihm etwas vorgetäuscht, das niemals da gewesen war. Ein süßer Traum. Zwangsläufig musste er daraus erwachen. Es gab kein anderes Leben für ihn. Das hätte ihm eigentlich klar sein müssen.

»Letzte Runde!«, brüllte der Wirt. »Was ist, Junge? Für dich auch noch einen?«

Marius nickte. Er nahm den halbleeren Gin Tonic und kippte ihn mit einem Zug herunter. Die Männer lachten, und der Wirt reichte ihm ein neues Glas über den Tresen.

Seine Familie. Die blieb. Trotz der Trauer, die er empfand, trotz seiner Schuld und seines Versagens hatte der Gedanke irgendwie etwas Tröstliches: Blut ist dicker als Wasser. Auch wenn alle Träume zerbrachen und das Leben an einem Tiefpunkt angelangt war. Die Familie war immer da. Sie war alles, was er hatte.

Die Männer am Tresen leerten ihre Biergläser und brachen auf. Der Wirt begann zu putzen. Marius nahm seine Jacke und zahlte ebenfalls.

»Gute Nacht, Junge«, sagte der Wirt und schenkte ihm ein Lächeln, bei dem er eine Reihe gelber Stummelzähne zeigte. »Und was immer es auch ist – das wird schon wieder.«

Nachdem Marius die Kneipe verlassen hatte, machte er sich auf den Weg zum Zug. Im Kiosk kaufte er sich eine Bierflasche für unterwegs, dann stieg er die Stufen zum Gleis hinauf.

Er versuchte, die vielen negativen Gefühle zur Seite zu schieben. Vielleicht gab es ja doch noch Hoffnung. Vergebung. Da war immer noch seine Familie. Daran wollte er denken. Es war alles, was er noch hatte.

Er lehnte sich an die Geländerstreben und wartete. Der Zug würde gleich einfahren. Und dann ginge es für ihn nach Hause.

31

Es war still in dem Raum, nur das Surren des Computers war zu hören. Hambrock saß Nils gegenüber. Der Junge wirkte irgendwie verloren. Ein Kind, das sich nach Geborgenheit sehnte, so wie Mechtild Bruns es angedeutet hatte. Doch wahrscheinlich war das nur Einbildung. Wie bei den drei Gymnasiasten, die Marius niedergeschlagen hatten. Auch die wirkten bei den Vernehmungen, als könnten sie kein Wässerchen trüben. Die Wirklichkeit sah leider völlig anders aus.

»Warum, Nils?«, fragte er. »Warum hast du das getan?«

Der Junge sah nicht aus, als hätte er eine Antwort auf diese Frage. Er zog die Stirn in tiefe Falten.

»Ich … ich hab das nicht geplant.«

»Also gut. Fang einfach ganz vorne an. Was ist in dieser Nacht passiert?«

Nils holte Luft. »Sie meinen am Bahnhof?«

»Das auch. Aber wie ging es los? Weshalb bist du überhaupt aus dem Fenster geklettert? Was hattest du draußen vor?«

»Ich hatte eigentlich gar nichts vor. Ich wollte nur ein bisschen abhauen. Mein eigenes Ding machen. Das habe ich ganz oft gemacht: Meinen Eltern gesagt, ich geh ins Bett, und dann bin ich durchs Fenster raus. Ohne Plan, einfach so. Manchmal hab ich bei Marius oder bei Nicole eine Zigarette geklaut, und die hab ich dann im Wald geraucht. Oder ich hab mir Steine geschnappt und die Scheiben in der leer stehenden Fabrik eingeschlagen. Manchmal bin ich auch nach Gertenbeck rein und hab mich in Gärten geschlichen, um die Leute in ihren Wohnzimmern zu beobachten. Ich fand das cool, alleine in der Gegend unterwegs zu sein.«

»Und deshalb warst du auch in dieser Nacht draußen? Um alleine unterwegs zu sein?«

»Ja. Erst hab ich ewig am Computer gesessen und Warhammer gespielt. Normalerweise kommt dann irgendwann einer und schickt mich ins Bett. Aber nicht an diesem Abend. Also bin ich runter ins Wohnzimmer, und da saßen Mama und Papa und haben sich unterhalten. Es ging mal wieder um Marius. Und die blöde Firma. Wie immer. Als die mich gesehen haben, meinte Papa nur: Hat dich keiner ins Bett geschickt? Der war nicht mal sauer. Und Mama meinte: Jetzt steh hier nicht rum und fall uns auf die Nerven, putz dir die Zähne. Und das war's. Sonst nichts. Denen war völlig egal, ob ich mir die Nacht um die Ohren schlage oder nicht. Die haben mich einfach verscheucht wie eine lästige Fliege. Und dann haben sie wieder über Marius und die Firma geredet, als wäre ich gar nicht mehr da. Oben hatte ich dann keine Lust mehr auf Warhammer. Irgendwie war ich total sauer auf meine Eltern, obwohl das ja immer so läuft. Ich wollte nach draußen. Na ja, so getan, als ob ich schlafen würde, hab ich trotzdem, um keinen Ärger zu kriegen. Und dann bin ich durchs Fenster raus in die Nacht.«

»Was hast du draußen gemacht? Bist du direkt zum Bahnhof gegangen?«

»Nein, erst nicht, aber irgendwie bin ich da gelandet. Da standen ein paar Leute auf dem Bahnsteig, die auf den

Zug nach Essen gewartet haben. Ich bin hinter den Gleisanlagen durch die Büsche gestreift und dann ganz nah ran an den Bahnhof. Aber keiner hat mich da in der Dunkelheit gesehen. Das war wie ein Spiel. Wie nah komme ich ans Gleis heran, ohne dass mich einer sieht? Aber mich hat keiner entdeckt, auch nicht, als ich schon fast vor denen stand. Ich hab mir gedacht, wenn ich eine Steinschleuder hätte, könnte ich die Leute auf dem Bahnsteig abschießen wie leere Dosen auf der Mauer. Na ja, und dann kam plötzlich der Zug. Da bin ich zurück in die Büsche, wegen der Scheinwerfer und der hellen Fenster und so. Der Zug hält, Leute sind ausgestiegen, Leute sind eingestiegen, und auf einmal sehe ich Marius. Ich glaub, der war total besoffen, so wie der gewankt hat. Und dann legt der sich auch noch mit diesen Typen an. Die pampen herum, pöbeln sich an, und sofort ist da eine fette Schlägerei im Gange. Die anderen Leute, die noch auf dem Bahnsteig waren, haben sich in die Unterführung verpisst, weil sie nichts damit zu tun haben wollten. Hauptsache, schnell weg. Und dann ging's auf einmal voll ab. Die haben wie wild auf Marius eingedroschen. Kurz darauf lag er am Boden, die Typen haben noch ein paar Mal zugetreten, und dann sind die abgehauen. Das ging alles total schnell. Und Marius blieb einfach liegen. Ganz alleine auf dem Bahnsteig. Ich bin aus meinem Versteck raus und auf den Bahnsteig geklettert.«

»Wie ging es weiter?«, fragte Hambrock.

»Marius lag da auf dem Pflaster. Der sah total übel aus. Überall Blut und so. Das eine Auge war völlig zerdetscht. Und der Unterkiefer war auch irgendwie ausgerenkt oder so. Sah schon krass aus. Aber ...« Er brach ab. Offenbar wollte er an dieser Stelle doch nicht mehr so freizügig weiterreden.

Hambrock betrachtete ihn eindringlich. »Nils. Du hast mir versprochen, dass du die Wahrheit sagst. Dass du alles ganz genau erzählen wirst.«

»Ja. Ich mein nur … also, irgendwie sah das auch faszinierend aus, wie der da lag«, beendete er schließlich den Satz. »Ich hätte nie gedacht, dass der ach so tolle Marius überhaupt verletzt werden kann. Na klar, ich weiß ja, der ist auch nur ein Mensch aus Fleisch und Blut. Aber trotzdem. Um den hat sich immer alles gedreht. Der war doch das Zentrum des ganzen bescheuerten Universums. Manchmal hab ich versucht, mir vorzustellen, dass Marius auf dem Klo sitzt und kackt. Aber so richtig hat das auch nicht funktioniert. Und jetzt lag der da wie eine angefahrene Katze. Richtig mit viel Blut und so. Der war total im Arsch. Ich fand, das war kaum zu glauben, echt.«

Er sah Hambrock offen ins Gesicht. Da waren weder Mitgefühl noch Reue zu erkennen. Nur ehrliches Erstaunen über die Tatsache, Marius wehrlos und schwach zu erleben.

»Marius hat immer alles bekommen. Er war die wichtigste Person auf der Welt. Meine Eltern hätten mich sofort in die Wüste geschickt, wenn sie Marius damit was Gutes getan hätten. Er hat ihre ganze Aufmerksamkeit bekommen. Wir anderen waren doch völlig egal. Und jetzt lag er da am Boden. Konnte sich kaum noch bewegen. Das hat mich echt umgehauen.«

»Was ist dann passiert?«, fragte Hambrock.

»Er hat mich gesehen. Mit dem einen Auge, das noch gucken konnte. Dann hat er den Kopf gehoben und gesagt: Hilf mir. Ist das zu glauben? Das war wie im Film. So ist das noch nie zwischen uns gelaufen: Ich stand da und war stark, und Marius lag am Boden und war schwach. Das war ein total irres Gefühl.«

»Und dann hast du zugetreten?«, fragte Hambrock.

Er nickte. »Ja. Ich weiß gar nicht genau, wieso eigentlich. Das war ganz spontan. Irgendwie war das so ein geiles Gefühl. Mir war ganz schwindelig, so gut fühlte sich das an. Ich wollte das ausnutzen, dass ich stärker war. Ich wollte so viel von diesem Gefühl haben wie nur möglich. Und dann habe ich ausgeholt und gegen seinen Kopf getreten.«

Er fiel in Schweigen. Wieder war nur das Rauschen der Computerlüftung zu hören. Hambrock betrachtete ihn. Er wartete. Schließlich sah Nils betreten auf.

»Ich wollte ihn nicht wirklich töten«, sagte er. »Ich wollte nur dieses Gefühl. Dass ich stark bin, und er ist völlig wehrlos. Das war so geil. Ich hab da gar nicht weiter drüber nachgedacht, was ich da mache. Ich hab einfach zugetreten, richtig mit Wucht. Es hat geknackt, und dann hat er sich nicht mehr bewegt. Als dann der Zug weg war, hab ich gemerkt, dass die Leute von der anderen Seite der Gleise wieder zu uns rübersehen konnten. Die starrten noch alle den Typen hinterher, die da abgehauen sind. Da bin ich einfach ein paar Schritte zurück, und schon stand ich wieder in der Dunkelheit, und keiner konnte mich sehen.«

»War dir klar, dass dein Bruder da nicht mehr lebte?«

»Keine Ahnung. Ich glaub schon. Von den Büschen aus hab ich beobachtet, wie einer Wiederbelebung gemacht hat, und ein anderer hat den Notarzt gerufen. Und kurze

Zeit später kam die Polizei, und dann ging's richtig los. Das war alles total krass, und ich hatte echt Schiss, dass die mich erwischen. Da bin ich wieder zurück zur Villa geschlichen und durchs Fenster in mein Zimmer geklettert.«

Hambrock betrachtete ihn aufmerksam. Da war nicht die Spur eines Schuldgefühls zu erkennen. Der Junge schien völlig empfindungslos zu sein.

»War dir denn egal, was mit Marius passiert ist?«, fragte er. »Auch wenn du eifersüchtig auf ihn warst, er war doch immer noch dein Bruder. Fandest du es denn nicht schlimm, dass du ihn getötet hast?«

Nils blickte zu Boden. Er antwortete nicht. Hambrock wollte ihn nicht so leicht davonkommen lassen. Er sollte sich seiner Tat stellen. Die Verantwortung übernehmen.

Es dauerte, doch schließlich blickte Nils auf und sah ihn mit klarem Blick an. Hambrock rechnete jetzt endlich mit einer Antwort, doch stattdessen sagte der Junge: »Ich bin ja erst dreizehn. Mit wie viel Jahren Knast muss ich da rechnen?«

Als Hambrock am nächsten Nachmittag das Büro verließ, bot Henrik Keller an, ihn nach Hause zu fahren. Es war an der Zeit, endlich die vielen Überstunden abzufeiern, die sich aufgehäuft hatten. Dieses Mal wollte Hambrock die Arbeit nicht mit nach Hause nehmen, das hatte er sich fest vorgenommen. Er würde stattdessen den Küchenschrank reparieren. Vielleicht Erlend mit einem aufwendigen Essen überraschen. Überhaupt mehr Zeit mit seiner Frau verbringen. Er hatte einiges wiedergutzumachen.

In Kellers Wagen roch es wie in einem Aschenbecher. Überall hatte sich der Zigarettenrauch eingefressen. In den

Sitzen, den Armaturen, der Kunststoffverkleidung. Obwohl der Passat noch keine fünf Jahre alt war, würde Keller kaum noch einen angemessenen Preis für ihn bekommen, falls er ihn verkaufen wollte. Den Dreck und den Gestank würde man nie wieder aus dem Wagen herausbekommen.

Als Keller den Motor anließ, steckte er sich gedankenverloren eine Zigarette in den Mundwinkel. Er nahm das Feuerzeug, warf dabei einen Blick auf Hambrock und hielt plötzlich inne.

»Sorry«, sagte er. »Soll ich lieber nicht rauchen?«

Hambrock lachte. Das machte in diesem Auto wirklich keinen Unterschied mehr.

»Nein, nein. Rauch nur. Es stört mich nicht.«

Keller hielt die Flamme an die Zigarette, inhalierte tief und steuerte den Wagen vom Hof.

»Du hast recht behalten«, sagte er, als sie sich in den Stadtverkehr einfädelten. »Es war tatsächlich Nils, der seinen Bruder umgebracht hatte. Ich war ja skeptisch gewesen.«

»Es war im Grunde nur ein Zufallstreffer. Sicher war ich mir da auch nicht. Es passte eben einfach alles, und ein anderer Täter blieb kaum übrig. Klaus Baar hätte Marius niemals getötet, davon war ich überzeugt. Ich dachte, wenn wir Nils im Beisein seiner Familie damit konfrontieren, wird er es nicht wagen zu lügen.«

»Es war ihm wesentlich lieber, wir nehmen ihn uns vor, als dass sein Vater das macht.«

Nach einer Weile tauchte das Landgericht vor ihnen auf. Der rote Backsteinbau ragte neben der Fahrbahn in den wolkigen Himmel. Der Prozess würde neu aufgerollt werden. Was immer dabei herauskommen würde, in einem würde Nils recht behalten: Er war erst dreizehn, sehr hoch würde die Haftstrafe nicht ausfallen, wenn er überhaupt eine bekommen würde.

Nach dem Geständnis war Hambrock spätabends noch zu Jamaine in die Kneipe gegangen. Er hatte sich an den Tresen gesetzt und in sein Bier gestarrt, und Jamaine war sensibel genug gewesen, ihn in Ruhe zu lassen. Hambrock hatte das alles nur schwer verdauen können. Das Geständnis war für ihn frustrierend gewesen. Nachdem Zweifel an der Schuld der drei Gymnasiasten aufgekommen waren, hatte er gehofft, der Mord wäre weniger sinnlos gewesen. Mit einem echten Motiv ließe sich die Tat besser erklären. Nun hatte er den Mörder, und trotzdem blieb alles genauso sinnlos wie zuvor. Es gab keinen wirklichen Grund für die Tat. Früher hätte ihm so etwas nicht zu schaffen gemacht, doch mit dem Alter wurde Hambrock sensibler, dagegen konnte er nichts unternehmen.

Am Vormittag war er zum Sonnenhof hinausgefahren, um nach Fabio zu sehen. Als er auf den Hof fuhr, war der blonde Lockenschopf schon von Weitem zu erkennen. Fabio jagte mit einem anderen Jungen einem Basketball hinterher. Nur widerwillg löste er sich von dem Spiel, um Hambrock zu begrüßen. Die Sozialarbeiterin trat zu ihnen und erzählte, wie gut sich Fabio bereits eingelebt hatte. Er verstand sich mit den anderen Bewohnern, fühlte sich offenbar rundum wohl und wollte sogar wieder zur Schule gehen.

»Wir haben ihn hier in Mecklenbeck angemeldet«, sagte die Sozialarbeiterin. »Da geht er dann mit seinem Zimmergenossen in eine Klasse. Die beiden mögen sich, und die Schule ist gut. Ich bin ganz zuversichtlich, dass das funktionieren wird.«

Fabio lächelte ein wenig verlegen. Es schien ihm unangenehm zu sein, zwischen zwei Erwachsenen zu stehen, die über ihn redeten. Außerdem blickte er immer wieder zu seinem neuen Freund, der mit dem Basketball am Scheunentor stand und auf ihn wartete.

»Du hast sicher schon erfahren, dass der Mordfall jetzt gelöst ist«, meinte Hambrock.

»Ja, hab ich. Der kleine Bruder war das, richtig?« Er zog eine Grimasse. »Dann hatten die Nazis gar nichts damit zu tun?«

»Nein, jedenfalls nicht mit dem Übergriff auf Marius.«

»Tut mir leid. Ich wollte nur helfen.«

»Schon gut. Ich bin ja froh, dass dir nicht mehr passiert ist. Du machst so was hoffentlich nicht wieder.«

»Nein, versprochen.«

Die beiden sahen sich an. Hambrock lächelte. Es gab nichts mehr zu sagen.

»Ich muss jetzt leider weiter«, erklärte er, damit Fabio zu seinem Spiel zurückkonnte. »Wenn du möchtest, komme ich dich wieder mal besuchen.«

»Ja, gerne«, sagte Fabio, doch es war beiden klar, dass es wahrscheinlich bei dem Versprechen bleiben würde.

»Mach's gut«, sagte Hambrock.

Fabio grinste und winkte ihm zu, dann drehte er sich zum Scheunentor, lief zu seinem Freund und fing den Ball auf, den er ihm entgegenwarf.

Hambrock verabschiedete sich von der Sozialarbeiterin und kehrte zurück zum Wagen. Er blieb kurz stehen und sah zurück zu Fabio, der den Ball in den Korb warf und einen Treffer erzielte. Dann wandte er sich ab und stieg ein.

Das Bild von Fabio, der sich in seinem neuen Zuhause pudelwohl fühlte, ging Hambrock den ganzen Tag nicht aus dem Kopf. Auch jetzt, als sein Kollege ihn nach Hause fuhr, war es ständig vor seinen Augen.

»Es soll morgen wärmer werden«, sagte Keller mit der Zigarette im Mundwinkel. »Und sonniger. Ich glaub's ja noch nicht. Aber im Radio heißt es, der Frühling soll endgültig kommen.«

Hambrock betrachtete nachdenklich das Gebäude des Landgerichts, das langsam aus seinem Blickfeld rückte.

»Was ist eigentlich mit deinem Sohn?«, fragte er.

»Wegen dem Prozess?« Keller stöhnte auf. »Alles noch mal gut gegangen. Er hat eine kleine Geldstrafe bekommen. Und ein paar Sozialstunden. Die will er in einem Pflegeheim ableisten. Ich bin ja mal gespannt, wie das wird. Einer seiner Bekannten hat da mal Sozialstunden abgeleistet und war so begeistert, dass er jetzt nach der Schule eine Ausbildung zum Altenpfleger machen will.« Keller lachte schallend. »So weit wird das mit unserem Jungen sicher nicht gehen, wie ich ihn kenne. Aber trotzdem. Mal sehen, was er für Eindrücke mitbringt.«

»Das hört sich doch gut an«, sagte Hambrock.

»Ja. Ich sag's dir: Familie.« Keller lachte erneut. »Man hat nur Stress und Ärger damit, aber am Ende ist es das Beste, was man auf der Welt bekommt.«

Hambrock ließ den Blick über die Stadtlandschaften schweifen. »Ja«, sagte er. »Das ist es wohl.«